Lealtad al fantasma

Enrique Serna

Lealtad al fantasma

ALFAGUARA

Penguin
Random House
Grupo Editorial

Lealtad al fantasma

Primera edición: julio, 2022

D. R. © 2022, Enrique Serna

D. R. © 2022, derechos de edición mundiales en lengua castellana:
Penguin Random House Grupo Editorial, S. A. de C. V.
Blvd. Miguel de Cervantes Saavedra núm. 301, 1er piso,
colonia Granada, alcaldía Miguel Hidalgo, C. P. 11520,
Ciudad de México

penguinlibros.com

ISBN: 978-607-381-639-7

Impreso en México – *Printed in Mexico*

El anillo maléfico

A Xavier Velasco

Fidel Ramírez entró al salón de profesores con ojeras de mapache y canas nuevas en el bigote. Al servirse un café instantáneo bien cargado, un flechazo de jaqueca le traspasó las sienes. Merecido se lo tenía: toda la noche pensando en ella, deletreando su nombre, dando vueltas en la cama entre pálpitos de ansiedad. El desasosiego apenas le había concedido algunos intervalos de sopor y ahora debía enfrentarse a las fieras de cuarto grado con la guardia baja, sin creer en su propia autoridad moral. Complementó el café con un par de aspirinas, agobiado por una mezcla de ilusión y vergüenza. Qué ridícula zozobra de colegial enamoradizo. Ridícula, sí, más le valía juzgarse con rigor, aunque una parte de su alma, la más débil y contumaz, defendiera ese capricho perverso y hasta pretendiera convertirlo en mérito. Ningún hombre de mundo se perturbaría a tal grado por las aparentes insinuaciones de una lolita.

Lamentó su inexperiencia en el difícil arte del adulterio. Ni en sueños había osado engañar a Sandra en quince años de matrimonio y cuatro de noviazgo. Era un tigre desdentado de circo pobre, que volvía cada tarde por su propio pie a la jaula de la monogamia. ¿De cuándo acá tanta urgencia por lanzar rugidos y zarpazos? Más que la tentación, lo atormentaba la amarga sospecha de no conocerse a sí mismo. Si tuviera más experiencia en lides eróticas quizá no estaría tan atribulado. Manejaría la situación con sangre fría en vez de esperar que un poder superior, los Hados o la Providencia, la manejaran por él. ¿O incluso los conquistadores más cínicos, los más curtidos en placeres egoístas, sufrían de vez en cuando esas rachas alternadas de temor y deseo?

En el patio saludó con una seña a Renato, el atlético profesor de gimnasia, que iba cargando una red con balones de voleibol. De camino al edificio de Bachillerato, unas ardillas juguetonas que salieron corriendo de unos arbustos se le atravesaron en el sendero de grava. A lo lejos vio a un ramillete de muchachas abrigadas con gruesas chamarras para guarecerse del frío. Tomaban café en termos que circulaban de mano en mano, mientras los hombres, en un grupo aparte, pateaban una pelota lanzando glifos de vaho. El Sweet Land College estaba en las faldas del Ajusco, en una zona boscosa que dominaba el plomizo valle del Anáhuac, y en las primeras horas del día los ventarrones gélidos calaban hasta los huesos. Pero Fidel conservaba el calor libidinal acumulado en su larga noche de insomnio y al acercarse un poco al grupo de chicas, la saliva le supo a lumbre. Ahí estaba Irene, con destellos homicidas en los ojazos negros, el pelo castaño arremolinado sobre los hombros, las mejillas de durazno y la boca pequeña de labios gruesos, donde la voluptuosidad libraba cruentas batallas con la inocencia. A pesar del frío, se las había ingeniado para combinar el grueso chaleco térmico con una coqueta minifalda, las piernas ceñidas por unos coquetos mallones negros. Tapadas así lo enfebrecían más aún que al desnudo. La comba de sus muslos, que tantas veces había besado en la imaginación, cuando la veía jugar básquet en el patio de recreo, prometía el edén y el infierno a quien fuera digno de poseerla.

Pero cuidado, ya tenía un conato de erección, *vade retro*, Satanás. Saludó al corrillo de ninfas con un lacónico buenos días, y apenas se permitió echar un vistazo a Irene, intimidado por la fulminante dulzura de su mirada. Ya tendría tiempo de contemplarla a sus anchas a media mañana, cuando le diera la tutoría. Por primera vez iban a estar solos un largo rato, una confrontación que presagiaba tormentas. Por lo general, sólo los malos alumnos solicitaban tutorías cuando tenían problemas en alguna materia. No era el caso de Irene, una lumbrera con 9.5 de promedio en Historia. La embajadora de la corte celestial en el colegio era también una alumna ejemplar. Si entendía todo a la primera, ¿para qué le habría pedido la tutoría? ¿Tenía o no motivo para abrigar esperanzas y sentir culpas anticipadas? ¿Era justificable o no su noche de insomnio?

Repasó las últimas provocaciones de Irene: el pícaro juego de arrimarle el pezón al hombro cuando le llevaba a corregir tareas al escritorio, la entrega de un cuaderno con la huella de sus labios impresa en la tapa, la obscena separación de piernas que le había dejado entrever el triángulo azul de su tanga cuando deambulaba entre las filas de bancas. Estaba seguro de que esa putilla sería presa fácil para un conquistador sin escrúpulos. Pero el riesgo era demasiado grande. Suponiendo que Irene se le ofreciera con más descaro en la tutoría y él aprovechara la oportunidad para iniciar algo parecido a un romance, ¿cómo lograría imponerle discreción? ¿Estaba dispuesto a jugarse la chamba por un demencial antojo, condenado por todas las leyes divinas y humanas?

A pesar de su crispación impartió las dos primeras horas de clase sin dar señales de inquietud. Para interesar a sus alumnos de cuarto en el tema del día, la Revolución Francesa, les describió la ejecución de Luis XVI y María Antonieta regodeándose adrede en cruentos detalles sobre el funcionamiento de la guillotina. Conquistada su atención, pasó a los asuntos de fondo que de verdad le importaban: la pugna entre jacobinos y girondinos, las principales características del sistema de gobierno republicano, la repercusión internacional de ese golpe demoledor a los privilegios aristocráticos. Dominaba a la perfección los trucos para cautivar a sus alumnos y cuando los tenía así, embebidos en la clase, asistiendo, sin saberlo, al nacimiento de su espíritu crítico, sentía el orgullo de un alfarero que ve a sus figurillas de barro cobrar vida y actuar por cuenta propia. A las diez de la mañana tenía una hora de descanso, que generalmente dedicaba a revisar tareas. Se acomodó en la mesa ovalada del salón de profesores con un altero de papeles, sin prestar oídos al chismorreo de sus colegas. Cuando apenas empezaba a calificar, don Filiberto, el adusto vigilante de la entrada, le entregó una cajita rectangular envuelta para regalo.

—Dejaron esto para usted, profe.

No solía recibir regalos, menos aún en la escuela, y desgarró la envoltura con extrañeza. Era un estuche con dos lujosas plumas Mont-Blanc, negras con filigrana de oro, acompañadas por una nota manuscrita de la señora Jacqueline Álvarez de Gaxiola: "Le agradeceré de todo corazón su empeño por ayudar a David". ¿Por quién lo tomaba esa vieja engreída? El día anterior, Jacqueline se había entrevistado con Pablo Güemes, el director del colegio, para presentar una queja en su contra. Lo acusó de traer de encargo a su pobre hijo David, de tratarlo con excesiva dureza y de no tener paciencia para darle explicaciones cuando hacía preguntas. Según ella, David había enmendado sus errores del pasado, y a fuerza de sacrificios estaba logrando aprobar todas las materias del curso, menos Historia, donde seguía atorado porque el profesor Ramírez le tenía mala voluntad y no valoraba su gran esfuerzo.

Mandado llamar por Güemes, Fidel escuchó los cargos de la madre ofendida con un sentimiento de ultraje. Más que las acusaciones, lo lastimó su altivez. Hablaba recio, sin concesiones al medio tono de la cortesía mexicana, con el desenfado de una patrona acostumbrada a mandar. Rubia, bronceada, con un cuerpo juvenil esculpido en el gimnasio, debía rondar los cuarenta pero aparentaba diez años menos. Llevaba un fino conjunto de saco y pantalón color menta y en su cuello refulgía una gargantilla de oro con incrustaciones de brillantes. Tras la sorpresa inicial, Fidel se defendió con una convicción serena que la tomó por sorpresa.

David nunca prestaba atención en clase, dijo, y por si fuera poco, la saboteaba con actos de indisciplina que perjudicaban al resto del grupo. Se había ganado a pulso los reportes y las malas notas, pues jamás entregaba tareas y en los exámenes dejaba sin responder la mitad de las preguntas. Era, por mucho, el peor alumno de su grupo, el más insolente y malcriado. Ante el cúmulo de evidencias, la madre depuso el tono altanero y se mesó los cabellos.

—No sé qué hacer con este condenado niño. Ayúdenme con él, por favor. Lo he sacado ya de tres colegios. Me cuesta sangre obligarlo a estudiar, pero necesitamos que por lo menos termine la prepa.

Fidel tenía bien diagnosticado el cuadro clínico de David, pero no quiso exponérselo a Jacqueline por temor a ofenderla. Era el clásico príncipe decadente, consentido hasta el empalago, que se limpiaba el culo con los valores éticos y la moral cívica. ¿Para qué iba a estudiar, si de cualquier modo tenía la vida resuelta? En quinto de prepa había reprobado cuatro materias, y en vez de reprenderlo con la severidad que ameritaba el caso, su papi, el magnate Faustino Gaxiola, propietario de una cadena de farmacias, le regaló un Audi descapotable color platino. ¿Así querían enderezarlo? Alto, rubio, de ojos verdes y con un corte de pelo a la Justin Bieber, David tenía derretidas de admiración a un buen número de colegialas bobas que se disputaban el honor de besuquearlo en su flamante carrazo. Por jugar arrancones en las calles aledañas al colegio chocó el carro de un vecino y el director en persona le había tenido que leer la cartilla. Pero ninguna reprimenda lo enderezaba y por la ansiedad de mandril con la que se rascaba los codos en clase, Fidel sospechaba que se había enganchado en alguna droga. Como no podía soltar sin pruebas una acusación tan grave frente a una madre que lo veía con ojos de amor, en la entrevista se limitó a recomendarle que lo llevara a terapia con un buen psicólogo. Jacqueline hizo una leve mueca de irritación. Al parecer no estaba acostumbrada a tolerar críticas, menos aún si venían de un asalariado. Y ahora, con el envío de las plumas Mont-Blanc, su mueca adquiría un significado más ofensivo. Trágate tus consejos, profesorcito, yo sé cómo doblar la voluntad de cualquiera. Pues conmigo le falló, señora, algunos perros no bailamos con dinero.

Salió corriendo en busca de Pablo Güemes, que por fortuna estaba solo en su oficina. Era un cincuentón de cabello entrecano, con bolsas oculares violáceas, abdomen prominente y nariz chata de perrito pug, que siempre tenía el escritorio atiborrado de papeles. Fidel había llegado al colegio contratado por él y en otra época fueron buenos amigos. Se distanciaron a partir de la reestructuración emprendida dos años atrás, cuando los miembros del consejo directivo, alarmados por la progresiva disminución de inscripciones, que atribuyeron a la apertura de otras escuelas en la zona sur, la mayoría con nombres en inglés, decidieron acentuar el perfil bicultural de la institución, cambiando su nombre original, Colegio Suave Patria, por Sweet Land College, una marca con más punch publicitario, que según la circular enviada al personal docente, "mantenía intactos los principios fundacionales de la escuela, evocando el canto patriótico de López Velarde en la lengua de Shakespeare". Cuando recibieron la circular, varios profesores se burlaron del nuevo nombre, pero sólo Fidel se atrevió a protestar, aprovechando su cercanía con Güemes. Si el colegio era bilingüe en todos sus niveles y los egresados tenían un buen dominio del inglés, certificado en evaluaciones internacionales, ¿qué necesidad tenían de caer en esa gringada? Pero Güemes, ofendido por su impertinencia, zanjó drásticamente la discusión: él no tenía la culpa de que los padres de familia quisieran ser gringos de segunda, estaba en juego la salud financiera del colegio, es decir, el trabajo de todos, y no iba a tolerar disidencias en ese tema. Si no estaba de acuerdo con el cambio de imagen, que presentara su renuncia. La puerta estaba abierta para

14

todos los inconformes. Desde entonces Fidel lo trataba con una distante cordialidad.

—Hola, Pablo. ¿Puedo hablar contigo un minuto?

—Sí, claro, Fidel, adelante.

—Mira nomás el regalazo que me mandó doña Jacqueline —abrió el estuche con las plumas y le entregó la tarjeta firmada por la divina garza—. Aquí en tu oficina parecía muy apenada por el mal comportamiento de su engendrito, pero ahora me quiere sobornar. Esta clase de gente le hace mucho daño al colegio, ¿no te parece?

Güemes examinó el regalo con la frialdad de un inspector policiaco inmunizado contra el asombro.

—Devuelve las plumas y asunto arreglado.

—¿Así nomás, sin ninguna sanción? —respingó Fidel—. El caso amerita una medida disciplinaria más severa: una suspensión temporal o la expulsión definitiva. Así lo estipula el reglamento de la escuela.

Pablo Güemes se quitó las gafas, incrédulo y molesto por ese desacato a su autoridad. Exhaló un suspiro de impaciencia mirándolo fijamente a los ojos.

—¿Vienes a decirme cómo tengo que dirigir el colegio?

—No, sólo vengo a defender mi dignidad.

—Pues defiéndela como te dije. Si rechazas el regalo, tu dignidad queda intacta. David Gaxiola no tiene la culpa de las pendejadas que haga su madre.

—Es obvio que están de acuerdo —Fidel endureció el tono, estrujando el estuche de las plumas—. Como ese imbécil no puede aprobar Historia por la buena, le pidió a la mamá que me ablandara.

—Cálmate, Fidel, estás muy acelerado. ¿Dormiste mal anoche? —Güemes lo miró con suspicacia y Fidel, por un reflejo culposo, temió que adivinara el motivo de su insomnio—. Recuerda lo que dice la Biblia: No castigarás a los hijos por las faltas de los padres, cada quién debe pagar por su pecado. En mis treinta años de magisterio yo también he tenido alumnos difíciles, y te aseguro que la mejor manera de lidiar con ellos es ganarte su confianza. Gaxiola ha mejorado bastante del curso anterior para acá. Eres el único maestro que lo sigue reprobando. ¿No serás tú la mitad del problema?

—¿Eso crees de verdad? —Fidel sacó fumarolas por los ojos—. Manda grabar cualquiera de mis clases y verás cómo se comporta esa lacra.

—No hace falta, Fidel, confío en ti. Pero te pido que en este caso tengas paciencia. Dale a esa señora una lección de profesionalismo y saca del atolladero a su hijo. Los malos alumnos son el principal desafío para cualquier profesor.

Salió de la oficina con una mezcla de indignación y náusea. ¿De modo que el culpable por la holgazanería de David era él? A juzgar por la sospechosa blandura de Güemes, el proceso degenerativo del colegio era ya irreversible. Nada bueno se podía esperar de una prepa travestida en *high school* que renegaba en forma vergonzante de sus raíces. Junto con la corrupción, el autodesprecio propagado de arriba hacia abajo era el peor cáncer cultural del país. Güemes lo sabía de sobra, pero después de pisotear sus ideales educativos, ahora violaba el reglamento disciplinario para complacer a la oligarquía. ¿Fallar yo? ¡Ni madres! David pasaba de panzazo en otras materias porque tal vez otros profesores sí habían aceptado sus regalos. ¿O Güemes en persona les había pedido aprobarlo? ¿Acaso el papá consentidor había dado un donativo al patronato, a cambio de un trato preferencial para su retoño? Mientras bajaba la escalinata de piedra volcánica entre los macizos de geranios, rumbo a las cabañas construidas en el declive de la montaña, donde tomaban clase los alumnos de sexto, intentó aplacar su coraje con ejercicios respiratorios (inhalaciones largas seguidas de exhalaciones cortas), como le habían enseñado en las clases de yoga. Recuperado el sosiego, entró al salón con la integridad más enhiesta que nunca.

Sentado en la tarima, el enemigo departía con dos compañeros a quienes presumía su nuevo teléfono inteligente. Era imposible no escuchar su voz aguda y nasal, porque hablaba con la misma altanería de su madre.

—Me lo trajeron ayer de Miami, ¿a poco no está chido? Tiene un procesador velocísimo, pantalla con cristal de zafiro y cámara de doble lente. Si se te cae al suelo no pasa nada porque está hecho con *liquid metal*, un material imposible de rayar —dejó caer el teléfono—. Mira, lo tiro y no pasa nada.

Fidel carraspeó al pasar frente a ellos. Con respetuosa celeridad, la mayoría de los chavos se apresuraron a ocupar sus bancas. David, en cambio, volvió a la suya con una parsimonia de emperador chino, en abierto desacato a su autoridad. Centrado, sin recoger el guante, Fidel arrancó una hoja de su libreta y escribió con letra de molde: *Tenga cuidado, señora. Por este camino sólo le hará daño a su hijo.*

—Ven para acá, Gaxiola.

David se acercó a su escritorio con la misma lentitud retadora y Fidel le entregó el cuerpo del delito, con el mensaje doblado dentro del estuche.

—Devuélvele esto a tu señora madre. Dile que el reglamento nos prohíbe aceptar regalos.

Hubo un murmullo de asombro, acompañado de risas burlonas.

—¡Guarden silencio! —Fidel dio un manotazo en el escritorio—. No hice ninguna broma. Y tú vuelve a tu lugar, Gaxiola, pero rápido.

David esbozó una sonrisa incrédula, de futbolista inconforme con la marcación de una falta, y volvió a su pupitre haciendo malabares con el estuche, como para dar a entender que el rechazo del obsequio y la repulsa del grupo le venían guangas.

—La semana pasada hablamos de la Decena Trágica, el golpe de Estado que derribó al presidente Madero —Fidel encendió el pizarrón electrónico para mostrar una foto amplificada del sitio de la Ciudadela—. Ahora vamos a estudiar el rumbo que tomó la Revolución después de su asesinato.

Mientras Fidel describía el levantamiento de carrancistas, villistas y zapatistas contra el usurpador Victoriano Huerta, precisando el perfil ideológico de cada facción sublevada, David no tomaba una sola nota en el cuaderno. Se limitaba a contemplar embobado las lámparas de luz neón, las piernas cruzadas con displicencia, mientras daba patacitas en el codo al compañero de adelante, César Maldonado, para no dejarlo tomar apuntes. Fidel tenía demasiado colmillo para caer en esa provocación y prefirió ignorarlo: no cometería la sandez de sacarlo del salón cogido por las orejas, teniendo en su contra a Güemes. Ya se vengaría en el examen final. Pasarás sobre mi cadáver, juró, antes de aprobar el curso. Por lo menos vas a tener que presentar un extraordinario. Y si Güemes se molesta, que me corra: no me caería mal la liquidación y tengo buenas ofertas de otros colegios. Tres filas atrás, la profunda concentración de la bellísima Irene, que lo miraba con hambre de iluminaciones, le infundió confianza en sus virtudes de pedagogo. Esa mirada atenta y dulce lo compensaba con creces por la insultante distracción de David. Sus margaritas indigestaban a los cerdos y deleitaban a los ángeles. ¿Qué mayor aplauso podía pedir? Quizá pecara de cursi, pero en esos momentos de intensa comunión espiritual tenía la certeza de que Irene lo amaba.

Sonó la campana del segundo recreo. Sólo faltaba ya media hora para la tutoría y la pasó en ascuas, leyendo la sección cultural de *La Jornada* sin retener el significado de las palabras. Partido en dos mitades que se disputaban el mando de su conciencia, presintió la felicidad y la ruina, la apoteosis erótica y el fracaso más bochornoso. El intento de cohecho, la discusión con Güemes y su digna devolución del obsequio lo habían predispuesto a las emociones fuertes, a salirse del guion impuesto por la rutina. Los riesgos vigorizaban el alma, eso debía reconocerlo, y quizá el gran error de su vida había sido eludirlos por sistema. Un amor loco y prohibido, ¿no era eso lo que le faltaba vivir, lo que le dejaría un grato sabor de boca en la vejez? Volvió abruptamente a la realidad cuando Enedina, la prefecta, le señaló entre risillas que tenía el periódico de cabeza. Lo enderezó ruborizado.

¿Y si todo fuera un malentendido forjado al calor de la borrasca hormonal? Desde niño, para vacunarse contra las decepciones, se había acostumbrado a esperar siempre lo peor cuando deseaba muy intensamente algo, y faltando cinco minutos para la cita, volvió a implementar esa táctica defensiva: mantén los pies en la tierra, sólo quiere pedirte orientación vocacional, es veinticinco años más joven y deben gustarle los chavos de su edad. Gracias a la cucharada de pesimismo pudo entrar a la biblioteca con una calma aparente. Las mesas de consulta estaban desiertas, nadie transitaba por los anaqueles y al fondo, en el pequeño cubículo sin ventanas, Irene lo esperaba ya, leyendo una revista con su cabellera de alazana derramada sobre los hombros. Se había quitado el chaleco térmico y su blusa, desabotonada con alevosía, dejaba entrever el hemisferio superior de su pecho izquierdo, salpicado de encantadoras pecas.

—Hola, Irene —la saludó a prudente distancia—. Me tiene muy intrigado que hayas pedido esta tutoría. La mera verdad, no creo que la necesites.

—Después de mucho pensarlo, he decidido estudiar Historia —sonrió Irene, algo cohibida— y quería pedirle consejo para elegir universidad.

Halagado por la noticia, Fidel se ruborizó. Era el responsable directo de haberle sembrado esa vocación, el genio tutelar que la había encarrilado en la apasionante aventura de reconstruir el pasado. ¿Y por qué no fantasear un poco? La admiración reflejada en sus pupilas quizá fuera la chispa precursora de una gran llamarada.

—Me alegra mucho, ¿pero estás segura? La Historia no deja mucho dinero, lo sé por experiencia.

—Ya se lo dije a mis papás y están de acuerdo. Pero no sé a qué universidad inscribirme. Por eso le pedí la tutoría. ¿Usted sabe dónde me conviene hacer la carrera?

Fidel cruzó los dedos de las manos en actitud reconcentrada. Con la mirada fija en la bifurcación de sus pechos, le recomendó la facultad de Filosofía y Letras de la UNAM o el Instituto Nacional de Antropología e Historia, donde él había estudiado respectivamente la licenciatura y el posgrado, especificando los pros y los contras de cada institución. Sospechaba que los padres de Irene preferirían inscribirla en una universidad privada, pero deliberadamente excluyó esa posibilidad, con la piadosa intención de que esa niña tan adorable no acabara convertida en una académica elitista y mamona.

—Como eres una alumna tan brillante, estoy seguro de que pasarás el examen de admisión en cualquier universidad —concluyó, enternecido—. El que se va a quedar muy triste soy yo. Alumnas como tú no se dan en maceta.

So pretexto de estirar los músculos, Fidel extendió los brazos hacia adelante, rozando casi los vellos rubios del antebrazo izquierdo de Irene, que había recargado los codos en el escritorio. Era una insinuación hasta cierto punto cobarde, pero después de su afectuoso comentario tenía un significado bastante claro. No podía ser más audaz en pleno ejercicio de su labor docente.

—Gracias, qué lindo —Irene lo miró a los ojos con una sonrisa magnética—. Usted ha sido mi ángel de la guarda en toda la prepa. Yo era un desastre, ninguna materia me interesaba. Pero todo cambió cuando asistí a sus clases. Las disfruto tanto que hasta me pongo triste cuando suena el timbre, ¿usted cree?

Irene refrendó su elogio con un intempestivo contacto manual. No se limitó a posar la mano izquierda en el dorso de la suya: la recorrió suavemente con las yemas de los dedos, en señal de franca disposición al estupro. Con su mano libre, Fidel le dio una palmadita paternal en los nudillos, como para desinfectar el peligroso contacto. Pero en su piel había ocurrido una conflagración y no quiso perder esa oportunidad de oro que rebasaba sus expectativas más delirantes.

—Si quieres que te ayude a preparar el examen de admisión, puedo verte cuando quieras fuera del colegio —tartamudeó—. Total, me voy a quedar en la ciudad todas las vacaciones.

—¿De veras? —Irene sonrió ilusionada—. Pero usted está muy ocupado y me da pena hacerlo trabajar horas extras.

—Por eso no te preocupes. Nunca le regateo mi tiempo a los buenos alumnos.

Quedaron de verse el martes de la semana siguiente, a las cinco de la tarde, en un Starbucks del centro de Tlalpan. El simple hecho de haber concertado la cita ya lo podía meter en líos, pues nada le garantizaba que Irene guardara la debida discreción. Era de temerse que ventilara el tema con alguna confidente. Si las mujeres adultas no sabían guardar secretos, mucho menos un atolondrado pimpollo de diecisiete años. Pero a pesar del paso en falso que acababa de dar, Fidel volvió a casa efervescente y optimista, con el motor de la voluntad más revolucionado que nunca. Esa noche jugó Play Station con su hijo Emiliano, a quien tenía un tanto olvidado, y le hizo el amor a Sandra con una pasión que ya creía difunta. Cuando apagaron la luz no se sintió traidor, sino bendecido por la vida. Se había ganado en buena lid la admiración de una alumna preciosa y aceptar ese regalo del cielo no tenía por qué apartarlo de su mujer ni de su familia. Quizá ocurriera lo contrario: esa inesperada felicidad acaso le dejaría suficientes reservas de gozo para sobrellevar muchos años más de vida conyugal ordenada y tibia. Por más efímera que fuera esa aventura, sus irradiaciones, propagadas en círculos concéntricos, podían tener un efecto salutífero que le duraría años o décadas.

Aunque lo excitara la posibilidad de cogerse a Irene, no quiso catalogar ese devaneo como una vulgar calentura. Tal vez por su inveterada fidelidad conyugal, deseaba entregarse a ella en cuerpo y alma, corresponder a su admiración con un amor profundo, exento de mezquindades. Desde luego, ansiaba con furor ese gran festín de la carne, sin duda el más intenso de su vida. Pero el cuerpo estaba conectado con el alma y él se había enamorado de Irene con todas las potencias del espíritu, como hubiera podido hacerlo cualquier chavo de su edad. Apenas dos días antes de la cita, cuando terminó de preparar los exámenes finales, se dio tiempo para escribirle un poema. No tenía ambiciones literarias, pero antes de volverse un ratón de biblioteca, en sus años de bohemia juvenil, había escrito letras de canciones que él mismo cantaba en las fiestas. Tras varios tanteos infructuosos, por fin atinó a versificar sus sentimientos con honradez y ternura:

> Atado a tu sonrisa,
> náufrago en el oleaje de tu pelo,
> suspendido en la brisa
> que sopla de tu boca hacia mi anhelo,
> quisiera disipar de mi memoria
> los años en que, lejos de la gloria,
> en mi árido inframundo de tristeza
> viví un triste remedo de la vida,
> con el alma enmohecida
> por no haber adorado tu belleza.
> Bien sé que no merezco
> la flor de tu hermosura,
> pero tal vez alivie mi locura
> reconocer que ya te pertenezco.

No lo quiso firmar, pues ignoraba en qué manos pudiera caer si Irene cometía la imprudencia de enseñárselo a alguna amiguita, pero tuvo la delicadeza galante de rociarlo con su mejor loción. El día de la cita en el café, las manos le sudaban como si fuera a presentar un examen profesional. Irene sólo se retrasó cinco minutos, pero bastaron para infundirle los más acerbos temores de un plantón humillante. Un miedo espantoso al fracaso, alimentado por la íntima convicción de no merecerse tanta ventura, lo impelía a salir corriendo de ahí, pero una voluntad más fuerte lo sujetó a la silla. Cuando por fin apareció, esplendorosa y apenada por el retraso, con tacones de plataforma, barniz multicolor en las uñas, minifalda negra y una blusa de seda amarilla casi traslúcida, se maldijo por tener la fe tan flaca. Nunca iba a la escuela tan ligera de ropa. Venía a entregarse envuelta para regalo. Recobrado el amor propio, se atrevió a saludarla con un beso en la mejilla. No había lugar para disimulos: ambos sabían a lo que iban. Después de todo estaban fuera del perímetro escolar, y en un par de semanas, Irene ya sería una exalumna.

—No sabe cuánto le agradezco que haya aceptado venir —el cuello de Irene olía a selva tropical, a fragante sacrilegio—. Ya me decidí por la UNAM, pero dicen que el examen es bien difícil y en Historia aceptan a pocos aspirantes, porque el cupo es muy limitado.

—No te preocupes, vas a llegar muy bien preparada, de eso me encargo yo —recobrado el aplomo, Fidel se sintió más ligero, como si le hubieran brotado alas—. Sólo tienes que refrescar un poco tus conocimientos. Pero por favor no me hables de usted. Aquí no estamos en la escuela y podemos romper la formalidad, ¿no crees?

Aunque Irene había puesto sobre la mesa su libro de texto, con un busto de Herodoto en la portada, ninguno de los dos quiso empezar tan pronto el árido repaso. Para romper el silencio, Fidel criticó la antiséptica música ambiental de la cafetería y se enfrascaron en una charla frívola sobre sus grupos favoritos de rock. A Irene le gustaban Kings of Leon y The Killers. Más chapado a la antigua, Fidel admiraba la música de Radiohead y los Smashing Pumpkins, que a Irene le sonaba un tanto viejita (de hecho, los llamó grupos de chavorrucos), pero ambos coincidieron en su admiración por los White Stripes. Irene sintonizó en su teléfono *Seven Nation Army*, la canción más famosa del grupo, y los dos la canturrearon, llevando el ritmo con los tacones.

—Nunca me hubiera imaginado que le gustaba el rock —se alegró Irene—. En la escuela siempre lo veo muy serio.

—¿No quedamos en que ibas a hablarme de tú?

—Perdón, se me olvidó. Es que me da pena.

—El otro día, en la biblioteca, no te vi tan apenada —Fidel se tiró a fondo—. Es más, de pronto sentí que teníamos la misma edad.

Irene se sonrojó como una niña traviesa sorprendida en falta. Pero su turbación no arredró a Fidel. Si ella le había dado entrada en la tutoría, ahora le tocaba pasar a la ofensiva.

—Vas a pensar que soy un chavorruco sentimental, como tú dices, pero en los últimos días he pensado mucho en ti. Me duele mucho que dentro de poco vayas a dejar la escuela, y ayer te compuse un poema. ¿Quieres oírlo?

Irene se quedó un momento perpleja y dubitativa. Hubo un largo intercambio de miradas nerviosas en el que Fidel sudó frío. ¿Y si ahora se asustaba y corría a acusarlo con su mamá?

—Si quieres me lo guardo y asunto arreglado —propuso con un retintín de reproche y comenzó a doblar el papel, pero Irene lo detuvo.

—No, mejor déjemelo leer a mí.

Irene se concentró en el poema con el rostro impasible, sin dar señales de aprobación o repudio. Tal parecía que estaba leyendo una receta de cocina. Cuando terminó, miró a Fidel con una opacidad fría que nunca antes había percibido en sus ojos.

—¿Qué es enmohecida?

—Cubierta de moho.

—Ah, sí, las manchas verdes que le salen a las frutas podridas —Irene jugó cruelmente con su impaciencia—. El otro día vimos una pera así en la clase de Biología.

Desconcertado y un poco herido por la tonta evasiva, Fidel se arriesgó a tomarla de la mano, pero esta vez Irene la retiró con pudor. Carajo, lo había jodido todo por precipitarse. Las chavitas de su edad eran alérgicas a las declaraciones de amor, más aún a las escritas en un lenguaje melifluo. Querían que el galán se las cantara derecha: me gustas para un *free,* sin cursilerías del Pleistoceno. Para colmo, Irene sólo había puesto atención al peor verso de su poema. No sería el primer poetastro que perdía un ligue por una mala rima. Obligado a retroceder, se resignó a guardar distancias y emprendió el repaso del temario, confiado en la benevolencia de Irene para perdonarle su desfiguro.

—Lo que se califica en el examen de entrada a la UNAM es la visión de conjunto de las principales épocas históricas, no la capacidad de memorizar datos y fechas. Por lo tanto, vamos a concentrarnos en los principales cambios políticos, económicos y sociales que han marcado el desarrollo de la civilización a partir de la Edad de Hierro. ¿De acuerdo?

En el terreno seguro de la docencia se desenvolvió con más naturalidad. Irene tomaba nota con una concentración de beata. Menuda estupidez, cómo pudo haber malinterpretado su inocente caricia manual en la biblioteca. Sólo estaba agradecida por su ofrecimiento de ayudarle a preparar el examen, pero nunca se le había pasado por la cabeza tener un amorío con él. Devuelto abruptamente a la realidad, temió que de pronto llegara al café algún profesor o alumno del colegio. Le resultaría difícil explicar esa entrevista fuera del horario escolar y las habladurías darían al traste con su prestigio. Saltándose varios temas, procuró llenar las lagunas de Irene sobre los periodos de la historia en que andaba floja: Baja Edad Media, Renacimiento y Revolución Industrial. Ella era una fuente inagotable de preguntas, pero su comprometida situación lo angustiaba, y a las seis y media dio por terminado el repaso.

—Hasta aquí vamos a llegar, porque yo vivo en Contreras y luego se hace un embudo espantoso en el Periférico. Con la bibliografía que te di puedes estudiar por tu cuenta. Hasta luego, Irenita, cuídate mucho.

Le tendió la mano por falta de agallas para despedirse de beso.

—¿Ya se va tan pronto? —Irene hizo un mohín de disgusto.

—Otro día resuelvo tus dudas. En las vacaciones vamos a tener mucho tiempo libre.

Le urgía irse de ahí, escapar del escándalo que ya le pisaba los talones. Irene parecía decepcionada de verdad, pero no cometería de nuevo la estupidez de confundir un interés meramente académico con un intento de ligue.

—¿Me puede dar un aventón a mi casa? Vivo a diez cuadras, pero no me gusta caminar con tacones.

Subirla a su coche era más peligroso que haberla citado en un café. Pero si ahora se negaba haría un feo papel de mal perdedor, que podía enemistarlo con esa muñeca, y de carambola, exponerlo a una delación.

—Sí, claro, tengo mi coche aquí abajo, vente.

Bajaron al estacionamiento subterráneo del Starbucks. En el coche, un Chevy azul metálico, Irene le apretó la mano derecha cuando Fidel encendió el motor.

—Espérate, Fidel, primero tenemos que hablar —dijo con un intenso arrebol en las mejillas—. Allá arriba no te dije nada de tu poema, porque estaba muy sacada de onda, pero la verdad es que me fascinó. ¿De verdad sientes eso por mí?

Fidel contempló con arrobo la noche constelada de sus ojos. Irene había girado para verlo de frente y con la pierna izquierda flexionada sobre el asiento le dejó ver a sus anchas el triángulo de encaje azul que custodiaba la puerta del paraíso.

—Me gustas mucho, Irene, y tú lo sabes —susurró—. Nunca me atreví a decirte nada en la escuela, porque los maestros no debemos enamorarnos de las alumnas.

Irene le plantó un beso largo, profundo, lleno de pericia y veneno, el beso de una mujer con amplia experiencia erótica. Los remolinos de su lengua compendiaban más sabiduría que el libro de historia universal. Fidel le respondió con el fuego lento que le correspondía como hombre maduro. En la boca de esa niña encontró un sentido de la vida inaccesible al razonamiento. Esa gula infantil, posesiva, egoísta, lo transportó a un tiempo sin edad, a un edén prenatal donde ninguna necesidad oprimía al ser humano. Tuvieron que separar sus bocas para tomar aire.

—Pero tú eres un hombre casado, y esto no está bien —murmuró Irene, reparando en su anillo de matrimonio—. ¿Has engañado a tu esposa?

—Nunca —se ruborizó Fidel—. Es la primera vez.

—¿De veras? —sonrió Irene, incrédula—. Has de quererla mucho, ¿verdad?

Fidel no quiso responder. Respetaba demasiado a Sandra para involucrarla en esa aventura y temió desalentar a Irene si le decía la verdad. ¿Por qué las mujeres serían tan competitivas? ¿Apenas le había dado un beso y ya rivalizaba con Sandra? Como si leyera sus pensamientos, Irene le tomó el dedo anular y se lo metió a la boca, chupándolo golosamente. Fidel respondió con una erección de bachiller virgen, sintiendo que esa felación digital era el preámbulo de succiones más atrevidas. A punto estaba de bajarse la bragueta, cuando Irene comenzó a sacarle el anillo con los dientes y después, ya en la palma de su mano, lo examinó con recelo.

—Prométeme que a partir de hoy cuando te pongas este anillo vas a pensar en mí —sonrió con malicia.

—Te lo prometo.

—No te creo.

Molesto por su actitud de fichita irrespetuosa, Fidel quiso arrebatarle el anillo, pero ella lo apretó en el puño y se lo cambió de mano con una risilla burlona. Sus escrúpulos de buen marido parecían divertirla. En un rápido movimiento se bajó la tanga azul, le mostró sin rubor su pubis lampiño, y antes de que Fidel pudiera reaccionar, se introdujo el anillo en la rendija de la vagina.

—Si lo quieres, sácalo de ahí.

Su carita angelical irradiaba una picardía de diablesa. Caliente y avergonzado a la vez, Fidel tuvo que incursionar en la húmeda gruta con el dedo índice. Como el resbaladizo anillo no se dejaba atrapar, Irene alcanzó un conato de orgasmo. Al cabo de un minuto lo sacó bañado en el almíbar agridulce de la niña, y cuando iba a limpiarlo con la manga de la camisa, Irene lo paró en seco.

—No, chúpalo.

Fidel le clavó la mirada reprobatoria que reservaba para sus peores alumnos. Ah, canija, diez minutos de faje y ya le imponía condiciones. Pero no quería dar una señal de inhibición o desamor y saboreó el anillo con un gesto lúbrico. La entrada de un auto al estacionamiento dio por terminado el escarceo.

Horas después, a pesar de una minuciosa limpieza con alcohol, Fidel seguía temiendo que Sandra percibiera el olor a salmuera adherido al anillo, pues él no había podido sacárselo de las fosas nasales. Tampoco de la conciencia. A la hora de cenar, cuando Sandra le sirvió un muslo de pollo al horno, atenta y cariñosa como siempre, con la cara morena limpia de afeites, dignamente satisfecha de su modesta paz conyugal, no le pudo sostener la mirada. Por vivir en contacto con adolescentes, sabía que en materia de precocidad sexual dejaban muy atrás a los rebeldes más intrépidos de las viejas generaciones. Pero esto era demasiado. ¿Qué ganaba Irene con mancillar así un matrimonio bien avenido? Y él, ¿por qué le había seguido el juego? Una aventura con ese comienzo no prometía nada bueno. En su fuero interno, estaba seguro, Irene se había reído de su poema, o más bien de su afán por ennoblecer un antojo carnal. Tras lo sucedido en el coche sólo necesitaba un guiño para llevársela a la cama. Pero ya no estaba tan seguro de querer consumar la seducción. Su trabajo consistía en dar lecciones y quizá esa niña majadera necesitara aprender a respetar los lazos afectivos de los adultos. Había querido devaluar la importancia de su matrimonio, sin advertir que, al hacerlo, también lo devaluaba como ser humano. Si el precio por acostarse con ella era sentirse un pelele, ¿valdría la pena pagarlo?

Al día siguiente, de camino al colegio, la satisfacción del conquistador alivió los raspones de su amor propio y juzgó con menos severidad el desparpajo de Irene. A esa edad nadie respetaba ninguna institución social. Él mismo, en la adolescencia, se mofaba cruelmente del matrimonio. La profanación de Irene presagiaba desacatos mayores. ¿Pero no eran esos caprichos perversos la esencia del erotismo? ¿Por qué no apartar de entrada el estorbo de la seriedad, como ella le proponía? ¿Por qué amar siempre con ese lastre?

Contribuyeron a reblandecer sus defensas las coreografías del Festival Vida y Movimiento, un espectáculo para los padres de familia en el que Irene bailó un número de danza moderna con otras compañeras de sexto grado, a las que eclipsaba con su garbo de reina. Desde las gradas, Fidel no perdió detalle de sus gráciles movimientos pélvicos. Por fortuna se había quitado las mallas (a mediodía el sol pegaba fuerte, sobre todo en el patio) y sus piernas sonrosadas, que ya veía con ojos de propietario, lo excitaron al punto de empañarle los anteojos de vaho. Hubiera podido jurar que Irene se le ofrecía en cada vaivén de caderas. Bendijo a esa juventud libérrima que primero entregaba el cuerpo con noble desinterés y después buscaba la química espiritual con la pareja. Bien hecho: ningún cálculo mezquino debía anteponerse al amor. La moral judeocristiana lo había jodido todo al colocar el aperitivo en el lugar del postre, pero esos chavos estaban recuperando el orden natural del banquete: primero a coger y después averiguamos si nos queremos. Nadie debía contaminar el deseo con palabras grandilocuentes, eso había querido decirle Irene con su juguetona profanación. El cuerpo aborrecía las camisas de fuerza, aunque fueran de seda. La conciencia dejaba heridas imborrables cuando extendía demasiado su área de influencia. Era preciso, entonces, restringir sus fueros, dejando para el final la unión de las almas, si acaso podían juntarse entelequias tan veleidosas.

Terminada la coreografía, en un arrebato de insensatez romántica, Fidel quiso demostrar a Irene que también él podía ser un enamorado audaz. Bajó de las gradas y se acercó al corrillo donde tomaban refrescos las bailarinas recién aplaudidas, con la temeraria idea de pedirle una cita para esa tarde, so pretexto de felicitarla. Pero cuando ya estaba a un metro de Irene, cuando ya podía ver las gotas de rocío que le perlaban la frente y aspirar el hálito divino de su juventud, un ataque de pánico escénico lo indujo a darse la media vuelta. Tenía demasiado que perder si alguien oía su cuchicheo. Por ahí rondaba Güemes y no podría explicarle por qué mostraba una preferencia tan marcada por esa alumna, en vez de felicitarlas a todas. ¿O exageraba el peligro para justificar su falta de huevos? En las dos horas de clase que aún tenía por delante se sintió un esclavo miserable del sentido común. Ya era tiempo de recuperar el arrojo de sus mocedades, el glorioso valemadrismo que alguna vez tuvo. Quería protagonizar su vida, no verla pasar como un testigo de piedra. Al término de la jornada, cuando sacaba el coche del estacionamiento, se topó en la puerta de salida con Keith Bishop, uno de los gringos contratados para renovar la imagen del colegio, que tenía su coche en el taller y esperaba un taxi.

—¿Quieres aventón? Yo tomo el Periférico hacia el norte.

Keith era un galán treintañero de pelo negro y ojos azules, alto y musculoso, con la nariz en forma de aleta de tiburón, pómulos afilados y un velo de melancolía en la mirada. Cinco años atrás, cuando la escuela vendió su alma al Tío Sam, Güemes lo había contratado para dirigir el departamento de inglés, y al principio, tanto Fidel como los demás profesores lo boicotearon con disimulo, en solidaridad con Desiderio Sáenz, el exjefe del departamento, despedido con una patada en el culo por el delito de ser mexicano. Pero con el tiempo Keith se había ganado el cariño de todos. Bonachón y de sangre ligera, se tomaba la vida a broma y respondía las agresiones con frases ingeniosas que desarmaban a sus malquerientes. No tenía, desde luego, la experiencia pedagógica requerida para desempeñar su puesto. Como Güemes había querido agringar la escuela sin pagar los altos salarios que devengaban los profesionales yanquis de la enseñanza, se había conformado con reclutar a un aprendiz de profesor, sin experiencia en tareas de coordinación académica.

Fidel había intimado con Keith en una comida navideña en el restaurante Arroyo, cuando apenas llevaba tres meses en la escuela. Estaba aprendiendo sobre la marcha un montón de cosas, le confesó al calor de los tequilas en su rústico espanglish, y temía cometer graves errores, porque antes de conseguir esa chamba sólo había dado clases particulares de inglés, sin aplicar ninguna metodología. Lo que de verdad amaba era el surf, y en esa disciplina sí era un buen instructor, pero cinco años atrás, en la riesgosa playa de Mavericks, donde se alzaban olas de ochenta pies, había perdido el control de la tabla por calcular mal la fuerza de la resaca. La bofetada del océano lo revolcó más de treinta metros y le desvió tres discos de la columna. Desde entonces los médicos le prohibieron surfear y cayó en una depresión catatónica. Sólo tenía fuerzas para odiar la vida. Con un vaso de bourbon en la mano contemplaba sus mejores fotos, en las que jineteaba enormes crestas de espuma, oyendo viejas canciones de los Beach Boys, o se pasaba el día entero hipnotizado frente a la pantalla de su computadora, jugando *blackjack* en los casinos virtuales.

Cuando volvió en sí ya tenía un sobregiro de treinta mil dólares en la tarjeta de crédito. Al recibir la primera amenaza de embargo hizo las maletas y cruzó la frontera por Ensenada en su viejo Camaro. Si ponía un pie en Estados Unidos se arriesgaba a un arresto, por eso había preferido quedarse en México, sobreviviendo a la buena de Dios.

—¿Vas a tu casa?

—No, tengo cita con una amiga en un restaurante de Perrisur —Keith había mejorado mucho su español, pero aún le fallaba la diferencia entre la ere y la erre—. ¿Puedes dejarme ahí?

—Sí, claro, me queda de paso. ¿Una nueva conquista?

—Es una mujer casada —confesó Keith, con más pesadumbre que orgullo—. Yo no quería meterme en líos, pero ya me enamoré y ahora sería un culerro si me rajo, como dicen ustedes.

—*Be careful*, aquí los maridos son muy rencorosos. No se cogen a sus viejas, pero si les ponen el cuerno van y matan al Sancho. ¿Es bonita?

—Mucho. Ya tiene cuarenta, pero parece más joven.

Fidel estuvo tentado a confesarle sus devaneos con Irene, pero la cautela lo detuvo a tiempo. La propagación de un chisme como ése podría ser su ruina.

—Cuando sea grande quiero ser como tú —suspiró—. Por cierto, ¿no tendrás algo de yerba? La necesito para relajarme un poco, he dormido muy mal.

—Sí, claro, no traigo mucha, pero te puedo regalar un *joint* —y le ofreció uno de los que ya tenía forjados.

Marihuano empedernido, Keith se fumaba a diario seis o siete carrujos de mota, uno de ellos a media mañana, emboscado en un terreno baldío a espaldas del colegio. Llamaba *joint break* a esa escapada terapéutica. Era tan macizo que la marihuana, en vez de aletargarlo, le provocaba un efecto parecido al del café. Fidel no quería la mota para dormir: la necesitaba para rejuvenecer y compenetrarse en espíritu con

Irene. Por fortuna, Sandra había salido al dentista con el niño, y después de comer la cochinita pibil que halló en el refrigerador, se fumó el carrujo repantingado a sus anchas en el sofá del estudio. Era una mota hidropónica muy pegadora y un duende perverso, salido de las volutas de humo, lo incitó a seleccionar en YouTube *Anillo de compromiso* de Cuco Sánchez, un himno a la fidelidad conyugal que ahora, paradójicamente, lo incitaba al pecado. El lirismo campirano de la canción y la clarividencia emocional inducida por la yerba le ayudaron a comprender mejor el gesto de Irene. No había querido profanar nada: sólo abolir de golpe la tupida maraña de prohibiciones que pesaba sobre los dos. Con ese bautismo simbólico se comprometía a no comprometerlo, a regalarle una plenitud fugitiva, sin resacas amargas. La inmersión del anillo en su vagina los había unido ante el cielo porque refrendaba la inviolable soberanía del instinto. No era culpable de nada por haberlo sacado de ahí, por concederse un instante la libertad ingenua y rabiosa de los cachorros que retozan en las verdes praderas. La piedad empezaba por uno mismo, qué carajos. Por falta de arrojo, una pasión en ciernes se podía extinguir tan pronto como las luces de pirotecnia. Imaginar la oscuridad posterior a esa extinción le dio escalofríos. Tenía que actuar pronto, dejarse ya de preámbulos estúpidos que sólo delataban su cobardía. Llamó por teléfono a Irene y le dijo que su número de baile lo había convencido de mandar al diablo la prudencia.

—Me traes loco, preciosa. ¿Podemos vernos esta tarde?

—Sí, claro, ¿en dónde?

—Te espero a las seis en el motel Costa del Sol. Búscalo en Google.

Irene no le puso ninguna objeción. Lo sabía, cuanto más cruda y directa fuera su propuesta, mejor efecto tendría en el ánimo de esa pequeña zorra. En el espejo del lavabo, mientras se ponía desodorante y loción, descubrió un encanto misterioso en su rostro moreno y barbado. La calva incipiente no lo favorecía, pero los destellos de inteligencia que le brotaban de las pupilas dejaban entrever una impetuosa virilidad. El orgullo de haber despertado ese amor ya le había cambiado la cara y quizá otras mujeres lo asediaran a partir de ahora. Tenía parque para todas, que fueran haciendo fila de dos en fondo.

El motel quedaba en la carretera libre a Cuernavaca. A las cinco de la tarde se tomó un café exprés para despabilarse, pero sólo consiguió agudizar su estado de euforia contemplativa. Para evitar un posible accidente, prefirió tomar un taxi en la avenida San Francisco en vez de tomar su auto. Por fortuna, el tránsito era fluido, el taxista bajó la cuesta con rapidez y en un santiamén tomaron la planta baja del Periférico. Admiró con ojos de alucinado la escenografía fantasmagórica de la ciudad. La bóveda gris del segundo piso le pareció la caja torácica de una inmensa ballena, un monstruoso Leviatán de concreto que devoraba los autos y luego los eructaba en alguna playa desierta. En Viaducto Tlalpan había un pequeño atorón de tránsito. Miró a los pasajeros de los otros autos con una mezcla de odio y conmiseración. Una esclerosis total de la voluntad parecía inmunizarlos contra la frustración y el tedio. Harto de ver en ellos un reflejo de su vida anterior, la del espectador domesticado, inerte y conformista, se limitó a contemplar la odalisca de hule que colgaba del espejo retrovisor. Quién pudiera poseer a Irene en una tienda árabe, como en los cuentos de *Las mil y una noches*. Saboreó por anticipado, con una fruición de sátiro, el reflejo de sus cuerpos acoplados en el espejo de pared que no podía faltar en ese hotel de paso. Mía por fin, inmensamente mía, oh sierpe con alas, ángel incandescente, manantial donde voy a saciar mi sed de infinito.

Quince minutos después, cuando el taxi se detuvo en el hotel Costa del Sol, Irene ya lo esperaba en una banca de la bahía para descenso de huéspedes. Se echó en sus brazos como una huérfana en busca de padre, devorándolo a besos.

Llevaba el pelo recogido en una cola de caballo que acentuaba su encanto infantil. Cohibido, el botones que hacía guardia en la puerta prefirió mirar a otra parte. A Fidel no le gustaba dar espectáculos, pero la besó con la misma pasión, inflamado por el contacto de sus pezones. En la recepción pidió un cuarto con jacuzzi que costaba mil quinientos pesos. Un gasto fuerte para su maltrecha economía, pero no podía escatimar gastos en la antesala de los más anhelados derroches. Todavía en el vestíbulo, cuando esperaban el elevador, Irene lo perturbó con traviesos mordiscos en la oreja. Ya le había desabotonado la blusa cuando llegaron al cuarto piso. Pero una vez en el cuarto, cuando iban a caer en la cama con las piernas trenzadas, Irene rompió el abrazo en un súbito arrebato de pudor.

—Espérate, por favor. Me siento rara —tembló de angustia, sentada al borde de la cama—. ¿De veras me quieres, Fidel?

Enternecido, Fidel le acarició el cabello.

—Claro que sí, preciosa. Ya te lo dije, estoy enamorado de ti.

—Pero quieres más a tu esposa, ¿no?

Otra vez la burra al trigo, pensó Fidel, impaciente.

—La quiero de otro modo. Pensé que eso no te importaba.

—Pues sí me importa y mucho. Cuando me acuesto con un hombre necesito saber que soy la mujer más importante de su vida. Y francamente no sé qué lugar ocupo en la tuya.

Pues me lo hubieras dicho antes de venir aquí, hubiera querido reclamarle Fidel, pero aún tenía la esperanza de convencerla.

—Ocupas el primer lugar, te lo juro —le besó suavemente el cuello, con la esperanza de reavivar su pasión.

—Suélteme, por favor. Me está lastimando.

El breve forcejeo, su tono quejumbroso y el retroceso al trato de usted le bajaron la erección de golpe. No se estaba resistiendo por juego: lo rechazaba de verdad, ofendida como una mojigata de pueblo. La soltó, confundido y perplejo. Hubo un largo silencio cargado de reproches mutuos que ninguno de los dos se atrevió a proferir. Fidel exhaló un bufido de toro agónico y abrió la puerta del servibar.

—¿Quieres tomar algo?

—¿Me quiere emborrachar? —protestó Irene con el ceño fruncido.

—Claro que no, tonta. Sólo quería aflojar la tensión —dijo Fidel, dolido por su tono acusatorio—. Yo nunca he abusado de ninguna mujer. ¿Quieres que te lleve a tu casa?

—No, gracias, me traje el coche de mi hermano.

Irene se levantó de la cama, tensa y desconfiada, como si lidiara con un violador. Después de componerse el pelo frente al espejo de pared a pared, agarró su bolsa y se fue sin decirle adiós. En el tortuoso y lento camino de vuelta, entre las hordas motorizadas de oficinistas que borraron su efímera ilusión de singularidad, intentó explicarse la jugarreta de Irene. Quizá no fuera en el fondo tan puta ni tan facilona y por eso se había arrepentido en el último instante. Pero entonces, ¿qué necesidad tenía de fingirse una devoradora de hombres? Tímida no era, ninguna chavita fresa se habría metido en la panocha un anillo de bodas. Dominaba a la perfección el perverso arte de calentar braguetas. ¿Por qué había acudido a la cita si no pensaba entregarse? ¿Lo torturaba por diversión?

Tardó más de hora y media en llegar a casa. Como Sandra estaba inquieta por su ausencia, tuvo que inventar una inverosímil junta vespertina de trabajo, a la que todos los maestros del colegio fueron convocados a última hora. No había querido llevarse el coche porque le andaban fallando los frenos, explicó cabizbajo. Pobre Sandra, era tan noble que se tragaba cualquier embuste. Paradojas del buen amor: la confianza más sólida era la más fácil de burlar. Mientras ella diseñaba en la computadora el logo de una guardería, una chamba de *freelance* que los ayudaría a librar apuradamente el fin de quincena, la miró con una admiración teñida de remordimiento. Entró al estudio, en el que aún no se disipaba por completo el tufo a marihuana, y abrió las ventanas con el firme propósito de borrar pronto ese incidente traumático. Ya era demasiado tarde para hacerse respetar, pero cuando menos debía impedir que esa voluble nenita le hiciera más daño. Sonó el timbre de su celular: ¿sería ella? Tal vez quisiera justificarse, arrepentida de haberlo dejado en el cuarto con la mano extendida. Su primer impulso fue ignorar el mensaje, pero como el número registrado era de otra persona, no tuvo empacho en abrirlo. En la pantalla apareció lentamente, palmo a palmo, un video suyo besándose con Irene en la puerta del hotel. A juzgar por la nitidez de las facciones, lo habían tomado a corta distancia. De perfil, con su cola de caballo y la cara limpia de maquillaje, Irene parecía una niña obligada a prostituirse por un sórdido corruptor de menores. El emplazamiento de la cámara era tan preciso que al fondo se veía claramente el rótulo del hotel. Acompañaba el video un escueto recado:

¿No que muy desentito, güey?
Me apruebas en el examen o rajo con todo el colegio. D. G.

Recordó que en la entrada del hotel había un arriate con una palmera de tronco ancho y un hule de buen tamaño, donde seguramente se había agazapado Gaxiola, con un ángulo perfecto para tomar el video. Estaban coludidos, siempre lo estuvieron, también Irene le bebía los alientos al gigoló de la prepa. No quiso probar bocado esa noche. Más que la amenaza le dolía la humillación, el escupitajo moral en plena cara. Maldijo su torpeza por no haberse olido el tinglado. ¿Y ahora qué? ¿Iba a ceder al chantaje para salvar su buen nombre o reprobaría a David Gaxiola, enfrentando el escándalo con valor civil? Era la única opción satisfactoria para su conciencia, pero quizá le costara el empleo y de pilón el matrimonio, pues temía herir de muerte el orgullo de Sandra. No tardaría en enterarse, pues ella también había dado clases en el colegio, conocía a todos sus colegas y alguna amiga solidaria seguramente le mandaría el video. Nada más doloroso para una mujer tan celosa de su intimidad que verse convertida de pronto en el hazmerreír de la comunidad escolar.

Ni con un tafil de 10 miligramos pudo dormir esa noche y al día siguiente, asqueado de sí mismo, el estómago hirviendo de jugos gástricos, entró al colegio con el paso vacilante de un reo patibulario. Portador de un virus indeleble y mortal, ya no se consideraba digno de mirar a sus colegas con la frente en alto. Para darle la puntilla, en pleno patio escolar Irene y David le salieron al paso tomados de la mano y se besaron en sus narices con una saña de aves carroñeras. Fingió no haberlos visto, y una hora después, con la bayoneta enemiga clavada en la espalda, tuvo que enfrentarse con ambos en el examen final de Historia. David lo miró a los ojos en actitud retadora, seguro de su triunfo. La dilatación de sus pupilas y su respiración jadeante delataban que se había drogado. Irene, en cambio, esquivó su mirada escrutadora con un distanciamiento emotivo que revelaba una profunda y anacrónica resequedad moral. ¿Cuántos siglos habría vivido a su corta edad para manejar con esa cara dura situaciones tan escabrosas? Repartió el examen a todos los alumnos con un gran esfuerzo de autocontrol, pero no pudo contener un leve temblor de pulso cuando se lo entregó a David Gaxiola.

—Tienen cuarenta y cinco minutos a partir de ahora —advirtió al grupo—. Les recuerdo que está prohibido sacar apuntes y a quien sorprenda copiando o soplando le recojo el examen. Ya saben que yo no me ando con bromas, así que mucho cuidado.

David ni siquiera se molestó en fingir que respondía las preguntas y a los veinte minutos, rozagante y risueño, le entregó el examen en blanco. En el reverso de la primera página había escrito una frase atravesada en diagonal: QUIERO SACARME DIEZ. Faltaba más, el señorito esperaba obtener el máximo beneficio de su extorsión. Pero si exigía esa nota, ¿por qué no hacía bien la faramalla y se esperaba hasta el final del examen? No le bastaba con el chantaje: pretendía exhibirlo, además, como un profesor venal ante el resto del grupo. Todos lo habían visto largarse a destiempo: ¿cómo iba entonces a ponerle diez sin despertar sospechas? Llegó a casa tan demacrado que Sandra le preguntó si estaba enfermo. Y en efecto, empezó a estornudar, víctima de esos virus oportunistas que atacan a la gente con la moral baja. En cinco días hábiles tenía que entregar los resultados de los exámenes. Casi deseaba que la gripe degenerara en pulmonía para eludir el encuentro con su destino. Una muerte prematura o una temprana decrepitud serían la consecuencia lógica de haberse dejado arrastrar a esa encrucijada.

Al día siguiente, un viernes, asistió junto con toda la plantilla de profesores a un curso de actualización académica en la vieja sede de la Secretaría de Educación, en la calle República de Argentina. Lo impartía una pedagoga venezolana guapa y madura, con muchas tablas para exponer sus ideas, que los exhortó a implementar en el aula un trabajo en equipo centrado en la socialización del conocimiento, según la metodología de Kirkpatrick. Puso atención y tomó apuntes, pero por más que se concentraba el tumor seguía ahí, cada vez más ponzoñoso y ramificado. ¿Qué hacer, carajo? No soportaba llevar él solo esa tremenda carga. Por salud mental necesitaba sincerarse con alguien, y a la una de la tarde, cuando acabaron las mesas de trabajo por áreas, le propuso a Keith Bishop que salieran a tomar una cerveza en alguna cantina del rumbo. Era el mejor confidente al que podía acudir, pues Fidel siempre le había guardado el secreto de sus *joint breaks* y por lo tanto existía entre los dos un pacto de discreción.

Entraron al Salón España, un modesto abrevadero frecuentado por oficinistas, comerciantes y uno que otro reporterillo.

A esa hora la cantina estaba semivacía, y por fortuna, el ruido era tolerable. Eligieron la mesa más apartada de la barra, junto a una columna que los aislaba a medias de los demás bebedores. Antes de ordenar, Fidel se tuvo que levantar al mingitorio. Los baños estaban cerrados por una obra de remodelación, pero había otros arriba, le advirtió un mesero. Para llegar a ellos siguió unas flechas anaranjadas. Llegó a una especie de bodega donde la cantina se comunicaba con el pasillo de un viejo palacio del Virreinato, deteriorado por años de incuria y convertido, al parecer, en una colmena de departamentos en ruinas, habitados por gente humilde. Otras señales le indicaron que debía subir una escalera oscura, con las baldosas tan averiadas que prefirió agarrarse del barandal para no dar un paso en falso. Olía a encierro y el salitre había descascarado los muros. Arriba, en el entresuelo, el pasillo se bifurcaba, pero ya no había ninguna flecha que indicara la ruta a los baños.

Dobló a la derecha, espoleado por la urgencia de orinar. Las telarañas del techo y el olor a fruta podrida no presagiaban un baño higiénico. Si era tan difícil encontrar los baños, ¿por qué no cerraban la pinche cantina, en vez de mandar al cliente a una expedición tan larga? Tras recorrer en balde todo el corredor, pasando por varias puertas cerradas, de donde salían ruidos de pleitos conyugales, radios encendidos y horrísonas licuadoras, se dio la media vuelta y volvió sobre sus pasos para tomar el otro pasillo, más oscuro y maloliente. Al fondo del siniestro corredor descubrió una puerta entornada por donde salía una franja de luz solar. Tenía que ser ahí. Corrió en busca de alivio, adolorido ya por la forzada continencia, y al abrir la puerta se detuvo en seco. No era un baño, sino un estudio lleno de libros, envuelto en una espesa humareda de tabaco, donde escribía a lápiz, sentado en un escritorio con vista a la calle, un hombrecillo de barba rojiza y lentes bifocales, con el pelo erizado de los científicos locos y las bolsas oculares de los insomnes crónicos.

—Perdón, andaba buscando el baño de la cantina y me equivoqué de puerta —murmuró Fidel, pero cuando iba a salir, el pigmeo con facha de intelectual se levantó a darle la bienvenida.

—No te vayas, Fidel. Estás en tu casa.

—¿Cómo supo mi nombre?

—Lo sé todo de ti. Nadie te conoce mejor que yo, ni siquiera tú mismo.

Aunque había cierta fatuidad en sus palabras, la calidez de su tono le infundió confianza. Tal vez fuera un olvidado compañero de la primaria.

—Pues yo no tengo el gusto. ¿Quién eres?

—Leonardo Pimentel, para servirte —dijo, y tronó los dedos como un mago—. Ya no tienes ganas de orinar, ¿verdad?

En efecto, se le habían quitado. Temió que el chaparro fuera un hechicero con poderes para controlar las necesidades fisiológicas de sus víctimas. Le habían sucedido cosas tan nefastas en los últimos días que se puso en guardia contra un nuevo peligro.

—¿Cómo supo que me estaba orinando?

El gnomo sonrió con un aire de superioridad.

—Ya te dije que no puedes ocultarme nada. Estás aquí por mi voluntad. Yo te saqué de la cantina para que vinieras a verme.

Fidel empezaba a creer que de verdad Leonardo podía manejarlo como un títere, pero reculó con miedo a la segura trinchera del escepticismo.

—No me digas que eres brujo.

—Algo parecido, soy novelista y tú eres un personaje mío.

Fidel enmudeció de estupor. Su sentido de la realidad se tambaleó, pero aún se aferraba a la razón empírica.

—No jodas, por favor. Ya tengo suficientes problemas para que encima me salgas con esta mamada.

—Comprendo que no puedas aceptarlo. Modestia aparte, la profundidad psicológica de mis personajes me ha ganado cierto prestigio en el mundo literario. Debes sentirte absolutamente real, ¿verdad?

—Yo diría jodidamente real —ironizó Fidel—. Por querer seducir a una alumna estoy metido en una bronca espantosa.

—De eso quería hablar contigo —Leonardo apartó una pila de revistas polvorientas colocadas sobre una silla—. Siéntate, por favor, esto nos va a tomar un poco de tiempo.

—No puedo, abajo en la cantina me está esperando un amigo.

—Keith hará lo que yo quiera. Es un personaje secundario y por lo pronto está fuera de la historia.

Leonardo insistió en ofrecerle la silla y Fidel la aceptó, apabullado por el profundo conocimiento sobre su vida que había demostrado tener ese omnipotente alfeñique.

—Te traje para acá porque no sé para dónde llevar la trama, y pensé que a lo mejor podrías sacarme del atolladero.

Alérgico al pensamiento mágico, desde la adolescencia Fidel había perdido la afición a los relatos fantásticos y tenía una incredulidad demasiado robusta para aceptar fácilmente que su vida fuera ficticia. Pero comparada con el pantano en el que estaba hundido hasta el cuello, esa posibilidad no le disgustaba del todo.

—¿Eso quiere decir que mi problema no es real?

—Buena pregunta —dijo Leonardo y se apoltronó en la silla giratoria—. Para los lectores y para ti es un verdadero problema. Si quieres seguir vivo, tendríamos que resolverlo.

—¿Me estás amenazando de muerte? —Fidel empalideció.

—Tranquilízate, rara vez he abortado una novela, sobre todo cuando ya la tengo avanzada. Pero si no encuentro la manera de continuar la tuya, tendría que dejarla inconclusa.

—¿Y entonces qué pasaría conmigo?

—Te quedarías atrapado por los siglos de los siglos en el dilema que te atormenta.

—¡Qué poca madre! —se sublevó Fidel—. ¡Yo no soy un juguete de nadie!

Quiso largarse, pero las piernas no le respondieron y se quedó pegado a la silla.

—Tu albedrío es una ilusión —Leonardo lo miró con lástima—. Yo te lo regalé y te lo puedo quitar cuando quiera.

—Pinche loco. Te crees Dios, ¿verdad? —se quejó Fidel, esforzándose aún por mover sus músculos atrofiados.

—Lo soy en pequeña escala. Pero si te pones en mi contra los dos saldremos perdiendo. Te conviene colaborar conmigo.

Parecía un interrogatorio policiaco y Fidel, rebelde crónico, no podía tolerar las presiones autoritarias.

—Busca tú solo la continuación de la historia si te crees tan chingón.

—¿Prefieres entonces que la queme?

Con una mueca sádica, Leonardo arrancó una hoja del cuaderno en que había estado escribiendo, encendió un fósforo y quemó una de las esquinas. Fidel se retorció de dolor.

—¡No, por favor! Haré lo que quieras.

Leonardo sopló la llama que había empezado a consumir el papel.

—Perdóname, no quería torturarte, pero te pusiste muy necio. Quiero que explores conmigo todos los hilos argumentales de la trama, como si fueras coautor de la novela, ¿de acuerdo?

—Yo tampoco sé cómo salir del aprieto que me fabricaste —farfulló Fidel, resentido por la quemada.

—Pero estás metido en él y eso te da la lucidez de los condenados. Yo procuro serle fiel a mis personajes, seguirlos a donde quieran ir, en vez de imponerles mi voluntad.

—Entonces déjame salir de aquí.

—Supón que acepto y bajas a confesarte con Keith para aliviar tus penas. Con el sentido práctico de los gringos, él te aconseja ceder al chantaje. Aceptas y le pones el diez a David. La misma noche en que recibe su calificación te manda una foto suya abrazado con una búlgara monumental en un antro de teiboleras y un mensaje de agradecimiento por haberle echado la mano. Pero el hijo de puta no cumple lo prometido y de cualquier modo, tras haber obtenido el certificado de prepa, publica en Instagram el video con Irene y lo ve media humanidad, incluyendo por supuesto a tu esposa.

—Si el cabrón me juega chueco, yo lo mato.

—Ya había pensado en esa alternativa —Leonardo buscó entre sus papeles y sacó una libreta—. De hecho, en el primer esbozo de la novela imaginé cómo podría ser el crimen. Te subes al asiento trasero de su Audi en el estacionamiento de la escuela, bien agachado en el suelo del auto, y cuando salen de ahí, le clavas en la nuca el cañón de un revólver. Lo obligas a subir hasta la parte más alta del Ajusco, donde no hay un alma, y allá, sin testigos, le metes cuatro balazos. Eliminas el video de su celular y luego entierras el cadáver en una hondonada.

—Muy buena idea, ganas no me faltan de matarlo —se entusiasmó Fidel.

—Pero no te olvides que Irene también participó en el chantaje. Y cuando encuentren el cadáver de David, ella te delataría.

—¿Entonces también la tengo que matar a ella?

—Ahí está el problema —Leonardo se limpió con agobio el sudor de la frente—. Un maestro como tú, politizado y justiciero, con principios morales firmes, no se puede poner a matar alumnos de buenas a primeras, aunque le hayan hecho la peor canallada. Si me voy por ese camino, ya me imagino las críticas —engoló la voz imitando a un reseñista lapidario—: "Leonardo Pimentel opta por el trillado camino de la novela negra centrada en la mente de un asesino, para perpetrar un execrable producto de mercadotecnia".

—Pues la mera verdad, si yo saliera libre de los dos crímenes, me valdrían madre las críticas que te hicieran.

—Eso dices ahora, pero en una buena trama, la cadena de causas y efectos tiene que brotar de motivaciones reales. Si yo traiciono las premisas psicológicas de tu gestación, te volverías un monigote sin vida propia.

—No estoy de humor para lecciones de teoría literaria —se impacientó Fidel—. Cuando regrese al mundo, si me dejas regresar, seguiré teniendo la soga en el cuello. Busquémosle una solución mejor a mi aprieto.

—Así me gusta, ya estás entendiendo lo que te conviene —Leonardo le dio una paternal palmadita en el hombro—. Tomemos otra ruta, para ver a dónde nos lleva. Keith resulta sensato y te aconseja confesarle a Güemes que te quisiste coger a una alumna. Vas con el director y le enseñas el video que te incrimina, con el abyecto mensaje de David Gaxiola. De paso le enseñas el examen en blanco donde te ordena ponerle diez. Reconoces tu grave error y pones tu renuncia sobre la mesa, afligido hasta el llanto, pero le pides que interceda ante la madre del niño, doña Jacqueline, para que meta en cintura a su vástago y le impida difundir el video. A Güemes no le conviene que se hable mal del Sweet Land College, pues acaba de sacar en la radio, para la temporada de inscripciones, una nueva campaña publicitaria con el eslogan: *A New Dimension of Learning*, y aunque está furioso contigo, accede a implorar la intervención de la madre.

—Pero si ella me quiso sobornar, a lo mejor es cómplice de su hijo y sería muy capaz de respaldarlo en el chantaje, sobre todo si nota que Güemes teme el escándalo.

—Eso sería lo más verosímil, en vista de su perfidia. De hecho, quizá podamos llevar la historia por ahí, aunque tú quedarías hecho mierda con las dos posibles opciones: tener que aprobar a David, si Güemes se acobarda ante la señora, o reprobarlo y resignarte a la divulgación del video. La primera alternativa es más envilecedora que la segunda. Como eres un profesor con valores éticos firmes, esa claudicación te dejaría una huella imborrable. Quizá te dieras a la bebida para acallar los reclamos de tu conciencia y perderías la chamba por llegar a la escuela con aliento alcohólico. Sandra te acabaría mandando al carajo, sin dejarte ver al niño el resto de tu vida. Convertido en un teporocho andrajoso, con el hígado cristalizado por el mezcal, aburrirías a otros vagabundos harapientos con el eterno relato de tus desdichas, y quizá ese ritornelo me sirva para contrapuntearlo con la narración de tu vida en tercera persona.

—No seas hijo de la chingada. Búscame un destino menos ojete.

—Tu destino puede ser cruel o benigno, siempre y cuando me ofrezca una veta interesante. Pero te advierto que la desgracia de un personaje tiene mucho más interés novelesco que una salvación inocua.

—Como quien dice, estoy jodido de cualquier manera —resopló Fidel, angustiado—. ¿Cómo te atreves a jugar así con mi vida? Mejor mátame de una vez.

—¿Y tirar a la basura dos meses de trabajo? Lo de prenderle fuego fue un blof o un petate, para decirlo en buen español mexicano. La editorial ya me pagó un adelanto, el plazo está corriendo y si empiezo otra historia a partir de cero, a lo mejor no termino la novela a tiempo.

—Ah, vaya. Entonces yo tengo la culpa de que seas un vil mercachifle.

—Voy a ignorar tu blasfemia porque no me quiero enojar —Leonardo pasó de la crispación a la serenidad forzada—. Vamos en el mismo carro, Fidel. Si quieres salir ileso de este bache creativo, ayúdame a urdir un plan B. La nada es lo más horrible que te puede pasar.

—¿Y yo qué gano con ayudarte? No puedo regresar al mundo sabiendo que soy un personaje tuyo. Me sentiría inferior a toda la gente.

—¿Por qué? El mundo en que habitas también es un invento mío. Y te aclaro una cosa: cuando vuelvas a la novela no recordarás una palabra de lo que hablamos aquí.

La promesa tranquilizó a Fidel, porque al menos le abría una puerta para escapar de esa pesadilla ontológica. No había construido jamás una trama novelesca, pero se esforzó por atar algunos cabos que Leonardo había dejado sueltos.

—Keith Bishop me dijo que anda enredado con una señora casada de 40 años, al parecer muy guapa. Jacqueline es un forro y tiene más o menos la misma edad. ¿Por qué no los hacemos amantes?

—Buena idea. Te confieso que metí a Keith en la novela con la idea de convertirlo luego en protagonista, con la misma importancia que tú. Por eso me demoré en sus antecedentes, aunque esa digresión rompiera un poco el ritmo de la historia. Pero luego no supe qué hacer con él.

—Ya sé cómo lo podemos usar —Fidel tronó los dedos, alborozado por un súbito hallazgo—. En la cantina, después de oír mi confesión, Keith me revela que es amante de Jacqueline y me ofrece ayuda. Yo le pido que le cuente la fechoría de su hijo, apelando a su buen corazón, si acaso lo tiene, para que le prohíba divulgar el video.

—Sería la misma situación en que antes quisimos poner a Güemes —Leonardo negó con la cabeza—. Por ahí vamos a un callejón sin salida.

—Pero Keith tiene mejores armas para persuadir a Jacqueline de salvarme, no en balde se la está cogiendo. Y si ella se negara, yo podría chantajearla a mi vez, amenazándola con revelarle a su marido que tiene un amante gringo.

Leonardo se quedó pensativo, sopesando la idea.

—No tienes carácter para cometer una traición tan sucia —dictaminó con una mueca despectiva—. Keith es tu amigo y la lealtad es una de tus virtudes irrenunciables. Si desfiguro tu perfil psicológico, se me cae toda la novela.

—Estoy entre la espada y la pared. Tengo que buscar mi salvación a huevo y tú sólo me pones peros.

Leonardo carraspeó con disgusto, como un general ante un sargento insubordinado.

—Lo siento, Fidel. No te voy a convertir en villano de telenovela. Tengo un sólido prestigio intelectual, he ganado algunos premios importantes y la gente espera de mí algo mejor que una intriga de brocha gorda.

—No te gusta nada de lo que propongo, sólo quieres destruir mis ideas —se ofendió Fidel, hipersensible—. ¿Para qué me pides ayuda entonces?

—Ayuda no, te pido compenetración. Necesito entrar en tu alma, saber cómo reaccionarías en determinadas circunstancias. El problema es que las circunstancias no te pueden falsear el carácter.

Leonardo se puso de pie y echó un vistazo a la calle, donde los bocinazos habían comenzado a importunarlo. A juzgar por su adusta expresión, padecía una crisis de impotencia creativa. Intimidado por el poder de ese tiranuelo, Fidel temió haber incurrido en una imperdonable insolencia. Para bien o para mal sólo existía en su pensamiento y más le valía ponerse de acuerdo con él.

—Tienes razón, Leonardo, busquémosle por otro lado —propuso en tono conciliador—. No hemos tomado en cuenta a Irene. Se prestó a engañarme por amor a David, pero ese narcisista de mierda no le puede ser fiel a nadie. Supongamos que dos días después del examen, se lo encuentra fajando con otra en una discoteca de niños bien. Monta en cólera, y para vengarse, le confiesa al director de la escuela su participación en el chantaje que me está matando de angustia.

—¿Y ella qué gana con eso?

—Joder a su ex.

—¿Y por una victoria tan miserable se va a echar de cabeza? Güemes tendría que acusarla con sus papás, y eso la dejaría cubierta de lodo. No mames, Fidel, esa viborilla sólo piensa en su propio interés. Como dijo Stendhal: "Primero yo y después yo y siempre yo, en este desierto de egoísmo que llamamos vida".

La objeción era irrefutable y Fidel, abatido, se tapó la cara con las manos.

—Pues entonces me doy por vencido. Desde el momento en que me llevaste a ese hotel ya no tengo escapatoria.

—Fue tu calentura la que te llevó al hotel. Tenías la oportunidad de echarte para atrás cuando estabas ofendido por la profanación de tu anillo. Pero sentí que la deseabas demasiado y te mandé al matadero.

—Ahora va a resultar que soy independiente y autónomo —Fidel se mofó de sí mismo—. Tú me inoculaste ese deseo y ahora me lo endilgas para lavarte las manos. Pero si eres el amo y señor de mi vida, también podrías evitarme caer en la emboscada que me tendieron. Supongamos que triunfa la sensatez y me niego a buscar otro encuentro con Irene. Si te resignas a eliminar una parte de la historia yo sigo adelante con mi vida de profesor monógamo y ese acto de madurez fortalece mi amor por Sandra.

—Sería lo más congruente con tu carácter, por algo te llamas Fidel. Claro que eso convertiría la novela en cuento, pero no importa, ya se me ocurrirá otra idea para cumplir el contrato —los ojillos de Leonardo brillaron con malicia, la malicia de los estafadores al encontrar una blanca paloma—. La neta, ya estoy harto de quebrarme la cabeza para urdir intrigas con varias vueltas de tuerca. Prefiero simplificarlas y desmenuzar con más sutileza la química de las pasiones. El conflicto de un hombre maduro tentado por la oportunidad de cogerse a una colegiala, que retrocede al filo del abismo para no dañar sus vínculos afectivos, quizá tenga más valor literario que una historia llena de giros inesperados, ¿no crees?

—Totalmente de acuerdo.

—Sí, claro, eso dices ahora porque ya sabes que Irene te puso un cuatro —se burló Leonardo—. Así cualquiera es decente.

—Pero en el cuento no lo voy a saber y mi renuncia tendría más mérito —argumentó Fidel—. ¿Qué tal si me fumo el carrujo de yerba en mi estudio, pensando en Irene, pero en vez de llamarla por teléfono y citarla en el hotel, la mota me noquea y me duermo una larga siesta? Sueño entonces, con intenso realismo, la llamada telefónica en que hacemos la cita, el trayecto alucinado en el taxi, la traición de Irene y el artero chantaje de David Gaxiola.

—Suena bien, pero tengo mis dudas.

—No le des más vueltas —insistió Fidel—. A los dos nos conviene ese anticlímax filosófico.

Meditabundo, Leonardo sopesó la idea con la mirada ausente. Parecía un juez en el trance de pronunciar un veredicto difícil.

—Está bien, me has convencido —dijo al fin—. Ya te puedes marchar, gracias por todo.

Recuperado el movimiento de los músculos, Fidel se levantó de la silla con las piernas un poco entumidas, se despidió de Leonardo con un abrazo que algo tenía de filial y resucitó en el reino de la palabra, sin recordar una sola frase de esa conversación.

Al despertar de la pesadilla Fidel gimió como un niño asustadizo, la camisa bañada en sudor. Sandra venía llegando del súper y acudió a consolarlo, creyendo, alarmada, que se había lastimado. Al reclinar la cabeza en su pecho recobró la confianza en el género humano. Cuando ella le preguntó con insistencia qué había soñado, fingió un ataque de amnesia. Sin duda el sueño tenía un carácter premonitorio, no en balde había sido tan verosímil. Su atribulada conciencia lo llamaba al orden con gritos de pánico, revelándole las negras intenciones de Irene. ¿Podía esperarse otra cosa de una cabrona tan sucia? Si porfiaba en su aventura suicida, la posibilidad de padecer una humillación como ésa no era nada remota. Por algo Irene le había coqueteado precisamente cuando se disponía a reprobar a David. Claro, ella también deseaba pescar al odioso junior, como todas las ninfas subnormales de ese inmundo colegio. Sacaba buenas notas en historia, pero eso no la redimía de la frivolidad ambiciosa y mezquina típica de su clase.

Como temía, Irene lo siguió provocando, ahora con el envío de un video en el que se acariciaba los pezones tendida en su cama, con tacones de alfiler y un diminuto *baby doll* negro. Una exhibición tan procaz no presagiaba nada bueno. Rompió en pedazos el poema que le había escrito, la bloqueó del WhatsApp y esa tarde, cuando ella cometió la imprudencia de abordarlo en el estacionamiento del colegio, a la vista de otros profesores, le pidió en tono comedido que por favor lo dejara en paz.

—Eres un encanto, serías la delicia de cualquier hombre, pero adoro a mi esposa y no me quiero meter en broncas. ¿Entendido?

Irene hizo un mohín de incredulidad, las mandíbulas tensas y la cabeza gacha, pero tuvo la dignidad de asimilar el golpe sin quejas. No volvió a coquetearle y el curso terminó dos meses después. Ni la presión de Güemes ni los ruegos de Jacqueline le impidieron hacer justicia académica: reprobó a David en el examen final con la rectitud de un ángel exterminador. Al fortalecer su autoridad moral, Fidel recuperó un sentimiento religioso que había perdido desde la adolescencia, cuando los clásicos del materialismo histórico le arrebataron la fe en el ser supremo. Una íntima certeza le aseguraba que la Providencia o Los Hados le habían inspirado ese sueño. La vislumbre de un orden cósmico regido por leyes inescrutables lo apaciguó mejor que ningún ansiolítico. Ahora dormía nueve horas de un tirón, cantaba bajo la ducha, los fines de semana cocinaba paellas o asaba carne y en las vacaciones retomó el proyecto de escribir un libro de texto para cuarto grado, en colaboración con Genaro, un amigo ilustrador con quien había militado de joven en una brigada de apoyo a las víctimas del terremoto.

El editor a quien expusieron el proyecto se entusiasmó tanto que les dio un adelanto de cuarenta mil pesos por cabeza a cuenta de regalías. Aunque trabajaba con ahínco, disfrutaba como nunca la inteligencia emocional de Sandra, su talento para convivir, y tres veces por semana salía con Emiliano a jugar futbol en el parque. Libre de fantasmas perturbadores, su intelecto conquistaba nuevas parcelas del conocimiento, pues ahora entendía y explicaba mejor los periodos más intrincados de la historia universal. En recompensa por su óptimo desempeño en las aulas, reconocido por padres y alumnos, el consejo académico le concedió un bono extraordinario de cincuenta mil pesos que invirtió en un viaje familiar a Huatulco, aprovechando una oferta en las tarifas aéreas.

Pero su felicidad era más frágil de lo que imaginaba. En el aeropuerto, al pasar por el detector de metales, tuvo que quitarse el anillo de bodas y cayó en un trance de nostalgia mórbida. Bendita entrepierna de Irene, quién pudiera volver a explorarla. El sabor a jungla de esa vulva adolescente, atesorado en sus papilas gustativas, lo incitó a venerar la obscenidad traviesa, los caprichos insolentes del instinto. Darles la espalda significaba comenzar a morir. ¿De veras quería ser un modelo de sensatez? Vivía sin sobresaltos, colmado de afecto y dicha hogareña, pero si se hubiera cogido a Irene, si fuera todavía su amante secreta, si su vida chisporroteara de ansiedad y delirio, no tendría, como ahora, el resquemor de haberse rajado cuando el destino lo puso a prueba, con las puertas del paraíso abiertas de par en par.

En el avión, mientras jugaba con Emiliano a encontrarle formas de animales a las nubes, logró disipar un buen rato ese pensamiento incómodo. Pero desde el primer día de playa en Huatulco, el espectáculo de las guapas bañistas en *topless* contribuyó a desmoralizarlo. Sandra conservaba una silueta más o menos curvilínea, pero un tanto abultada en el vientre, y no la favorecían los trajes de baño de una sola pieza que usaba desde el nacimiento de Emiliano, para ocultar la cicatriz de la cesárea. Nunca le había importado ese defectillo, pero ahora, por el contraste con los cuerpazos de las amazonas tendidas en la arena, la sometió a un escrutinio severo, asaltado por el temor de morir sin haber vivido una gran apoteosis erótica. Irene le hubiera dado todos los placeres que su imaginación codiciaba y él los había rechazado por un escrúpulo de seminarista marica. La ética tal vez fuera incompatible con la felicidad. ¿Quién le mandaba someterse a los dictados de esa pinche aguafiestas? Nada malo le sucede a quien la obedece, pero tampoco nada bueno, pensó con rencor, mirando boquiabierto el desfile de piernas, culos y tetas. Los moralistas se guardaban un as bajo la manga: le habían ocultado al mundo que las buenas acciones también dejan remordimientos. A Dante le faltó inventar el décimo círculo del infierno, donde arden eternamente los arrepentidos de arrepentirse.

Como ahora el cuerpo de Sandra sólo le recordaba el edén perdido, cayó en una crisis de inapetencia sexual que se prolongó varias semanas. Las pocas veces que hacían el amor pensaba en Irene con la añoranza de un exiliado, pero dejó de recurrir pronto a ese vulgar subterfugio, no por respeto a Sandra, sino porque le dolía el frentazo con la realidad cuando se esfumaba el cuerpo de Irene, su golosa boca de niña réproba. En un momento de flaqueza cayó en la tentación de mandarle una solicitud de amistad en Facebook. Emocionado por su aceptación, creyó que podía recuperarla con un mensaje galante y se desveló toda la noche intentando redactarlo con gracia. Pero al día siguiente, como si barruntara sus intenciones, Irene cambió la foto central de su muro por otra donde sonreía del brazo de un apuesto muchacho en los jardines de la Universidad Iberoamericana. Imposible competir con ese novio, tenía que aceptar la derrota. ¿Ya ves, imbécil? Te comieron el mandado por culero. Y además se había inscrito en una universidad privada, desoyendo su consejo. Esa tarde se puso una borrachera solitaria en una cantina decrépita de Contreras, entre albañiles que oían música de tambora, y al día siguiente, con una cruda amarga de donjuán jubilado, se reportó enfermo en el colegio.

La falta de sexo agrió el carácter de Sandra, que ahora se amurallaba en un hosco silencio cuando llegaba a casa, después de recoger a Emiliano en la guardería. Aunque procuraban comportarse como si nada malo les ocurriera, cayeron en una atmósfera de hostilidad no declarada, la peor de todas las hostilidades. Subieron de tono las quejas de Sandra por su mala costumbre de no llevar los trastes sucios al fregadero, por su manía de dejar prendido el foco del baño.

—Me prometiste que ibas a pagar el teléfono, idiota, por tu culpa ya nos cortaron la línea. Si estás en la casa más tiempo que yo, por lo menos ten la decencia de hacer las camas, en vez de quedarte echado en el sofá con tu computadora.

Era demasiado orgullosa y púdica para soltarle a boca de jarro su verdadero reclamo: te odio porque ya no me coges. Ambos cayeron sin darse cuenta en el mecanismo compensatorio de la sustitución de placeres. Buscaban en las galletas, en las fritangas y en los helados un sucedáneo de la saciedad sexual, mientras la grasa se les iba acumulando en la cintura, en el pecho, en la papada. Nuevas ninfas en minifalda, coquetas y ligeras de cascos, perturbaban a Fidel en el colegio. Pero ninguna le coqueteaba con suficiente descaro, y por haber engordado nueve kilos en los últimos meses, descartó del todo la posibilidad de gustarles.

En una charla de cantina, Keith le contó que su amante, María Luisa, la esposa de un político transa con una fortuna en negocios inmobiliarios, quería dejar al marido para irse a vivir con él. Era un proyecto halagüeño y a la vez comprometedor, porque el marido podía contratar detectives para buscarlos en cualquier lugar del mundo, y mandarlo matar cuando lo encontrara, pero si ahora se echaba para atrás, ella lo tacharía de cobarde. Por nada del mundo quería perderla, sollozó, pues sólo enredado en su cuerpo había vencido por momentos la nostalgia de las olas gigantes. Con legítimo orgullo de enamorado, mostró a Fidel una foto de la hermosa infiel, una hembra imponente, de largas piernas, con un enigmático rostro de madona renacentista. Fidel le aconsejó llegar con María Luisa hasta las últimas consecuencias, aunque las mareas traidoras volvieran a destrozarlo, y salió del bar con una envidia feroz. Horas después, apaciguado por un churro de marihuana, se propuso convertir su envidia en emulación. Si tanta falta le hacía una amante guapa y ardiente, como la de Keith, bien podía ligarse a alguna secretaria del colegio, o a cualquier desconocida en un bar. ¿O qué? ¿No era un hombre interesante, más o menos atractivo, con buena charla y sentido del humor?

Lo intentó con Clarita, la ayudante de contabilidad, una linda morena de ojos verdes, diminuta cintura y cabello crespo, que le prodigaba sonrisas en las oficinas del colegio cuando llegaba a checar tarjeta. En sus horas libres se puso a charlar con ella y un día la invitó a comer en un restaurante italiano, pero llegados a los postres ella le preguntó por Sandra, con quien seguía teniendo comunicación por Facebook. Interpretó el comentario como una velada advertencia y no tuvo suficientes agallas para pasar de la charla frívola al venteneo de sus intenciones. Los viernes por la noche, disfrazado de hípster, frecuentaba los antros juveniles del sur de la ciudad en busca de cachorras ardientes. Por falta de tablas, en sus intentos de ligue a duras penas atinaba a farfullar bromitas galantes, inaudibles para colmo por el estruendoso volumen del punchis punchis. Los jóvenes ya no ligaban de viva voz, se flechaban con los ojos en la pista de baile o intercambiaban de mesa a mesa mensajes de texto y a veces se iban a la cama sin haber cruzado palabra. Su técnica de cortejo resultaba tan anticuada que algunas chavas con pocas pulgas le negaron el permiso de sentarse en su mesa. En el colegio tenía la ventaja de ser una figura de autoridad, un respetado padre sustituto con cierto carisma incestuoso. En otros ámbitos carecía de atractivo para las mujeres y quizá proyectaba hacia el exterior esa íntima convicción, inocultable como la lepra.

Tomar conciencia de sus complejos lo volvió más huraño y ensimismado. Por falta de energía para hilvanar ideas, postergó indefinidamente la redacción del libro de texto pese a los reclamos de Genaro, el ilustrador, que ya tenía listos los dibujos. Pasado el *deadline* para entregar los textos, su editor le puso un ultimátum y también lo ignoró. Sentía que su familia le robaba el aire, que lo cercaba como un ejército invasor. Sus encerronas en el estudio, donde fumaba mota como chimenea, se volvieron más prolongadas. Harta de verlo vegetar en el sofá, Sandra le diagnosticó un retorno patológico a la adolescencia. Para escapar de sus reprimendas se encerraba con llave a oír viejos discos de punk-rock y Emiliano ya ni siquiera le pedía que lo llevara a jugar al parque.

En largas jornadas de hastío recordaba las circunstancias que lo habían llevado a cometer su fatal error con Irene. ¿Por qué le había dado tanto crédito a un sueño, si era más bien un racionalista pragmático, divorciado del pensamiento mágico? Tras una larga excursión por los vericuetos del inconsciente, se acusó de haber rechazado a Irene por miedo a cederle su inútil y miserable albedrío. Ni el orgullo lastimado por la profanación del anillo ni el temor al escándalo en el colegio lo habían disuadido. Tampoco la posible ruptura con Sandra, fácil de evitar si actuaba con discreción: lo que lo aterró fue prever las secuelas de su amorío. Sencillamente le faltó el valor del oleaje para estrellarse contra las rocas.

Voluble y frívola como todas las chavas de su edad, Irene jamás se hubiera involucrado con él en una relación seria, eso lo sabía de sobra. A los dos o tres meses de citas clandestinas, y una vez matriculada en la universidad, le arrojaría el baldazo de agua helada: mañana no puedo verte, mis papás ya no me dejan salir de noche, mejor no me escribas al Whats, me da miedo que tu esposa lea los mensajes. Yo te aviso cuando pueda verte. Y claro, sus mensajes nunca llegarían. Semanas enteras esperando una señal de afecto, un pequeño gesto de piedad, con el orgullo en carne viva, picoteado por los zopilotes del abandono. Todo eso le hubiera podido ocurrir por un simple cálculo de probabilidades. Pero comparada con su situación actual, esa previsible tortura ya no le parecía tan atroz.

Cansado de masturbarse a escondidas de Sandra, se aficionó a recorrer las páginas de sexoservidoras en internet, en busca de putillas con rasgos parecidos a los de Irene. Como las *escorts* de lujo estaban fuera de su alcance, se tuvo que resignar a las de medio pelo. Titubeó largas horas antes de concertar cita con una tal Fabiola, que declaraba tener 18 años, ser hija de familia y estar dispuesta a cumplir las fantasías más depravadas de su clientela, incluyendo baños de orina y tríos con matrimonios, por la módica suma de mil doscientos varos. El día en que cobró su quincena, después de comer, le dijo a Sandra que saldría a jugar una partida de billar con Keith Bishop.

—Llego como a las siete, pero si me tardo cena sin mí.

A las cinco de la tarde tomó un cuarto en un hotel barato de calzada de Tlalpan. Con un carrujo de mota en los labios sintonizó el canal de películas porno, en el que un mulato muy bien dotado cogía con dos rubias tetonas en un jardín con alberca. Llevaba semanas de abstinencia erótica y se odiaba demasiado para sentir un deseo espontáneo. De tanto juguetear con su pene logró ponérselo firme. Pero la mujer que llegó media hora después no era la beldad juvenil del anuncio. Tenía por lo menos treinta y cinco años, estrías en el vientre, lonjas de mediano espesor y nalgas infestadas de celulitis. Sandra estaba mil veces mejor.

—Tú no eres la chica retratada en internet —dijo Fidel, decepcionado, y le mostró la foto en pantalla de su celular.

—La compañera Fabiola no pudo venir al servicio, pero yo estaba de guardia —respondió la sustituta, dolida por el desaire.

En calzones y con el pito medio parado, Fidel se sintió un mamarracho de tira cómica.

—Pues lo siento, pero yo contraté a otra chava.

—Entonces págueme lo del taxi, son doscientos pesos porque vengo desde Culhuacán.

—Ni madres —se indignó Fidel—. Yo no pago nada, esto es un abuso.

La puta puso los brazos en jarras, más encabronada que Fidel.

—¿Cuál abuso? La letra chiquita de nuestra página lo dice bien claro: si la chica no está disponible, la empresa se reserva el derecho de enviar a una sustituta.

—¿Y quién va a leer una letra tan chica? No mames. Engañan al cliente y encima le quieren cobrar lo del taxi.

La puta sacó de su bolso una pistola calibre .38 y le apuntó a la entrepierna.

—Pues si te pones en ese plan, me voy a tener que cobrar a lo chino.

La cartera de Fidel estaba sobre el buró. Iba a tomarla, pero la sustituta se la arrebató de un zarpazo.

—Nomás quería lo del taxi, pero si te pones tan majadero, ahora te aguantas —dijo con una sonrisa dominadora y le vació la cartera.

Fidel trató de impedir que se guardara los billetes en el corpiño, pero la puta, rápida de reflejos, le pegó un balazo en el empeine del pie derecho. Tirado en la alfombra, con la mirada vidriosa y un sabor a cobre en los labios azules, no tuvo fuerzas para evitar que su victimaria le quitara el anillo de bodas y se lo pusiera en el índice. Salió muy quitada de la pena, silbando la tonadilla de un reguetón. A rastras, dejando en la alfombra un reguero de sangre, Fidel llegó al teléfono del buró y pidió a la recepcionista que llamara a una ambulancia, porque le habían pegado un tiro. Tendido boca arriba, la vista fija en las hélices giratorias del ventilador, maldijo a las fuerzas invisibles que le habían puesto esa trampa. El sueño en que vio prefigurada la traición de Irene, ¿sólo era el preámbulo de una desgracia mayor? ¿Dios lo castigaba por haber refrenado sus bajos instintos? ¿Despreciaba entonces las buenas acciones? Primero le infundía un deseo indecoroso y luego una frustración atroz por no satisfacerlo, qué aberrante manera de hacer justicia. Quizá lo colmaba de calamidades, como a Job, para medir la fuerza de su fe. Creía más que nunca en él, pero con una fe teñida de rabia. En ésta y en la otra vida no se cansaría de repudiar a ese tirano con un fervor parricida, pues ahora lo veía claro: del odio al creador brotaba lo mejor del hombre. Perdóname, Irene, santa patrona de la lujuria, por haber claudicado en vez de arrojarme contigo a las llamas.

En el instante previo al desmayo, Fidel entrevió la mueca perversa de un duende pelirrojo que le cerraba los ojos, regocijado con su dolor.

La fe perdida

A Moramay Kuri

Al terminar su turno en el mall de Westfield Century City, donde trabajaba en una tienda de cosméticos, Elpidia se formó en la cola del autobús y encendió el celular con el ansia de un adicto ayuno de droga. Lo tenía programado para oír un campanilleo cada vez que aparecían noticias sobre Melanie Robles en las redes sociales, pero como su jefa, la odiosa señora Coleman, le había prohibido encenderlo en horas hábiles, durante la jornada se comía las uñas de impaciencia temiendo que algún acontecimiento importante en la vida de su estrella favorita (un nuevo contrato cinematográfico, el lanzamiento de un nuevo disco, alguna borrasca sentimental) pudiera ocurrir mientras ella atendía a las clientas que se probaban cremas y delineadores.

El autobús venía lleno de hispanos y negros, la mayoría absortos en sus celulares. En una postura incómoda, colgada del tubo y con el codo de un adolescente clavado en las costillas, leyó con sobresalto el último tuit de la diva: *De común acuerdo, George Hammill y yo hemos decidido separarnos y compartir la custodia de nuestro hijo Joshua. Será un divorcio amistoso entre personas maduras, sin litigio en los tribunales.* Ave María Purísima, el primer descalabro serio de su carrera. George no tomaba, le había comprado una casa valuada en seis millones de dólares, nunca le tuvo celos profesionales y encima era buen papá. Recordó, enternecida, sus conmovedoras palabras cuando recibió el Emmy al mejor actor cómico por su papel en la serie *Seven Angels*: "Dedico este premio a Melanie Robles, la dulce compañera que ilumina

61

mi existencia y me infunde coraje para dar lo mejor de mí, como actor y como persona". Hombres con esa calidad humana no abundaban en el sucio mundillo de la farándula, lleno de egoístas con el alma reseca. Ojalá Melanie recapacitara a tiempo: no sería la primera celebridad que a última hora se arrepintiera de un divorcio imprudente.

Se apeó en una esquina del humilde barrio de Pacoima, donde vivía con sus padres en una casita de dos plantas, con un pequeño pero alegre jardín delantero, esmaltado de geranios y azucenas. Como todas las tardes, su madre, Lorenza, estaba viendo en la sala una telenovela en español y apenas respondió a su saludo con una inclinación de cabeza. Era un ama de casa robusta, de piel lustrosa, curtida a la intemperie, con el pelo entrecano recogido en una cola de caballo, pletórica de vigor pese a bordear los sesenta. Desde el rellano de la escalera, Elpidia la miró un momento con lástima. Pobre vieja, todo el santo día encandilada con su *Mexican bullshit*. Aunque llevaba más de treinta años en Estados Unidos, apenas atinaba a chapurrear el inglés. Y su padre, Salvador, un electricista eficiente y luchón, que arreglaba aparatos domésticos a domicilio, estaba en las mismas: sólo hablaba el inglés indispensable para desempeñar su oficio y por nada del mundo se perdía los partidos de las chivas rayadas. Los quería y los respetaba, pero al mismo tiempo los compadecía por su estrechez de miras. ¿Hasta cuándo iban a superar la mentalidad provinciana? En el país más poderoso de la tierra, donde el estrellato dispensaba la fama universal, ellos renunciaban a su mayor privilegio, el de subirse al carro de los triunfadores, atados en espíritu a las nopaleras que nunca dejaron atrás. ¿Y quiénes eran sus ídolos? Falsas luminarias, enanos montados en zancos, glorias municipales tan devaluadas como la moneda en que les pagaban.

En su cuarto arrojó los tacones al clóset, se quitó la falda a cuadros que la obligaban a llevar en la tienda y miró con arrobo la foto autografiada de Melanie, con portarretrato dorado, que refulgía en el centro de su tocador. Al estrecharla contra su pecho recordó con un sabor agridulce la premier en la que había repartido codazos para obtener ese autógrafo. Como el equipo de vigilancia no pudo contener a la multitud, la escalinata del Dolby Theatre estaba llena a reventar. Asediada en la alfombra roja por la marabunta de fans, Melanie le firmó el reverso de la foto con una sonrisa despectiva y condescendiente, la de un amo quitándose de encima al perro latoso que lo quiere lamer. No había sido un autógrafo dado de buena gana. Pero Elpidia no le guardaba rencor: al contrario, comprendía perfectamente que a veces la incomodara el asedio de sus idólatras y nunca más se atrevió a importunarla. Desde entonces la veía de lejos en sus apariciones públicas, confundida entre la multitud, resignada a ser un punto borroso en su campo visual. Pero qué importaba la distancia si la llevaba dentro del alma.

Diez años de adorarla, pensó, qué rápido pasaba el tiempo. Diez años de comprar todas sus películas en *blue ray*, diez años de votar a su favor en los concursos radiofónicos donde la ponían a competir con otras divas de la comunidad hispana, como Jennifer López o Selena Gómez, fingiendo distintas voces para votar varias veces. La ilusionaba, sobre todo, pensar que Melanie también había crecido en un barrio pobre de Los Ángeles. Con tesón y talento, picando piedra desde abajo, había llegado a codearse con los mayores astros de Hollywood, sin recurrir jamás al sexo mercenario, como insinuaban sus malquerientes, gente mezquina y ruin dolida por el éxito ajeno. Sobreponerse al ninguneo de los gringos no había sido sólo una victoria suya: triunfaron junto con ella todos los mexicanos que luchaban por sobresalir en ese gran país. Dudaba mucho que ningún otro fan la quisiera con ese amor incondicional, que se crecía ante cualquier desaliento y en esos momentos difíciles debía demostrarlo con hechos.

Con su computadora portátil sobre las rodillas, escribió en el buzón del sitio oficial de Melanie, donde había dejado cientos de mensajes, un sensato consejo en el que la exhortaba a reconsiderar su impulsivo divorcio de George con palabras comedidas y maternales, calculadas para llegarle al corazón. Elogió con superlativos la nobleza de su marido y la previno contra el peligro de tomar una decisión egoísta: *El divorcio deja secuelas graves en el carácter de los hijos y sería lamentable que expusieras al pequeño Joshua a un trauma irreparable, ¿no te parece?* Tras el envío del mensaje dudó, como siempre, que Melanie lo leyera, pues sus respuestas eran rutinarias fórmulas de cortesía, escritas quizá por un asistente. ¿O su indiferencia sería una señal de rechazo? ¿Estaría molesta con ella por entrometerse en su vida privada?

Temerosa de haberla ofendido, se miró en el espejo del tocador con espíritu crítico. Era una mujer del montón, una pobre vendedora de cosméticos resignada a no dejar huella de su paso por el mundo. Llenita, chaparra, miope, cargada de espaldas y en perpetua lucha con el acné, ni en sueños se le había ocurrido intentar seducir a nadie. A los treinta años había perdido la esperanza de tener novio, porque ningún hombre la cortejaba, ni ella les daba entrada. Sólo tenía un vicio: atiborrarse de donas entre comidas. Llevaba una vida monótona, tal vez por culpa de sus propias inhibiciones. Desconfiada, huraña, recluida en sí misma, nunca llegaba a intimar con las demás vendedoras, aunque ellas sí le contaran con pelos y señales sus amoríos. Aparentaba una ausencia total de pasiones, pero sus deseos reprimidos a veces la traicionaban y en el recodo más oscuro del corazón arrastraba la culpa de haber vampirizado la felicidad conyugal de Melanie, imaginando en culposas masturbaciones sus retozos con George. Más aún, el nacimiento de Joshua había despertado en ella, que antes detestaba a los niños, un instinto maternal acompañado de dolor en los senos, como si los tuviera llenos de leche. Pero después de todo, ¿qué tenía de malo compenetrarse con sus placeres de esposa y madre? ¿A quién le hacía daño con ello? Ni el espíritu santo podía poner en duda la nobleza de esa adoración distante, que no perjudicaba en nada a su hermana adoptiva y en cambio podría beneficiarla mucho si alguna vez hiciera caso de sus consejos.

Tenía la firme convicción de vivir la vida de Melanie con mayor intensidad que ella misma y eso le daba una clarividencia infalible para saber qué galanes le convenían, cómo debía manejar su imagen ante los medios y cuándo había cometido un desatino profesional. Contemplando entre suspiros la foto del altar, no pudo resistir la tentación de aleccionarla por telepatía: Con todo respeto, mi cielo, debiste rechazar el papel protagónico en *Dancing with the Emperor,* como te aconsejé por internet. Lo mismo te pidió George, pues el rodaje en Singapur iba a durar tres meses y él no se podía mover de Los Ángeles por las grabaciones de su teleserie. Pero en tu escala de valores, el éxito profesional estaba por encima del amor. Ahí empezaron las desavenencias entre ustedes. No quisiste perder esa gran oportunidad y mira nomás en lo que vino a parar tu capricho. Ni George ni tú soportaron la cuarentena erótica, él se consoló con una modelo, tú con un guapo bailarín de ballet, vinieron los reproches mutuos y en el duelo de orgullos heridos ambos salieron perdiendo. Eres tú quien debería pedirle perdón, si te pudieras tragar el orgullo.

Durante varias semanas buscó ávidamente en la red alguna señal de reconciliación. Nada, ya ni se dirigían la palabra, y como los trámites del divorcio seguían su marcha, pasó de la incertidumbre al desasosiego. No sabía qué hacer con la libertad que de pronto había recobrado Melanie, una libertad hasta cierto punto indeseable, porque las orillaba a toda clase de precipicios. Un sábado, el día de mayor afluencia de clientes, cayó en la tentación de asomarse un segundo al celular para saber con quién estaba saliendo su objeto de adoración y no pudo atender con la debida presteza a una gringa mandona que le exigía unas pestañas postizas. Horas después, la cliente ofendida la tachó de inepta y majadera en el portal electrónico de la tienda. La queja le valió una dura reprimenda de la señora Coleman, que la amenazó con reportarla a la gerencia. Racista de mierda, pensó, me trae de encargo por ser hispana. Nunca regaña así a Sandy o a Lillian por llegar tarde, pero claro, ellas son güeritas. Como estrategia defensiva contra la discriminación, procuraba enfrentarla desde la encumbrada posición de Melanie. ¿Qué hubiera hecho ella en una situación semejante? Reírse del enemigo y luchar en pos del éxito con renovados bríos. Aunque su ejemplo le infundía fuerza moral, no era fácil vivir con el orgullo en jirones. Al día siguiente, cuando la Coleman había salido a comer, una señora mexicana le pidió en español una crema humectante y fingió que no le entendía.

—*I beg your pardon?*

—No me diga que no entiende español.

—*Excuse me, I don't understand* —mintió con una leve sonrisa de superioridad y la cliente se marchó trabada de cólera.

Fuck you, manita: primero muerta que dejarse menospreciar por una igualada. Ella era una *American citizen* con los papeles en regla y sólo en familia, sin testigos, hablaba en voz baja el idioma de los perdedores.

En los meses posteriores al divorcio, la conducta disoluta de Melanie puso a prueba su lealtad. Los paparazzi la seguían por los cinco continentes, encantados con sus francachelas, que les daban tela para borronear notas amarillistas. No consideró grave que en Sidney, en Río de Janeiro y en Barcelona la vieran salir de discotecas y bares con diferentes galanes, algunos casados y otros menores que ella, pues todas las divorciadas tenían derecho a soltarse el pelo. Pero cuando los tabloides divulgaron su romance con Margaret Sullivan durante el rodaje de *Evil Ways*, se frotó los ojos, incrédula. Ahí estaban las dos, retando al mundo, muy agarraditas de la cintura en un descanso de la filmación. Pobre Joshua, debería liarse a puñetazos con la mitad de la escuela por el *bullying* que le esperaba. ¿Qué pretendía Melanie? ¿Abandonar el *mainstream*? ¿Ser repudiada por la mayoría conservadora?

No le sorprendió que Franklin Lawson, su agente, renunciara a representarla. Pero ella no podía renunciar a quererla y se batió a muerte con los canallas y las envidiosas que la tachaban de tortillera en las redes sociales: *Silencio, víboras, límpiense la boca con jabón antes de atacarla. Recién salida de un divorcio, Melanie necesita el apoyo emocional de una buena amiga, eso es todo. Sólo una mente enferma puede pensar otra cosa*, escribía contra sus propias convicciones, en un heroico intento por detener el alud de lodo. Melanie, en cambio, nunca se molestó en desmentir su amorío con la Sullivan. El descrédito parecía tenerla sin cuidado, pero ella sí lo padeció, tal vez porque vivía en un círculo social más chapado a la antigua, donde la homosexualidad todavía era un estigma.

Enferma de gripe, una gripe más espiritual que física, guardó cama tres días, con 39 de calentura, desganada y mohína, sin querer probar el caldo de pollo que su madre le llevaba al cuarto. Deploraba entre estornudos la egolatría de Melanie, su empeño en tirar por la borda una carrera que hasta entonces había sido impecable. Angustiada por el rechazo de millones de fans que antes la querían y respetaban, al sanar de la gripe cayó en una crisis de insomnio crónico. Se ponía doble capa de maquillaje para disimular las ojeras y en la tienda bebía tanto café para mantenerse más o menos despierta que Mrs. Coleman le llamó la atención, pues iba con demasiada frecuencia al baño. A su madre le preocupaba que pasara tanto tiempo encerrada en su cuarto.

—Sal por lo menos a dar una vuelta por el parque, te vas a quemar los ojos en esa maldita pantalla.

¿Cómo explicarle sus luchas solitarias por defender en las redes una reputación que se estaba yendo a pique, si ella ni siquiera usaba internet? Pese al asco moral que le provocaba la trasgresión de Melanie, compartía sin querer todos sus sentimientos, fueran perversos o nobles, como las hermanas siamesas que contraen por fatalidad genética los vicios de su otra mitad. La simbiosis produjo un efecto colateral superior a sus fuerzas: ahora la perturbaban los encantos físicos de otras vendedoras, en particular los de Samantha, la empleada más joven de la tienda, una negra de largas piernas y pechos enhiestos, con labios gruesos de planta carnívora, a la que veía de hito en hito mientras untaba mascarillas a las clientes. Opuso una resistencia férrea a ese virus desconocido, pero un cosquilleo travieso, narcótico y dulce como el aroma del opio, fue socavando poco a poco su voluntad. Hubiera sacrificado todas las donas del mundo por acariciarla. Una tarde, a la hora de salida, Elpidia entró a orinar en el sanitario del mall y encontró a Samantha semidesnuda, peinándose frente al espejo. Tenía fiesta esa noche en el barrio de Watts, explicó, y había entrado a cambiarse de ropa. Elpidia tardó más de lo debido en apartar los ojos de sus nalgas equinas, y al parecer Samantha se tomó a broma su turbación, pues se quedó en tanga y sostén, demorando el maquillaje con alevosa coquetería. Después de orinar, cuando se lavó las manos en el lavabo, Elpidia le lanzó de reojo una mirada menesterosa.

—*You only see? You don't touch?* —la invitó Samantha, irguiéndose los pezones con una sonrisa pícara.

Muerta de pena, Elpidia bajó la cabeza y cerró el grifo del lavabo, que se había quedado chorreando.

—*Come on, baby, don't be shy* —le insistió Samantha en tono juguetón.

Con la entrepierna húmeda y un golpeteo sanguíneo en las sienes, Elpidia estuvo a punto de sucumbir, pero en el último instante la frenó su sentido del deber. No podía ceder a ese impulso mimético, un torcido subproducto de su admiración por Melanie, cuando ella necesitaba todo lo contrario: una tutora con principios inquebrantables que la apartara de las bajas pasiones. ¿Con qué autoridad moral iba a realizar ese apostolado, si ella cojeaba del mismo pie? No era el momento de emularla, sino de ayudarle a enmendarse, de vencer entre las dos al enemigo común.

—*Sorry, I don't like women* —dijo, y salió del baño con el ceño adusto, sin sostener la burlona mirada de Samantha.

No se equivocó al presentir que Melanie necesitaría de toda su entereza en esa crisis existencial. Lo de Margaret fue un capricho pasajero, que gracias a Dios no la alejó para siempre del sexo opuesto. Pero seguía buscando experiencias fuertes y en vez de entregarse a un hombre de bien, fue a caer en las garras de un perfecto canalla. Cuando la Fox News difundió un video grabado en Miami, donde Melanie se besuqueaba con Sid Flannagan, el pendenciero vocalista de Satanic Fashion, Elpidia por poco se va de bruces. ¿Qué podía verle a ese patán de melena vikinga, pálido como un cadáver, con los brazos llenos de tatuajes macabros, que en sus canciones de *heavy metal* se jactaba de tener pacto con el diablo? Guapo no era, simpático menos. Bravucón y engreído, varias veces multado por golpear a los paparazzi, Flannagan llevaba cuatro divorcios, y en el último, la conductora de programas Leslie Duncan lo había acusado de suministrar tachas a sus propios hijos. Elpidia odiaba el *heavy metal* y no podía creer que una fina actriz y cantante de la talla de Melanie, ganadora de dos Grammy y nominada tres veces al Óscar, se hubiera enredado con ese patán asqueroso. ¿Tan bueno era en la cama? ¿Esperaba la tonta que Sid sentara cabeza cuando se casara con ella? Para eso, mejor se hubiera quedado con Margaret.

La bombardeó por internet con reportes fidedignos de todos los desmanes cometidos por su angelito en los últimos años: riñas en restaurantes, destrozos en hoteles, obscenas exhibiciones fálicas en sus conciertos, golpizas a sus parejas, arrestos por consumir enervantes en la vía pública. *Nunca va a cambiar, entiéndelo, ese hombre necesita atención siquiátrica, es una mala compañía que no te dejará nada bueno.* Como temía, sus consejos cayeron en saco roto. Al parecer,

Melanie era una celebridad vulnerable, con baja autoestima, y Sid se aprovechó de su fragilidad para engancharla a las drogas duras. Abandonó el gimnasio, descuidó al pobre Joshua, que se quedaba semanas enteras con la nana, preguntando sin cesar dónde estaba mamá, y las ojeras de alucinada que delataban su afición a la coca la volvieron objeto de escarnio en los telediarios.

Desde el principio, Elpidia tuvo muy claro que Sid no amaba a Melanie ni amaba a nadie, por algo llevaba cuatro divorcios: sólo quería añadir un trofeo a su palmarés de conquistador. Opacado por el renombre de Melanie, la estaba hundiendo adrede para que no brillara tanto como él, pero ella no se daba cuenta o no quería mirar la verdad de frente, subyugada, quizá, por el magnetismo del caos. Se casaron ebrios en una capilla de Las Vegas, con los músicos de Satanic Fashion como testigos. Esa misma noche los fotografiaron copulando en el sanitario de una discoteca y el diluvio de memes no los arredró para repetir la hazaña en otros lugares públicos. Ni en las orgías romanas de Nerón y Calígula se vio nunca tal desvergüenza. Una foto de Melanie con las fosas nasales manchadas de polvo blanco se hizo viral en Instagram. Los estudios Disney le rescindieron un contrato multimillonario, por considerarla un mal ejemplo para la niñez. El accidente de tráfico en Santa Mónica, donde atropellaron a una viejita que sacó a pasear al perro, les concitó el repudio unánime de los tabloides. Si las lesiones de la víctima hubieran sido más graves, ambos habrían acabado en la cárcel. Melanie iba al volante y, con justa razón, George le arrebató la custodia de Joshua. Ya la mencionaban más en la nota roja que en las páginas de espectáculos, pero ella, insolente, pervertida, engolosinada en la autodestrucción, no movía un dedo por evitarlo y hasta parecía gozar con el linchamiento.

Su derrumbe amenazaba con desmoronar la identidad de Elpidia. No era fácil venerar a una diosa en demolición, vapuleada por todos los flancos. Pero en vez de darle la espalda como la gran mayoría de sus fans, que renegaron entonces del árbol caído, ella la siguió adorando a costa de su propia reputación, como los soldados rasos que obedecen sin chistar las órdenes erráticas de un general borracho. Cualquiera se podía ufanar de haber adorado a Melanie en el pináculo de la fama, cuando el mundo entero le quemaba incienso. Lo difícil era serle fiel ahora, cuando adorarla significaba un oprobio, un estigma, un escupitajo de centurión romano en la mejilla de Cristo.

En abierto desafío a la mayoría farisea que ahora la consideraba una lacra social, en sus horas libres lucía por doquier su colección de camisetas con la efigie de Melanie. Así llegó vestida al bautizo de su sobrino Lucas, el tercer hijo de Martín, su hermano mayor, un próspero ingeniero civil casado con Mildred, una gringa de Oklahoma. Feliz propietario de una linda residencia en el condado de Van Nuys, Martín, un gordito de cabello ralo, con ojillos vivaces de ardilla, era el triunfador de la familia y el consentido de sus padres, que se lo ponían como ejemplo a la menor oportunidad: deberías de haber estudiado una carrera como tu hermano, si hubieras ahorrado como él tendrías coche propio, ya cambió el Packard por un Cadillac, lo ascendieron en la constructora, su hijo Lucas le salió güerito, este año se va de vacaciones a Europa.

Tantos éxitos agobiaban a Elpidia, que hubiera preferido tener un hermano menos perfecto. Miembro de la Evangelical Covenant Church, una secta protestante con millones de creyentes en la Unión Americana, Martín condenaba cualquier desviación del evangelio con la tozudez de un iluminado y había tenido ya fricciones con Elpidia, a quien acusaba de adorar a Melanie con un fervor sacrílego. Sólo Cristo merece que te le hinques así, la regañaba, no cambies la fe verdadera por un engaño de Satanás, y en vano había intentado reclutarla en su congregación, pues Elpidia nunca dio el brazo a torcer. Durante el bautizo, en una iglesia modernista con vitrales geométricos, Martín le dirigió de soslayo algunas miradas hostiles. Terminada la ceremonia, en el atrio del templo, la tomó del brazo y la apartó de los invitados.

—¿No te da vergüenza venir con esa camiseta al bautizo de tu sobrino?

—¿Qué tiene de malo?

—Allá tú si admiras a esa bruja maldita, pero no vengas a gritarlo en la casa de Dios.

—Melanie no es ninguna bruja, sólo está confundida. Nadie está a salvo de perder los estribos en algún momento de la vida, ni siquiera tú.

—Vas de mal en peor, hermanita —Martín bufó de cólera—. ¿Ahora te vas a drogar como ella? ¿Vas a embestir en coche a las pobres ancianas? Lárgate a cambiar de ropa ahora mismo. Así no entras al banquete.

—Pues entonces me largo —dijo entre sollozos, y su intempestiva fuga provocó un murmullo de condena entre los invitados.

Sabía que llevar esa camiseta al bautizo era una provocación que podía enemistarla con la familia entera, pues sus padres, sin duda, se pondrían del lado de Martín. Y así ocurrió: esa noche Salvador la regañó con dureza y Lorenza, más comprensiva, le sugirió que visitara a un psiquiatra. Para quitársela de encima le prometió hacerlo, sin la menor intención de claudicar. No había mejor manera de solidarizarse con Melanie que expiar sus pecados en carne propia y ningún poder divino o humano se lo impediría. La expiación transformaba el dolor en energía positiva y creía que al asumir los pecados de Melanie se adentraba tiernamente en su corazón para inyectarle una fuerte dosis de templanza.

Como había previsto, Flannagan no tardó en enseñar el cobre. Demasiado promiscuo para conformarse con una sola hembra, en sus giras de conciertos se dejaba querer por todas las *groupies* que le arrojaban las pantaletas, con absoluta falta de consideración por los sentimientos de Melanie, que parecía tolerar esas infidelidades, pues la droga la había idiotizado a extremos patéticos. En Chicago, una menor de edad denunció que Sid la había desvirgado y embarazado en una noche de farra. Por supuesto, él se tomó el asunto a broma y hasta se retrató desnudo en Instagram, ofreciendo al público femenino sus servicios de semental. Melanie guardó silencio a pesar de la humillación pública, pero Elpidia, indignada, sintió brotar dentro de sí un impulso justiciero. *Ver a ese gringo repugnante y engreído burlándose de nosotras* —escribió en el *website* de Melanie, sin esperanzas de obtener respuesta— *ha sido la mayor humillación de nuestras vidas, y hablo en plural porque me siento con derecho a prestarte mi temple de carácter, el amor propio que te ha faltado para enderezar tu vida. No estás sola en el mundo, mi amor, y si te faltan fuerzas para luchar, seré yo quien defienda tu honra. Hoy por ti, mañana por mí.*

Cuando Melanie se internó en la Clínica de Rehabilitación de Walden House, Elpidia comprobó que a pesar de la lejanía física había logrado infundirle cordura y sacarla del agujero. Celebró su sabia decisión de terminar con Sid, anunciada poco después, bebiéndose ella sola una botella de vino espumoso en la intimidad de su alcoba. Por fin Melanie estaba dando los pasos correctos para dejar atrás las drogas, romper la codependencia y reconquistar el cariño del público. Semanas después, desde un parque cercano a la clínica, donde se apostó con binoculares, la vio salir fresca y lozana con un vestido de organdí azul cielo. A juzgar por las comisuras de su boca, más pronunciadas que antes, había coqueteado con la locura, y sin embargo, los ojos le brillaban como si hubiera vuelto a nacer.

En un gesto de nobleza, George Hammill aceptó devolverle la patria potestad de Joshua. Todo le estaba saliendo bien y la maternidad responsable la obligaría a pisar tierra firme. Los productores le quitaron el veto, volvieron a lloverle ofertas para hacer cine y televisión, su disquera anunció la grabación de un nuevo álbum con temas de la propia Melanie, en el que narraría la experiencia de volver a la vida tras una temporada en el infierno. Como Elpidia había calculado, ahora la publicidad negativa se revertía en su favor, pues si la industria del espectáculo derrumbaba con facilidad a sus ídolos, también sabía explotar el atractivo melodramático de las depravadas que salen del agujero y sientan cabeza.

En un *reality show* sobre su renacimiento, Melanie pidió disculpas al público y Elpidia sintió que se las pedía en particular. Estaba dispuesta a superar ese bache de su carrera con un enérgico borrón y cuenta nueva, para mantenerse sana en cuerpo y alma, dijo, como le recomendaron sus terapeutas. Jamás volvería a enfrascarse en polémicas con su ex, ni respondería preguntas sobre el tema en ninguna entrevista. Más tardó en decirlo que Flannagan en provocarla, resentido, sin duda, por el papel de villano que desempeñaba en ese circo mediático. La tachó de frígida en un tuit, se obstinó en enredar el juicio de divorcio con argucias legaloides y exigió la devolución del jet que le había regalado, alegando que Melanie también lo engañó con un fotógrafo de cine. Patrañas, viles calumnias de macho rencoroso, pensaba Elpidia, un peldaño más arriba en la escala del odio. El despecho se le notaba a leguas, su orgullo viril supuraba rencor porque antes de Melanie, ninguna otra mujer lo había abandonado.

Bien asesorada por sus abogados, Melanie no se rebajó a caer en la provocación, pero de nada servían la dignidad y el decoro en una guerra a muerte con un patán de la peor calaña. Picado en el orgullo por su digno mutis, Sid declaró a los reporteros de MTV, jaibol en mano y repantingado en una tumbona de su mansión en Palm Springs, que terminó con Melanie porque le horrorizaba la idea de procrear con ella un *brownie* gordo, chaparro y feo, como la mayoría de los mexicanos. Hijo de puta, fue Melanie quien te dejó a ti, estalló Elpidia, apagando la tele de un manotazo. Dio varias vueltas por la recámara, pateando sus zapatos, aguijoneada por el insulto racista. Era evidente lo que buscaba Sid: exasperar a Melanie para arrastrarla de nuevo a las drogas. Pero no sólo

Melanie había recibido una bofetada: también el honor nacional, la sangre azteca de la que siempre había renegado y que ahora clamaba venganza en sus venas. El sentido de pertenencia a la tribu, una pasión recién descubierta, la invadió junto con una culpa retrospectiva por haberle dado la espalda toda la vida. El agravio de Sid no podía quedar impune: ni él ni la señora Coleman iban a lograr que se avergonzara de sus raíces. Tal vez Coatlicue, allá en lo alto, la hubiera elegido para plantarle cara al supremacismo blanco.

Por esas fechas se anunció el concierto de aniversario que Satanic Fashion daría el 14 de noviembre en el Fórum de Inglewood. Era su oportunidad de vengar a Melanie, a los que la amaban y a toda la progenie de Moctezuma. En las semanas previas estudió con lupa los accesos al público, el emplazamiento de las cámaras de seguridad, la ubicación de los guardaespaldas en anteriores conciertos del grupo. Gracias a los datos que bajó de internet y a sus inspecciones oculares del auditorio, se hizo una composición de lugar bastante precisa. Era imposible acercarse a Sid en el escenario. En cambio, la vigilancia se relajaba en la puerta de acceso al *backstage,* a la que ninguna persona sin gafete podía llegar. Con un programa pirata de diseño gráfico falsificó un gafete que la acreditaba como empleada de limpieza y se compró en Walmart una bata amarilla idéntica a la que usaban las afanadoras del Fórum. Su padre guardaba en el buró de su recámara una pistola .38 con el cargador lleno de balas. Palpó con voluptuosidad las cachas de madera, la piel erizada de escalofríos. Tal vez había deseado llegar a esa prueba crucial desde que empezó a seguir la carrera de Melanie. Tal vez se comprometió desde entonces a cumplir un pacto de sangre.

El día del concierto se coló al auditorio a las cuatro de la tarde, la hora de entrada del personal. En el estacionamiento exclusivo para invitados VIP se agazapó detrás de unos arbustos, a veinte metros de la puerta por donde Sid y su grupo debían entrar, en un punto que las cámaras de vigilancia no podían enfocar. Pese al vacío en el estómago, una convicción sin fisuras le despejaba la mente. Además de la .38, llevaba en la mochila un pasamontañas negro, un litro de agua y una caja de donas Krispy Kreme para mitigar la compulsión oral. Anochecía cuando comenzaron a llegar los integrantes del grupo, escoltados por un séquito de putillas adolescentes en *hot pants*, con las narices perforadas y la piel llena de tatuajes. Una de las más borrachas arrojó a su escondite una botella de Jack Daniels que le pegó en el tobillo antes de romperse. Por amor a Melanie reprimió heroicamente su ay de dolor. Media hora después, Sid Flannagan bajó de una limusina, con gafas oscuras y boina, escoltado por dos enormes guardaespaldas. Delgado como un fideo, el pelo lacio y grasoso, la piel ceniza y amarillenta, costaba trabajo pensar que un ser tan repulsivo se pudiera sentir superior a alguien. Media hora después empezó el concierto. Aunque llevaba tapones en los oídos, el estruendo apocalíptico estuvo a punto de hacerla desistir, pero aguantó vara con el pundonor de una mártir. De todas las canalladas que había cometido Flannagan, su música era la más abyecta.

Terminado el suplicio, cuando el público aún pedía más ruido batiendo palmas, entró con la capucha puesta a los intestinos del Fórum, en busca del área de camerinos, siguiendo el mapa grabado en su mente. Por un largo y sinuoso pasillo de techo bajo, por donde corría un tubo gris, llegó a una puerta con el letrero: *Staff members only*. Por suerte no tenía puesto el seguro, todo le estaba saliendo a pedir de boca. A lo lejos se oían risotadas provenientes de un camerino con la puerta entreabierta. Se asomó por la rendija: eran los músicos del grupo, que festejaban ruidosamente con sus ninfas semidesnudas, entre una espesa humareda de marihuana. Con ellos bebían cerveza, muy quitados de la pena, los dos guardaespaldas de Sid. Siguió adelante hasta llegar a una puerta más lujosa, de caoba con incrustaciones de concha nácar. La abrió con manos de seda para evitar rechinidos.

Era el camerino reservado a las superestrellas, con mesa de billar, televisor, cantina y jacuzzi de mármol que había visto en los folletos promocionales del Fórum. En una acogedora salita, con un torniquete de goma en el brazo, Sid se estaba inyectando heroína. Con razón había mandado a sus guaruras a la fiesta: quería arponearse a solas. Elpidia entró de puntillas, sigilosa como un reptil, y cuando lo tuvo a un palmo de distancia se quitó la capucha.

—*Don't mess with Melanie, fucking bastard* —dijo, y le descerrajó tres tiros a quemarropa, uno en el entrecejo, otro en los huevos y el último en el tórax.

Cayó al suelo con la mirada perpleja, incrédulo, al parecer, de haber perdido tan fácilmente los poderes infernales que invocaba en el escenario. Elpidia estaba dispuesta a entregarse si alguien la detenía en su fuga, pero las risotadas en el otro camerino debieron de acallar el ruido de los disparos, pues nadie la interceptó cuando iba rumbo a la salida de emergencia. Al salir del Fórum se quitó el pasamontañas ensangrentado y, confundida entre la multitud que venía saliendo del concierto, llegó a una calleja solitaria donde arrojó la prenda inculpatoria a un terreno baldío. En el autobús que la condujo de vuelta a casa pasó inadvertida. Los compañeros de Sid no descubrieron su cadáver hasta veinte minutos después del crimen, según se supo esa noche por los noticieros. Al día siguiente la policía difundió el video en el que una mujer con capucha caminaba por un oscuro pasillo hacia el camerino de la víctima y luego volvía por donde entró a grandes zancadas. Imposible identificarme, pensó con alivio. Hubiera querido buscar a Melanie y gritarle: yo te quité ese alacrán del cuello, yo soy la misteriosa encapuchada que busca toda la policía de Los Ángeles. Pero como Melanie, de luto riguroso y rímel corrido, declaró en el funeral que a pesar de la ruptura con Sid lamentaba profundamente su trágico fin, temió que lo dijera en serio (tenía el defecto de mentirse a sí misma, como todos los débiles de carácter) y se resignó a un heroísmo callado, a una satisfacción íntima sin fanfarrias de honor. Aunque ningún remordimiento la oprimía, temía la acción de la justicia como cualquier asesino, y para borrar indicios de culpabilidad, fingió ante sus padres que había dejado de venerar a Melanie. El domingo por la mañana eliminó de las redes sociales todos sus comentarios adversos a Flannagan, descolgó de la pared las fotos de Melanie y los carteles de sus películas, sacó del armario las camisetas con la imagen de la diva y arrojó todo al contenedor de basura.

—Hasta que por fin maduraste —se alegró su madre al ver la operación de limpieza—. Ya nomás faltaba que le prendieras veladoras a esa güila.

Haber saltado de la contemplación a la acción directa, del anonimato al protagonismo, del graderío a la cancha de juego, la unió más estrechamente con Melanie, a quien dejó de adorar con un pasmo reverencial. Ya no era una creyente arrodillada sino una hermana secreta, libre de complejos y autorizada para influir en su vida. La quería de tú a tú, sin sacralizarla, con un cariño igualitario de cómplices entrañables. Nadie ha hecho tanto por ti como yo, pensó el lunes en el autobús, de camino al trabajo. ¿No te parece que tú deberías erigirme un altar a mí? Elevada al Olimpo por méritos propios, contempló a Melanie como lo que era: una pobre chica vulnerable, atolondrada, reñida con el éxito. Si tuviera un mínimo de reciedumbre admitiría de buena gana cuánto la había beneficiado la muerte de Sid. Por la noche, después de cenar, coqueteaba con la idea de mandarle un mensaje anónimo exhortándola a reconocer las ventajas de su viudez cuando la campanilla del celular le anunció la tragedia. El fiscal de distrito William Kinsley había dado esa tarde una conferencia de prensa sobre las investigaciones del caso Flannagan:

—Durante el cateo realizado esta mañana en el domicilio de la señora Melanie Robles, esposa de la víctima, nuestros agentes encontraron una pistola calibre .38 como la que portaba la homicida de Flannagan. Junto a ese indicio, tenemos los correos intercambiados por la pareja en la semana previa al asesinato. En uno de ellos, fechado el 5 de noviembre, Melanie advirtió a Sid: "Si no retiras tus insultos te arrepentirás de haber nacido". Con base en estas evidencias, tenemos elementos de convicción para señalar a la señora Robles como principal sospechosa del crimen.

Elpidia se quiso morir. De haber tenido acceso a ese correo electrónico, jamás habría tocado al rocanrolero satánico. Dedujo que Melanie había proferido esa amenaza pasada de copas, en un momento de ofuscación. Su cólera estaba plenamente justificada, pues la víspera Sid la había colmado de injurias en MTV. ¿Qué esperaba el imbécil de Kinsley? ¿Un reclamo tibio y civilizado? Ironías de la vida, pensó, desfalleciente de angustia: después de haber ignorado sus ataques con perfecta ecuanimidad, una buena táctica para exhibir a Sid como un cerdo, Melanie sacó las garras en el peor momento, cuando yo planeaba la ejecución de su ex. ¿Quién podía imaginarlo? ¿Cómo suponer esa perfecta sincronía de intenciones entre la diosa ultrajada y su brazo ejecutor? Fue un milagro de entendimiento mudo que sólo una fusión de almas podía producir, pero no se ufanó de haber adivinado los impulsos homicidas de Melanie. Al contrario, maldijo su sexto sentido. ¡Si la pobre hubiera sabido quién estaba moviendo los hilos de su destino!

Cuando la sospechosa se presentó a declarar, los fans de Sid abarrotaron las calles aledañas al Departamento de Policía para presionar a las autoridades, gritando consignas de corte racista. Elpidia también montó guardia en la calle, faltando a su empleo en la tienda, y comprobó con tristeza que el contingente de admiradores de Melanie, separado del bando enemigo por una valla de agentes antimotines, era muy inferior al de los blancos vociferantes. O habían dejado de admirarla por su caída en la disipación o no tenían pantalones para defenderla ante la mayoría WASP. Intercambió denuestos con un gringo bravucón que en la acera de enfrente llevaba una pancarta con el lema: *Death penalty for the bloody beaner,* y a duras penas contuvo las ganas de sacarle los ojos. De haber venido armada, pensó, pondría en su lugar a esa gentuza. En el interrogatorio que horas después transmitió la CNN, Melanie estuvo errática y tartamuda. Como había pasado sola la noche del crimen y el pequeño Joshua estaba de vacaciones con su padre, no tuvo coartada para demostrar que había dormido en casa.

—Pero soy inocente —sollozó—. Juro por Dios que nunca he lastimado a nadie.

Nueva descarga de fusilería en las redes sociales, con injurias feroces y parodias obscenas de sus canciones. El clamor popular contra la *Mexican bitch* iba creciendo como la espuma. Desesperada, Elpidia se trasquiló, le cobró aversión a la ducha, perdió el apetito y en la tienda de cosméticos, la señora Coleman la reprendió por manejar con torpeza la caja registradora. Alarmados por su crisis nerviosa, que podía costarle el empleo, sus padres mandaron llamar a Martín. Entró a su recámara con aires de inquisidor y trató de sanarla con una especie de exorcismo.

—¿Lloras por una asesina? ¿A pesar de todo la sigues compadeciendo? Por Dios, Elpidia, ábrele tus brazos a Cristo. ¡Sácate del corazón a esa hija de las tinieblas!

Con tal de exculpar a Melanie estuvo a punto de soltarle la terrible verdad, pero en el último instante se acobardó. Estaba tan débil, tan culpabilizada y hundida en el desconsuelo, que aceptó pedir auxilio al pastor evangélico de Martín, para librarse de la presión familiar. Necesitaba dormir aunque fuera unas cuantas horas o acabaría encerrada en un manicomio. Compró marihuana medicinal en un dispensario de Pacoima y en un sueño adulterado por la yerba vio a Melanie tendida en una camilla, demacrada y yerta, lista para recibir la inyección letal. Ella interpretaba el papel de la enfermera encargada de administrársela. Melanie derramaba hilillos de llanto y al verla empuñar una jeringa de enorme tamaño le reprochaba con un hilo de voz:

—¿Con qué derecho te inmiscuiste en mi vida?

—Lo hice por tu bien. Pensé que si no intervenía ibas a perder el pleito en los tribunales.

—¿Y no podías tener la decencia de consultarme tu plan?

—¿Cómo? Nunca te dignabas atender a los fans.

—¿Te crees dueña de mi voluntad?

—A esto se arriesgan las diosas inaccesibles. A que otros tomen decisiones por ellas.

Al hundir la aguja en su brazo, despertó bañada en sudor, con escalofríos de arrepentimiento, asustada de su infinita soberbia. Era increíble y monstruoso que hasta en sueños quisiera imponerse a Melanie, gobernarla como si fuera una menor de edad. Quizá Martín tuviera razón a medias: la poseía un espíritu infernal, pero no el de Melanie. Era un diablo con dos caras, una sumisa y devota, la otra irrespetuosa y traicionera, que se solazaba perjudicando a quien pretendía venerar. Al día siguiente, a media jornada de trabajo, se dio una escapada al baño del mall y en la pantalla del celular vio el fatídico video del arresto de Melanie, subiendo a la patrulla en medio de una jauría de agentes, a las afueras de su mansión en Pacific Heights. Estaba más pálida que en el sueño y temblaba como una cierva asustada. Al comparar ese rostro inocente con la negrura de su alma, se sintió una perversa marioneta de Lucifer. Diez minutos después, Samantha la encontró desmayada en el baño y llamó a los paramédicos, que la revivieron con sales de amoníaco. Muy a su pesar, la avinagrada señora Coleman le tuvo que dar una semana de asueto.

Tumbada en la cama procuró reponerse de la impresión. Confiaba en la eficacia de la justicia norteamericana, que tarde o temprano desecharía por absurda la acusación contra Melanie sin necesidad de que ella confesara el crimen. Sid se había ganado el odio de mucha gente y cualquiera de sus enemigos tenía motivos para matarlo. El equipo de abogados de Melanie, los mejores penalistas de la costa oeste, no tardaría en destrozar una por una las aparentes pruebas presentadas por el fiscal, pensaba con una buena dosis de voluntarismo piadoso, y tarde o temprano la investigación tomaría otros rumbos. Con el ánimo de transmitirle buenas vibraciones asistió a la primera sesión del juicio, sentada en la tercera fila de butacas, muy cerca del banquillo en donde Melanie reiteró su inocencia. Cuando los ojos de la acusada, vagando por la sala, se posaron un momento en ella, soltó un hilo de llanto, pero Melanie no dio señales de haberlo notado. Por más esfuerzos que haga nunca lograré llamar su atención, pensó, con un rencorcillo de feligresa despechada que eclipsó un momento su culpa.

Se conformó con seguir el resto de las sesiones por las crónicas de los noticieros locales, que relataban cada noche las declaraciones de los testigos, los alegatos del fiscal, las mociones del juez y las pruebas de descargo presentadas por la defensa. Según los comentaristas, Melanie lucía aletargada, soñolienta, con una mirada opaca que su legión de malquerientes atribuyó a una recaída en las drogas. Los periodistas de la comunidad hispana y algunos grupos de feministas denunciaron, en cambio, la parcialidad del jurado, predispuesto en contra de una hija de inmigrantes oaxaqueños y proclive a favorecer a un gringo de pura cepa, que para colmo tenía millones de seguidores. La respuesta del bando enemigo no se hizo esperar: un tabloide amarillista sacó a relucir los supuestos nexos de un primo lejano de Melanie con el cártel de los Zetas, para presentarla como una vulgar hampona. El juicio, como el de O. J. Simpson, se convirtió en un juego de vencidas entre el público anglosajón y la raza de bronce, pero en este caso, las protestas de la minoría hispana no surtieron efecto. Cuando el jurado declaró culpable a Melanie, Elpidia envejeció diez años de golpe. No la consoló que sus abogados lograran conmutarle la pena de muerte por la cadena perpetua.

En cierta forma sentenciaron a las dos, pues ahora las circunstancias la obligaban a confesar su crimen. Seguir callando sería una vileza, tenía que afrontar las consecuencias de su idolatría y salvar a Melanie de la injusta condena.

Pero antes de soltar la sopa quiso hablar con ella en persona. No le apetecía confesar algo tan íntimo al desalmado fiscal de distrito: necesitaba decírselo a Melanie cara a cara, estremecerla con la elocuencia de sus lágrimas, pedirle perdón de rodillas, y una vez desahogada, entregarse dignamente a la autoridad. Con esa esperanza pidió a sus abogados que le permitieran visitarla en la cárcel femenina de Orange County, so pretexto de entregarle un juego de pañuelos con sus iniciales bordadas. Tras un mes de complicadas gestiones logró que le dieran la cita. Una oportunidad así, diez años atrás, la hubiera ilusionado hasta el delirio: ahora la llenó de zozobra. Pasó varias noches en vela ensayando frente al espejo su confesión. Debía elegir sus frases con extrema cautela y pronunciarlas en un tono que sonara sincero y cálido, sin dar por sentada una camaradería inexistente.

Seguía insatisfecha con su discurso cuando llegó la hora de la verdad. En la antesala del reclusorio la sometieron a una revisión exhaustiva con tocamientos obscenos. A las once en punto la hicieron pasar a una cabina del locutorio, la número 16, frente a un vidrio blindado con orificios para conversar. Las corvas le temblaban como si hubiera venido a batirse en duelo. En los primeros cinco minutos de espera, un ataque de nervios borró de su mente el discurso que había preparado. Melanie no aparecía, quizá se hubiera entretenido en el patio. Se puso a tamborilear con los dedos, mirando con impaciencia el reloj de pared. Once y diez, once y cuarto, once y veinte, ¿qué demonios pasaba? ¿Estaría enferma? ¿La depresión la había postrado en cama? ¿Llegaba demasiado tarde para impedir que se ahorcara en su celda? En las otras cabinas, los visitantes ya llevaban un buen rato hablando con las prisioneras. La celadora, una negra corpulenta, con brazos de gorila y una verruga en el cuello, se acercó a decirle que si la reclusa no había acudido a la visita debía retirarse, según lo estipulado en el reglamento.

—Falta media hora, todavía puede llegar, déjeme esperarla otro rato.

—Entiéndelo, *sweetheart*, esa puta engreída no quiere verte —respondió la negra con una sonrisa de hiel.

La odió por entrometida y sin embargo le tuvo que dar la razón. Salió de la cárcel reducida a escombros, patidifusa de indignación y vergüenza. Con los pañuelos que había bordado para Melanie se enjugó las lágrimas mientras esperaba el autobús de regreso, entre una docena de parientes de las reclusas. El recuerdo de su mueca en el Dolby Theatre debió servirme de advertencia, pensó. Ni caída en desgracia soporta a sus admiradores. ¿Pero entonces por qué aceptó la entrevista? ¿Cambió de opinión a última hora? A lo mejor ni se acordó, han de tenerla turulata con los calmantes. ¿O lo hizo adrede, con ánimo de joder? Allá tú, mi reina, despreciaste a quien más te quiere en el mundo, a quien se jugó la vida por limpiar tu honor. No quieres dar lástimas, lo comprendo, el orgullo nunca muere, ni detrás de las rejas. Pero yo no vine a compadecerte, como los fans que lamentaron tu condena en las redes sociales. No me confundas con esos farsantes que jamás han arriesgado nada por ti. Vine a devolverte la libertad, a poner mi cabeza en la horca para salvar la tuya, y mira cómo me tratas. ¿No merezco siquiera un mendrugo de simpatía?

El desaire la mantuvo taciturna un par de semanas, pero fue más eficaz que las charlas con el reverendo Hamilton, el gurú espiritual de Martín, para curarla de su fanatismo. Melanie era una muñeca de trapo, ahora lo tenía claro, y como su vínculo emocional estaba roto, la culpa de haberle endosado el asesinato de Sid la torturaba menos. Deploraba su encarcelamiento, desde luego, pero ya no estaba tan segura de querer reemplazarla en el penal de Orange County. Un sano relativismo moral había venido en su auxilio cuando más lo necesitaba y ahora prefería construirse una vida propia que beber los alientos a los famosos. Perdió el interés en los astros de Hollywood, a quienes ahora veía pequeños y defectuosos, como si su reino encantado fuera un circo de pulgas. Ya ni siquiera leía las columnas de chismes y en su teléfono celular bloqueó toda la información sobre el mundillo de la farándula. En el mall, a la hora del lunch, departiendo con sus compañeras de la tienda, a quienes ahora trataba con mayor desenvoltura, sin barreras defensivas, hizo un discreto mutis cuando se pusieron a comentar las andanzas amorosas de Beyoncé y Lady Gaga. Pobres tontas, pensó, ¿creían que el estrellato era un atributo mágico de la gente con carisma, una especie de don otorgado a los elegidos?

Hubiera querido desengañarlas, pero la verdad que había descubierto era incomunicable; si detonaba esa bomba le reventaría en plena cara. Ni modo de confesarles que ella era la mano invisible de la providencia, la voluntad superior que había decretado la muerte de Sid Flannagan y la cadena perpetua de Melanie Robles. No se ufanaba de su crimen, pero ahora tenía claro que el Olimpo de utilería donde esos colosos ocupaban hornacinas de cartón podía derrumbarse de un soplo. Era un Olimpo frágil, tan irreal como la propia majestad del dinero. Desde una sala de juntas, los magnates del showbiz dictaminaban que el mundo entero debía postrarse de rodillas ante sus diosecillos de humo. Pero cuando algún valiente los aplastaba de un pisotón, ¿qué pasaba con su fulgor sobrenatural?

Como ahora ya no se encerraba los domingos en casa para monitorear la vida de Melanie, redescubrió el humor y la calidez de sus padres, a quienes ahora acompañaba en sus días de campo, avergonzada de haberlos menospreciado. ¿Tenía algo de malo que vivieran exiliados en el terruño, adorando a celebridades segundonas y un tanto ridículas? ¿A quién molestaban con ese pecado venial? Les faltaba, claro, dar un salto como el suyo, renunciar al papel de espectadores que les habían asignado los creadores de la alucinación colectiva, igualmente déspotas en ambos lados de la frontera. Porque, a fin de cuentas, ¿quién determinaba si alguien era o no una celebridad? ¿Quién decidía dónde emplazar la cámara para seguir a tal o cual personaje? Si en las grandes pantallas del universo, el protagonismo dependiera del mérito, los reflectores deberían seguir a su padre, que había llegado sin papeles a Estados Unidos, esquivando los balazos de la *border patrol* entre los matorrales de Calexico, y en un país hostil, discriminado, jodido, fletándose en jornadas de 14 horas diarias, había salido de pobre con unos huevotes de caballero águila. Ésas eran las únicas estrellas en las que podía creer de hoy en adelante.

A pesar de haber roto su camisa de fuerza, Elpidia no era feliz aún. Con el amor propio robustecido, la apremiaba más que nunca la necesidad de salir de sí misma, no para entregarse, como antes, a una quimera, sino a otro ser humano de carne y hueso. Su sensualidad en estado virgen clamaba por un amor correspondido. Tal vez lo único bueno que había heredado de Melanie era una tentación menos mimética de lo que imaginaba, pues ahora volvió a sentirla con renovado ardor. Tardó un par de meses en reconocer que esos deseos siempre habían estado ahí, que la casta adoración de Melanie tal vez había sido un subterfugio para sublimarlos. Un vientecillo cálido sembraba por debajo de su falda tempestades de sedición y anarquía. No había nacido para ser un parásito del amor ajeno. Lo supo a ciencia cierta cuando Samantha le aceptó una invitación a cenar.

El paso de la muerte

A Ernesto Alcocer

En mitad de una junta larga y tediosa con los circunspectos delegados del sureste, que presentaban informes de atrocidades cometidas por los jefes militares de la región, el jurista Samuel Ibarra, presidente de la Comisión Nacional de Derechos Humanos, lamentó haber abandonado su brillante carrera académica por el relumbrón de un puesto meramente decorativo, sin verdadero poder para combatir la podredumbre institucional. Estaba en el candelero, cada semana denunciaba torturas y desapariciones forzadas ante cámaras y micrófonos, ¿pero de qué le servía su notoriedad si no tenía verdadero poder para castigar esos atropellos, ni el presidente de la República se atrevía a limpiar el ejército y la policía federal? Sus denuncias provocaban a veces el arresto de algún asesino con placa o con galones, pero no resolvían el problema de fondo: la infiltración de los criminales en el aparato de seguridad, que amenazaba con hundir al país en el caos. ¿Para esto se había doctorado en Princeton? ¿Para legitimar una farsa grotesca?

Leonor, su vieja secretaria, entró con sigilo a la sala de juntas para dejarle un recado: "La señora Elvira Beorlegui llamó para invitarlo a su cumpleaños". Aleluya, una buena noticia en medio de tanto horror. De un tiempo para acá, Elvira lo buscaba con insistencia. Tres meses atrás, recién nombrado presidente de la Comisión, lo había invitado a su programa de entrevistas en Canal 11, después a una comida con exalumnos del Colegio Williams y ahora a una celebración más íntima. ¿Era un cortejo amoroso o hacía castillos en el aire? Hasta donde sabía, Elvira acababa de terminar con su enésimo amante, un líder sindical norteño, y estaba, de momento, libre de compromisos. ¿Lo habría elegido entre cientos de pretendientes? ¿Se le insinuaba a pesar de ser un hombre casado? Cuando se proponía cazar a un varón, Elvira no reparaba en su estado civil. Varias esposas despojadas de sus maridos le imputaban esa innoble piratería. Pero cuidado, mucho cuidado con hacerse ilusiones de chamaco imberbe. Su alborozo denotaba inmadurez o algo peor: el autoengaño de un donjuán frustrado que malinterpreta las gentilezas de sus amigas.

Procuró guardar compostura, temeroso de haberse ruborizado, pero había perdido el hilo de la junta y ya no lo pudo recuperar, absorto en la cabellera trigueña, en los ojos irisados con destellos de zafiro, en la insolencia felina y en el garbo magnético de esa mujer arrebatadora. Desde el cuarto año de primaria se enamoró de ella hasta la ignominia. Qué delicioso bombón era entonces, con la faldita escocesa y el fleco en la frente, las piernas flacas con raspones en las rodillas y el sempiterno chicle bomba en la boca. Demasiado tímido para declararle su amor a quemarropa, tras una larga tribulación cometió la ridiculez de leerle un soneto "a unos ojos azules" que había encontrado al reverso de una hoja del calendario. Apenas oyó el primer cuarteto, Elvira se desternilló de risa y corrió a pregonar su cursilería por todo el colegio. Para colmo, al día siguiente la vio encaramada en el enorme laurel del patio con Tomás Loera, el mejor atleta de sexto grado, quien le pasaba un chicle de boca a boca. Pero nada ganaba con recordar aquel descolón como si hubiera ocurrido ayer. Ya ni la chingas, manito, ¿cómo es posible que treinta y dos años después todavía te duela?

Terminada la junta subió al amplio y soleado penthouse del flamante edificio que albergaba la Comisión. Había decorado su oficina sin reparar en gastos, con un suntuoso escritorio estilo provenzal de cedro rojo, mullidos sillones de cuero, un paisaje monumental del Doctor Atl con el Popo echando fumarolas, y en la pared opuesta, una vitrina de palo de Campeche que atesoraba una primera edición de las Leyes de Reforma, con el monograma de Melchor Ocampo. Aligeraban la atmósfera oficialista las fotos de su esposa Consuelo y de su hija Tania en un portarretratos de plata. Desde la silla giratoria echó un vistazo al sur de la ciudad, con la ladera boscosa del Ajusco a lo lejos, y en primer plano, el congestionado Periférico, serpenteando entre las brumas del atardecer. Sacó el celular para llamar a Elvira, pero antes de marcar lo asaltó una evocación amarga.

Tenían 16 años, iban a terminar la prepa y el cuerpo de Elvira estrenaba cada mañana ondulaciones de sirena, primicias voluptuosas que acentuaba con una coquetería precoz. Sabía que el espectáculo de sus senos en cuarto creciente, ceñidos por una blusa entallada, y la sinuosa perfección de sus piernas, angelicales y lúbricas a la vez, atraían miradas dentro y fuera del colegio, pero ella se complacía en provocarlas, pese a los regaños de la prefecta, doña Milagros, que la conminaba, sin éxito, a bajarse el dobladillo de la minifalda. No había profesor o alumno que observara impasible su antillano vaivén de caderas. Aún abrigaba la esperanza de conquistarla, aunque para entonces había pasado por una docena de novios y en la escuela corría el rumor de que ya no era virgen (un rumor que él se negaba a creer). Durante años le había prestado apuntes y soplado en los exámenes, como un solícito paje rindiendo pleitesía a una reina, sin recibir jamás una limosna de amor.

Se acercaba la ceremonia de graduación en el hotel Fiesta Palace, y como en ese momento Elvira no tenía novio, un interregno que había esperado con ansias, le pidió que fuera su pareja en el baile, sin una declaración previa, pues ya conocía su alergia a las frases almibaradas. Ella dijo que tal vez no asistiera al baile, porque sus padres querían llevársela de vacaciones a Valle de Bravo. Después le dio largas un par de semanas: no sé nada todavía, sigo en las mismas, todo depende de mis papás. La víspera del gran evento la llamó cuatro veces, pero su madre se la negó con distintos pretextos. Tuvo que ir sin pareja a la graduación, con el estigma del infortunio sentimental prendido con alfileres en la solapa del traje. Acababan de acomodarlo, junto con otros solitarios, en una mesa rinconera del enorme salón, cuando vio entrar a Elvira, colgada del brazo de Adrián Iriarte, un estudiante de Ingeniería a quien él mismo le había presentado. Claro, Adrián tenía veinte años y ella se derretía por los muchachos mayores. Era natural que menospreciara a un mocoso de su edad, pero él se tomó el desaire a la tremenda, ahogó su despecho en vodka y esa noche rodó escaleras abajo a la salida del Fiesta Palace. Obligado a llevar dos meses cuello ortopédico, la caída, sin embargo, fortaleció su voluntad de olvidarla, ya no por orgullo, sino por instinto de supervivencia. Pero qué vueltas daba la vida: veinticinco años después era Elvira quien procuraba su amistad. Con los ojos entornados acarició la ilusión de oírla musitar entre jadeos el nombre del guiñapo a quien despreció. Quizá estuviera cerca del anhelado ajuste de cuentas, quizá la tuviera pronto en la cama, lánguida y gemebunda, mordiendo la almohada con los ojos en éxtasis. A pesar de su combustión interna, en la llamada telefónica procuró sonar indiferente y frío:

—Qué tal, Elvira. ¿Cómo te va?

—Gracias por llamarme, queridísimo Sammy, sé que tienes una agenda muy apretada —su coqueta ronquera le provocó una erección automática—. Te quería invitar el próximo martes a mi cumpleaños. Voy a festejarlo en el San Ángel Inn con un pequeño grupo de amigos y tienes que venir sí o sí.

—Déjame ver cómo ando ese día —fingió que revisaba la agenda—. Ummm, qué lástima, voy a estar el martes en León, supervisando el reclusorio de la ciudad, porque nos han llegado muchas quejas de maltrato a los reos.

—Ay, no seas malo, eres mi invitado de honor y no me puedes fallar —protestó en tono de niña mimada a la que nadie niega un capricho.

—Bueno, trataré de volver en un vuelo tempranero, para llegar a tiempo a la cena. Yo te confirmo el lunes.

—Pero prométeme que vas a venir…

—Haré todo lo posible.

Sufre, cariño, pensó, ahora soy yo quien se da a desear. No tenía ningún viaje programado para esa fecha, pero la quiso someter a una prueba de incertidumbre para fijar sus reglas del juego, las reglas de un triunfador avaro con su tiempo. Hubiera querido excluir a Consuelo de la cena en el San Ángel Inn, para tener más libertad de acción, pero llegado a casa descubrió con sorpresa que ya estaba enterada del convite, pues un amigo suyo, Lautaro Yáñez, el productor ejecutivo del programa de Elvira, le había adelantado la noticia, con todo y el elenco de invitados. Y como no tragaba a la festejada, Consuelo se apresuró a emitir una opinión lapidaria sobre la cena.

—Qué manera tan mezquina de celebrar un cumpleaños. Te invita a pagar nuestra comida en un restaurante. ¿No puede hacer una cena en su casa?

—Así son las divas, ¿qué le vamos a hacer?

Consuelo estaba predispuesta contra Elvira porque, muchos años atrás, Samuel le había contado sus vanos intentos por conquistarla, cuando creía imposible tener una tercera oportunidad. Error fatal: ahora tenía la mosca detrás de la oreja y quizá lo sometería a una estrecha vigilancia en la cena. Espigada, esbelta, con la cara limpia de maquillaje y una belleza austera a la que nunca sacaba mucho partido, por el recato casi monjil de su ropa, Consuelo estaba un poco chapada a la antigua, pero en la cama era una mística del placer que se daba por entero a su pareja, y exigía, por lo tanto, una entrega sin cortapisas. Nunca le había sido infiel en diez años de matrimonio, un apego casi religioso a la monogamia que ahora, pensó, viéndola preparar un plato de salpicón, quizá lo blindaría contra posibles recelos. Su presencia en la cena era un contratiempo menor, pues finalmente sólo quería tantear el terreno, verificar si Elvira le daba entrada, con un discreto sondeo que ningún otro comensal debería percibir.

A la mañana siguiente se miró con ojo crítico en el espejo del baño. Mofletudo, con lentes bifocales, pancita de cuarentón y una creciente bahía de calvicie, la vida sedentaria y la falta de ejercicio lo habían avejentado prematuramente. Si fuera mujer no cogería conmigo, tuvo que admitir. Necesitaba hacer algo pronto para mejorar su aspecto. Al día siguiente, de camino a la oficina, le pidió a Higinio, su chofer, que lo llevara a una óptica de la plaza San Jerónimo, donde se mandó hacer unos lentes de contacto. Por la tarde, al recogerlos, no sólo vio con más claridad: sintió que le habían quitado diez años de encima. Adiós a la personalidad pacata y desteñida que se forjó desde sus épocas de estudiante. Ya era tiempo de acometer la vida con gallardía, sin caer, por supuesto, en las mariconadas de la juventud andrógina. Había quizá muchas otras mujeres, no sólo Elvira, que al verlo rejuvenecido sentirían un dulce cosquilleo en la entrepierna. Como lo temía, esa noche Consuelo reprobó su metamorfosis:

—Y ahora tú, ¿qué mosco te picó? Te he dicho mil veces que a mí me gustas con lentes. Como tienes los ojos saltones, ahora se te notan más.

—Necesito estar presentable para salir en la tele.

—¿No será que te quieres ver guapo en el cumpleaños de Elvira?

—Ja ja, ya te pusiste celosa —sonrió con suficiencia, como restándole importancia al asunto—. Llevo demasiados años de usar anteojos y quería un cambio, ¿tiene algo de malo?

—No te conocía esas veleidades. Se me hace que ya estás dando el viejazo.

Por fortuna, Tania interrumpió la ingesta de su cereal para colgársele del cuello.

—No es cierto, mi papá se ve muy guapo sin lentes.

Las objeciones de Consuelo le sirvieron de acicate para cambiar de imagen. Ella atribuía un valor sentimental a sus anteojos porque los usaba cuando se habían conocido en la Facultad de Ciencias Políticas. Asociaba ese atributo de carácter con el predominio del intelecto sobre las emociones, del espíritu sobre la carne, y temía, con razón, que al descubrirse los ojos adquiriera un carácter más varonil, el de un gatito convertido en tigre. Un marido feúcho le daba seguridad, pues ninguna mujer se lo intentaría quitar. Pero él necesitaba remendar su autoestima, como primer paso sentirse digno de Elvira. En el terreno profesional su amor propio era robusto y sólido, no así en el erótico, el más importante, a fin de cuentas, para decidir la suerte de un ser humano. De modo que, a pesar del ardor y el lagrimeo incesante, aguantó vara con la abnegación de un monje trapense, y el martes los pupilentes ya casi no le dolían. Esa noche se demoró adrede revisando en su estudio un informe del procurador, con el taimado afán de llegar al San Ángel Inn cuarenta minutos tarde. Quería que Elvira temiera un plantón, castigarla un poco antes de entrar en escena. Y al parecer logró el efecto deseado, pues cuando entraron al reservado del restaurante, con una mesa enorme para veinte personas, Elvira se levantó a recibirlo con alegre impaciencia.

—Hola, Sammy, qué gusto, ya pensaba que no venías. Por poco me dejas vestida y alborotada —lo besó muy cerca de la boca y lo mostró como trofeo al resto de la concurrencia—. Les presento a nuestro ombudsman, el doctor Samuel Ibarra, mi amigo de toda la vida. Y ella es Chelito, su esposa.

Casi todas las sillas de la mesa estaban ocupadas y al terminar la ronda de saludos, Elvira los acomodó en los puestos que les había asignado: Samuel junto a ella y Consuelo a siete lugares de distancia, junto a su amigo Lautaro, un joto de la vieja guardia, con el pelo teñido de negro, que la recibió con arrumacos. La sutil y perversa maniobra de Elvira dejó atónito a Samuel: ni en sueños se hubiera imaginado una bienvenida tan halagüeña. Notó la molestia de Consuelo con la distribución de lugares, pero gracias a Dios no se atrevió a pedir un cambio que hubiera implicado mover a varios comensales, y como la sentaron en el mismo lado de la mesa, desde su lugar no podía verlo departir con Elvira, ni fiscalizar su conversación: sólo charlar con la gente que le quedaba cerca. Elvira llevaba un vestido de gasa color salmón con incrustaciones de pedrería. Se asomó con vértigo a su abismal escote, que despedía un suave perfume de sándalo, entremezclado con emanaciones de sudor. A los 42 años era quizá más encantadora que en su juventud temprana, ¿o así quería imaginarlo para consolarse de sus desaires? Con las sillas apretadas por falta de espacio, ninguno de los dos pudo evitar el roce de rodillas por debajo del mantel, y aunque ese contacto lo erizaba como un relámpago, procuró mantener la cabeza fría para intervenir en la charla, donde Elvira llevaba la voz cantante.

—¿Qué les pareció el numerazo de Vicente Fox con Fidel Castro? Ven a la reunión de presidentes, pero comes y te vas. Como quien dice: te me largas rapidito por la puerta de las chachas.

El joven analista político Sebastián Mateos, un sabelotodo con lentes de aro redondo, barbado y larguirucho, culpó del traspié diplomático al canciller Jorge Castañeda, que no quería invitar a Fidel a la conferencia de presidentes en Monterrey y mal aconsejó a Fox para que cometiera esa tarugada, cuando el comandante decidió asistir a última hora.

—Fox quedó exhibido como lo que es: un lameculos de George Bush —dijo Felipe Jenkins, un pintor marxista-leninista de pelo entrecano, discípulo de Siqueiros, con los pelos del bigote amarillos de nicotina—. La estúpida clase media votó en masa por él y ahí tienen los resultados: somos la burla del mundo entero.

—¿Tú qué opinas, Samuel? —le preguntó Elvira—. ¿Iremos a romper relaciones con Cuba?

Era una pregunta comprometedora, pues Elvira sabía muy bien que un funcionario de su talla no podía hablar con entera libertad sobre temas que pudieran enemistarlo con otras autoridades. Apelaba, sin duda, a las afinidades ideológicas de su juventud, cuando ambos eran radicales de izquierda y participaron en la huelga estudiantil del CEU. Si bien lo había propuesto para su cargo el propio Vicente Fox, no creía haber traicionado los ideales que alguna vez compartieron por el hecho de encabezar un organismo ciudadano independiente del Gobierno federal que intentaba defender a la sociedad civil de los abusos cometidos por la fuerza pública. Trató, pues, de salvar su reputación sin participar en ese linchamiento.

—Estoy de acuerdo en que le faltaron tablas al presidente, pero es un incidente chusco sin importancia, que no va a pasar a mayores. Ni a Cuba ni a México les conviene romper relaciones, porque ambos países tienen muchos intereses en común. Pero como ahora México es una democracia, la relación bilateral debe replantearse sobre otras bases, y en eso tiene razón Castañeda. La vieja concordia entre gobiernos autoritarios ya terminó, y ahora empieza una nueva etapa en donde México ya no podrá solapar las violaciones a los derechos humanos en Cuba.

Elvira lo escuchaba como a un oráculo, en el papel de alumna ávida de aprender, dándole una importancia mayor que a cualquier otro invitado. Ni rastro de la insolente fichita de antaño, que bostezaba de hastío cuando el matadito del salón comenzaba a hilvanar una frase. Y aunque el estalinista Jenkins lo increpó agriamente por tachar de dictador a Fidel, ella le dio la razón, pues acababa de realizar un reportaje en La Habana, dijo, donde la Policía Nacional Revolucionaria la sometió a una vigilancia insufrible, con cateos a medianoche en su cuarto de hotel para revisarle el material grabado. Después del primer plato, la charla se desvió a temas ligeros (la moda ridícula de los implantes en los senos, las fallas de la alarma sísmica en el último temblor, el horrendo huipil de la primera dama en la ceremonia del Grito) y aprovechando la fragmentación de la charla, cuando llegaron los postres Samuel se enfrascó en un *tête à tête* con Elvira, creando una especie de intimidad en medio del vocerío. Evocaron a don Teofilito, el profesor español de Etimologías Grecolatinas, a quien hacían rabiar las ovejas negras del grupo, entre ellas, Elvira.

—Por poco le da un infarto el día que escupió su dentadura postiza en un arrebato de cólera.

—Pobrecito —lo compadeció Elvira—, como estaba medio cegato, la tuvo que buscar a tientas entre las bancas del salón.

—¿Y te acuerdas de Mendoza, el profesor de Matemáticas que le arrojaba gises a los distraídos?

—Cómo olvidarlo, si por poco me descalabra.

—Pero tú eras la consentida de los maestros. Les hacías una carita de niña buena y te perdonaban todo. Tu problema era con las profesoras.

—Sobre todo con Bringas, la de Biología. Esa vieja me traía de encargo. Y todo porque mandé a la goma a su hijo Raulito, que se enamoró de mí.

—Rompiste muchos corazones en aquel tiempo…

Samuel estuvo tentado de agregar: "incluyendo el mío", pero la timidez o el orgullo lo enmudecieron. Elvira, en cambio, tomó la ocasión por el pelo y en un tono cadencioso le dijo al oído:

—Tú y yo tenemos una asignatura pendiente.

Se quedó sin aliento, incrédulo y estremecido. Eran las palabras más celestiales que había escuchado en su vida. La miró a los ojos con una mezcla de ansiedad y temor, la ansiedad de un intruso en el umbral de la gloria, el temor de un delincuente sorprendido en flagrancia. Samuel fue el primero en apartar los ojos, intimidado por la audacia de Elvira, pues temía que las esposas de Mateos y Jenkins la hubieran escuchado. A pesar de su naciente culpabilidad, o aguijoneado por ella, no se quiso quedar atrás y cuando Elvira apagó su pastel de cumpleaños, un *strudel* de manzana con una velita, le respondió con una caricia furtiva en el muslo. Luego los dos se reintegraron a la charla general, achispados por la cuarta copa de vino, y más aún, por la complicidad recién establecida. Cuando los primeros comensales comenzaron a despedirse, Samuel pagó su parte del cuentón y emprendió la retirada con la adusta Consuelo, que no se había dado cuenta de nada, ni le reclamó su conducta en la cena, pero de cualquier manera estaba furiosa y en el trayecto de vuelta a casa cubrió de improperios a Elvira.

—Qué mal gusto tiene tu amiguita. Pone a los famosos en un lado de la mesa y en el otro a los ilustres desconocidos, como si tuviera amigos de primera y de segunda. Segregar así a la gente es una majadería. Y ultimadamente, ¿quién es ella para darse tanta importancia? Una iletrada con ínfulas de intelectual, que ha hecho carrera en la tele acostándose con medio mundo.

—No la subestimes, Elvira tiene olfato periodístico y es una buena entrevistadora.

—La defiendes porque todavía te gusta. Pero ni te hagas ilusiones: te invitó para tener un elegante florero en la mesa. Como buena oportunista, se le arrima al que brilla para brillar de prestado. Ahora se para el cuello con tu amistad, pero antes de tu nombramiento, ¿cuándo nos tiró un lazo? ¿A ver, cuándo?

Era cierto y Samuel tuvo que admitirlo: durante una larga temporada, Elvira no le tiró un lazo y tal vez nunca lo hubiera cortejado con tal ahínco sin el efecto ennoblecedor de su cargo. Así lo indicaba la fruición con que había pronunciado la palabra ombudsman, pero eso no mellaba su renaciente orgullo viril, ni apaciguó su galope cardiaco. La providencia tenía curiosas maneras de recompensar los esfuerzos. Quizá todos los desvelos de su carrera profesional iban encaminados a obtener ese premio. Quince años de quemarse las pestañas en bibliotecas de Europa y Estados Unidos, el gran éxito diplomático de haber trabado amistad con los mejores especialistas del mundo en Filosofía del Derecho, su aguerrida militancia en Amnistía Internacional, donde aprendió a lidiar con la clase política sin perder independencia, el posdoctorado en Leipzig, sus conferencias magistrales en Washington, el reconocimiento de sus pares, tantos logros conquistados a fuerza de astucia y rigor habían obrado el milagro de que Elvira lo viera como un tipazo. Fuera complejos: la galanura del mérito, inaccesible para ningún muñeco de aparador, seducía con más eficacia que el atractivo físico. Oyó en el corazón un repique de campanas: el festejo de Quasimodo por la rendición de la bella Esmeralda.

Al día siguiente, sin embargo, titubeó largo rato antes de llamarla, mientras hojeaba un grueso legajo sobre la desaparición de un luchador social yaqui en Sonora. Lo intimidaba la posibilidad, nada remota, de volver a ser tratado como una basura. Tal vez Elvira sólo estuviera jugando con él. ¿No sería un error correr a sus brazos como un perro faldero? Un adorador incondicional se devalúa de entrada en cualquier relación amorosa, calculó en ascuas, mordiendo la goma de un lápiz: pobre de ti si le das a entender que sigues siendo el pendejo de antes. Así la amabas en el colegio y así te fue. Pero qué delicadito te estás volviendo, pinche rajón, se recriminó a la una de la tarde, avergonzado de su cobardía: por lo pronto cógetela, ya verás luego cómo defiendes tu dignidad.

—Hola, hermosa, habla Samuel, tu eterno enamorado.

—¿Cómo estás, mi cielo?

—Con muchas ganas de verte.

—*Me too*. Toda la mañana estuve pensando en ti. ¿Cuándo vienes?

Quedaron de verse esa misma tarde en el departamento de Elvira, frente al Parque España. Samuel canceló a última hora una entrevista importante con un comisionado argentino de

98

la OEA, porque no quería retrasar un segundo su entrada en el paraíso. Para evitar testigos indiscretos le dio la tarde libre a Higinio y él mismo condujo la camioneta. En cada semáforo se peinaba en el espejo retrovisor, ensayando miradas cautivadoras. A las cinco en punto llamó a su puerta con un ramo de orquídeas, nervioso como un colegial, pero también rejuvenecido por la inminencia del placer supremo.

—Hola, Sammy, qué lindo, me trajiste flores.

La besó tontamente en la mejilla, por falta de audacia para ir más lejos, y ella lo invitó a sentarse como si fuera una visita cualquiera. No le marcó ninguna distancia y sin embargo Samuel temió faltarle al respeto, cohibido por un extraño pudor. Atacarla sexualmente a las primeras de cambio hubiera infringido su código de buenos modales. No conocía ese departamento y le sorprendió la sencillez del mobiliario: salvo un cuadro de Gironella, un extraño collage con latas de ultramarinos y fotos del ejército zapatista, no había ningún detalle lujoso. Era el departamento de una mujer emancipada que gana lo suficiente para vivir con cierta comodidad, sin ambicionar los signos de estatus. Ni rastro de las talegas de oro que, según Consuelo, Elvira le había sacado a sus amantes. La admiró por haber dado la espalda al amor mercenario y a la moral convencional. Era una libertina honesta, una combinación que los hipócritas no podían deglutir. Elvira habló de su nuevo proyecto, un reportaje sobre la lucha de los campesinos ecologistas de la Sierra de Petatlán, que defendían heroicamente sus tierras pese a la hostilidad del ejército, las guardias blancas y los narcos infiltrados en la zona, que pretendían obligarlos a sembrar amapola.

—Ten cuidado, en esa región hay mucha violencia —le aconsejó—. ¿No quieres que te acompañe el delegado de la Comisión? Así estarías más segura.

—Sí, claro, muchas gracias, eres un amor. No te lo había dicho, pero te ves mucho mejor sin lentes.

—Me los quité por ti —confesó, venciendo su timidez.

—¿De veras? —musitó Elvira, halagada.

—Me las vi negras con el ardor de los ojos, pero quería llegar a tu cumpleaños con mi mejor cara —se acercó al sofá y la tomó de la mano—. Por ti llevo una semana llorando y ahora quiero mi premio. ¿Te puedo besar?

Elvira asintió en silencio, y mientras cumplía el viejo anhelo de entrelazar lenguas con ella, cerró los ojos y se imaginó trepado en el frondoso laurel de la India donde las parejitas infantiles del Colegio Williams se ocultaban entre el follaje. Porque esa mujer madura, fogueada en tantos romances, seguía siendo para él la adorable nenita de cabello lacio con hoyuelos en las mejillas, que un feliz anacronismo le traía de vuelta, escoltada por un séquito de ángeles. Y hasta su saliva le pareció impregnada por el sabor de las paletas de grosella que chupaba entonces.

Al palpar su erección, Elvira soltó una risilla pícara. Ni tarda ni perezosa se lo llevó a la cama, mientras él se deshacía a tirones el nudo de la corbata. Le rindió pleitesía con un humilde cunnilingus, hincado en la alfombra con las piernas de Elvira sobre los hombros, como un cristiano recibiendo la Eucaristía. Luego ella, mandona en la cama, tomó la iniciativa de cabalgarlo. Se apropió de su falo con tal avaricia que temió no volver a recuperarlo. Mirarla así, montada en su hombría, saboreándola con el paladar de la vulva, lo curó por completo de prejuicios y resquemores: a quién diablos le importaba ser el primer hombre de su vida o el número cien. Al escuchar el orgasmo operístico de Elvira, un ulular estridente y delicado a la vez, tuvo un arrebato de orgullo cavernario que lo incitó a ponerla boca abajo para darle más placer, moviendo la pelvis como un epiléptico. Su larga espera de treinta y dos años para llegar a ese clímax lo acicateaba a matarla de placer. No le hubiera disgustado morirse ahí adentro, pues ¿qué dicha mayor podía depararle la vida? Todavía tardó un buen rato en eyacular, para que ella siguiera premiándolo con sus aullidos entrecortados, tan agudos que temió una queja de los vecinos.

Para celebrar la ocasión, Elvira abrió una botella de vino blanco que se bebieron a medio vestir en el sofá de la sala.

—¿Estabas segura de que iba a llamarte?

—Por supuesto —se ufanó Elvira—. La otra noche te brillaban los ojos.

—No me lo vas a creer, pero lo pensé un buen rato esta mañana. Creo que me das un poco de miedo.

—Pues en la cama no lo parecía. Eres un perverso de lo peor, como todos los hombres inteligentes. Y como habrás notado, a mí la inteligencia me pone cachonda. Con razón Consuelo te trae con la rienda corta.

Hubiera preferido que no la mencionara, pues un vacío en la boca del estómago le recordó que esa felicidad sería muy pronto un problema, si acaso no lo era ya.

—Dime una cosa con franqueza —la miró a los ojos—. ¿Quieres algo serio conmigo o sólo tuviste un antojo?

—La seriedad me espanta —suspiró Elvira, un poco intimidada—. Yo he buscado siempre antojos que me duren toda la vida, pero no he podido encontrarlos. Quizá espero demasiado de los hombres... o de la vida.

—Te lo pregunto para saber a qué le tiramos.

—Nunca he sido la otra, ese papel no me va: la única o nada, tú decides.

Lo dijo en un tono imperativo y cálido a la vez, el tono de una maestra dulce, y estaba tan encantadora con el pelo suelto sobre los pechos que Samuel no resistió la tentación de besarla con el arrojo de un tahúr insolvente, despojado del albedrío por una especie de voluntad paralela, más genuina, sin embargo, que su viejo yo sobrecargado de escrúpulos. Volvieron a la cama con una complicidad más férvida y no recobró el sentido del deber hasta una hora después, cuando iba al volante de la camioneta y midió las consecuencias del pacto irresponsable que acababa de firmar a ciegas. ¿De veras quería cambiarlo todo, estabilidad, familia, equilibrio, por una mujer tan voluble como Elvira, a la que ningún amante le duraba más de dos años? ¿De veras la amaba tanto? ¿No debería, más bien, resignarse a la dicha efímera de esa tarde y mantener intactos los pilares de su existencia? ¿Qué haría en su lugar un donjuán maduro? Cogérsela dos o tres meses y hasta la vista, baby. ¿Pero qué tal si se picaba? ¿Qué tal si mañana, debilitada la voluntad, sacrificaba a su esposa y a su hija en el altar de Eros?

El afecto de Consuelo, que había preparado para cenar unas ricas tostadas de atún, y la alegría de Tania, que le modeló su nuevo tutú de ballet, haciendo piruetas de *ballerina* en la sala, lo conmovieron casi hasta el llanto, que por fortuna logró reprimir a tiempo. Sería una monstruosidad o un suicidio renunciar a un cariño como ése: mira cómo te quieren, imbécil, compara este amor con tu vil calentura. Por fortuna, Consuelo tenía agujetas en las piernas por el spinning que hizo en el gimnasio y esa noche no quiso coger. Releyó un rato la *Teoría de la argumentación jurídica* de Robert Alexy, en un vano intento por conciliar el sueño. Quería borrar de su mente a Elvira o rebajarla al rango de personaje incidental. Pero al apagar la luz del buró no pudo pegar el ojo, escuchando toda la noche la voz apremiante que repetía: la única o nada, la única o nada…

El viaje de Elvira a Petatlán le concedió un saludable compás de espera. Concentrado en la titánica empresa de crear un Estado de Derecho en un país donde predominaba la anarquía egoísta, procuró ejercer una fuerte presión sobre la judicatura, para que agilizara los procesos contra autoridades federales. Le indignaba, en particular, el caso del coronel Menchaca, que había violado a una quinceañera en Reynosa, y el del comandante de la judicial Ezequiel Estrada, coludido con los secuestradores de un ingeniero en Puebla. Contaba con abundantes pruebas de ambos delitos, pero como los acusados habían repartido lana al por mayor en los juzgados de distrito para retrasar hasta las calendas griegas sus procesos penales, solicitó a un grupo de periodistas independientes y honestos que denunciaran desde sus tribunas el tortuguismo de los jueces, en espera de que la presión mediática les hiciera mella, si acaso les quedaba una pizca de vergüenza. No quiso acudir al presidente Fox, pues en las dos entrevistas que había tenido con él lo había notado renuente a interferir en asuntos del Poder Judicial. Para colmo, en la Suprema Corte predominaban los magistrados corruptos al servicio del antiguo régimen, de modo que en esa lucha quijotesca no contaba casi con ningún apoyo institucional. Necesitaba con urgencia unas cuantas victorias, pues algunos analistas políticos denunciaban ya la inutilidad de la Comisión, a la que tildaban de "elefante blanco creado para simular un control ciudadano del aparato de seguridad".

Con tantas preocupaciones en la cabeza, no pudo trazarse una línea de conducta en su aventura con Elvira o quizá se volcó al trabajo para rehuir ese dilema, y cuando ella le habló a la oficina, recién llegada de Petatlán, aceptó, aturdido, una invitación a cenar en su casa al día siguiente. Horas después, viendo en la tele un partido de futbol, deploró su pésima jugada de ajedrez. Si se quedaba hasta tarde con ella, Consuelo podía olerse algo. Qué falta de carácter, carajo: debiste cambiarle la cita por una comida, pero no te atreviste a exigirle que respete tu matrimonio y se conforme con ser tu segundo frente. Hazlo ahora, más vale tarde que nunca. Pero temes perderla si te echas para atrás, ¿verdad, culero? No te quieres exponer a decepcionarla, como si el último beso que le diste fuera un contrato firmado ante notario, cuando bien sabes que no te obliga a nada, absolutamente a nada. Ya te tomó la medida y ha empezado a ejercer con alevosía su enorme poder sobre ti. ¿Vas a permitirlo, imbécil?

Su rectitud se tambaleaba y tenía que apuntalarla con un golpe de autoridad. Cancelar la cena con cualquier pretexto y luego hacerse ojo de hormiga sería lo más fácil, pero también lo menos caballeroso. No podía tratar a Elvira como a una putilla cualquiera. Mejor confesarle de frente que a pesar de adorarla hasta la obsesión, era un hombre de familia

con ataduras indestructibles. La neta pura y simple, sin ador-
nos ni evasivas, antes de meterse en camisa de once varas.
Creyó innecesario inventar un compromiso de trabajo para
justificar un regreso a casa tardío, porque no pensaba concederle más de media hora. Tampoco se quedaría a cenar,
para dejar bien claro que la ruptura iba en serio.

Antes de tocar a su puerta ensayó en el espejo del ascen-
sor una cara de pésame, sin quedar del todo satisfecho. Elvira, en cambio, lo recibió alborotada como una niña y le
plantó un largo beso en el dintel de la puerta. Con un traslú-
cido vestido de seda negro, sin sostén, la tez bronceada por
las caminatas en la sierra de Guerrero, irradiaba una cegado-
ra luz tropical. Su departamento en penumbras, alumbrado
sólo por dos velitas en la mesa redonda con cubiertos de plata, parecía el escenario de un tango pecaminoso. Se esforzó
por ignorar las varas de incienso y la botella de champán re-
costada en una hielera: nada de eso debía desviarlo un milíme-
tro de sus planes.

Pese a la zozobra que sintió al abrazar ese cuerpo dispuesto a la entrega inmediata, reprimió la tentación de llevársela
directo a la cama. En la cocina, mientras sacaba las botanas
del refri, Elvira le refirió con entusiasmo la estupenda acogida
que le habían brindado los comuneros de Petatlán, con quienes había compartido el pan y la sal, ayudándolos a obtener
refuerzos policiacos con una llamada al gobernador del estado,
un buen amigo suyo. Le había impresionado el valor civil de
esa comunidad cercada por todos los flancos, que en condiciones tan arduas seguía cultivando la tierra y fabricando her-
mosas piezas de cerámica. No le importó dormir cuatro días
en un *sleeping bag* con tal de comprender mejor la íntima
relación con la tierra de ese pueblo sufrido y valiente, alegre
a pesar de la adversidad. Cuando terminó de relatar sus ha-
llazgos periodísticos, Samuel se aclaró la garganta, dispuesto
a soltar el sapo. Pero antes de que pudiera articular una sílaba, Elvira se le arrimó como una gata mimosa:

—Lo único malo fue que allá en la sierra te extrañé mucho. Traigo un déficit afectivo muy fuerte, mi cielo. ¿Y este animalito me extrañó también?

El asalto a su bragueta lo dejó inerme, a merced de las furias que ahora, envalentonadas, irguieron su verga a despecho de la honradez y el sentido común, de los valores éticos y de los diez mandamientos. No pudo salvarlos de la casa en llamas y con ambas manos estrujó las nalgas de Elvira, convertido en un antropoide facineroso. A empujones, entre mordiscos y arañazos, la arrastró hacia el sofá de la sala, donde la embistió con el ímpetu severo y despótico de los moralistas envilecidos. Y quién lo dijera: complacida por su rudeza, Elvira mostró la faceta sumisa de su carácter, el secreto anhelo de someterse a un energúmeno rapaz. Despatarrada en el sofá, lo incitó a poseerla con un lenguaje prostibulario. También Samuel estrenó un yo desconocido, y aunque lo reprobaba por el rabillo del ojo, su juicio condenatorio lo enardecía más aún. Estalló de placer con el estertor de un caimán traspasado por una lanza y se tendió exhausto en la alfombra, espantado de su frágil autocontrol. ¿Quién soy de verdad?, pensó con estupor, ¿he representado toda la vida un falso papel? Hasta su valor civil comenzaba a flaquear.

Intentó, pese a todo, sobreponerse al shock, y durante la cena esperó un momento oportuno para poner los puntos sobre las íes. No sería una traición recobrar la sensatez y decirle con seriedad que ése había sido su palo de despedida, esgrimiendo los argumentos que había preparado. Pero la placidez postcoito, las burbujas del champán y la atmósfera de irresponsabilidad juvenil, más embriagadora que la bebida, no le permitieron intercalar objeción alguna. De postre, Elvira había cocinado un platón de *brownies* que sacó del microondas con una risilla traviesa.

—Les puse una mariguana buenísima que me regalaron en Petatlán.

—Yo paso, gracias. Mañana tengo una junta en Gobernación.

—No te dan cruda, es lo bueno de la mota, pruébalos.

En la prepa, Elvira había militado en una palomilla de grifos a los que Samuel siempre detestó. Soñaba con librarla de esas malas compañías como un superhéroe, pero temía, con razón, enemistarse con ella si los increpaba en un arranque de valor. ¿Permitiría de nuevo que la maldita hierba los separara? En busca de una coartada moral, recordó una regla de buenos modales que le había inculcado su madre: no rechazar ningún platillo en casa ajena.

—Está bien, pero nomás la mitad.

Con eso le bastó para alzar el vuelo, ensimismado como un molusco y al mismo tiempo, bendecido por una hipersensibilidad acústica y táctil que lo volcaba hacia el exterior. Y afuera, pero también adentro, estaba el indómito cuerpo de Elvira, la puerta del cielo, el salvoconducto a la inocencia perdida. De aquella noche sólo recordaría luego escenas inconexas: una disertación filosófica suya interrumpida por un ataque de risa idiota, Elvira desnuda, bailando *Fruta fresca* de Carlos Vives, los dos llorando al unísono al recordar la fugacidad de la vida, *el allegro vivace* del segundo palo, el *pianissimo* del tercero, el hipnótico parpadeo de las velas, que parecía encerrar un mensaje cifrado, la solución al enigma de la existencia. Luego el sueño venció al delirio y poco a poco se fue quedando dormido. Despertó sobresaltado a las cinco de la mañana, con la cabeza de Elvira apoyada en su pecho. En la madre, seis mensajes de Consuelo en el celular. Sin despertar a Elvira se vistió a las carreras, atarantado todavía, buscó a tientas la ropa que había dejado en el cuarto, y como no pudo encontrarla toda se largó a la calle sin el cinturón. Espabilado por el aire frío de la madrugada, logró manejar con relativa destreza por las avenidas desiertas. Entró a su casa caminando de puntillas, con la esperanza de que Consuelo durmiera profundamente, pero ella le había preparado una celada en el antecomedor, donde la encontró fumando con ojeras de funeral.

—Creí que te habían secuestrado y estaba a punto de llamar a la policía. ¿Se puede saber dónde andabas?

—Me fui a emborrachar con mi compadre Gualberto y se me pasaron los tragos.

—Qué raro, tenemos diez años de casados y nunca te habías ido de juerga —Consuelo se acercó a olfatearlo—. Hueles a coño. Estuviste con Elvira, ¿verdad?

—No la he vuelto a ver desde la cena de su cumpleaños —mintió cobardemente sin mirarla a los ojos.

—Pero desde entonces estás muy raro, con la cabeza y los huevos en otra parte.

—Tengo muchas preocupaciones, ya lo sabes, y a veces, aunque no quiera, me las traigo a la casa.

Se dio la media vuelta para dar por concluida la discusión, pero al pie de la escalera, Consuelo le cerró el paso.

—Eres muy malo para mentir. Si tienes una aventura, admítelo, porque yo también quiero tener una, para quedar a mano.

—No admito nada y déjame en paz. Necesito dormir, aunque sea unas horas.

Como Consuelo se encerró con llave en su alcoba, tuvo que dormir en el cuarto de las visitas. Al día siguiente, en el desayuno, Consuelo le arrojó con violencia el plato de papaya y algunos trozos de fruta cayeron al suelo. Hasta la niña estuvo menos cariñosa con él, o quizá se lo figuró, por la costumbre de ver a la madre y a Tania como un binomio inseparable. La escena le dejó un amargo sabor de boca, un presentimiento de catástrofe que no pudo apaciguar en toda la jornada de trabajo. A la una de la tarde, cuando Elvira lo llamó por teléfono, le agradeció la maravillosa noche con sincera emoción, pero se apresuró a inventar una evasiva: saldría de viaje una semana para asistir a un foro sobre Derechos Humanos en São Paulo. Necesitaba bajarse unos días de la montaña rusa. En la soledad de su despacho ingirió dos tabletas de paracetamol para sobrellevar el bajón de la mota.

Un ombudsman pacheco, ¿tantos posgrados para caer en eso? Condenaba en público a los cárteles de la droga y a la chita callando consumía sus productos. Impostor ante los demás, impostor en tu propia casa, te estás volviendo un tartufo. Y todo para inflar tu ego de donjuán. ¿Ya se te olvidó quién eras a los veinticinco años? Un patético eyaculador precoz. Consuelo tuvo la infinita paciencia de enseñarte a coger y gracias a ella, paradójicamente, lograste hacer un decoroso papel con Elvira. No puedes engañarla porque te adivina el pensamiento, ni quitártela de encima con una patada en el culo. ¿A qué le tiras entonces?

De vuelta en casa, Consuelo siguió exigiéndole la verdad, bajo la amenaza de cogerse a su primo Claudio, un manolarga que siempre le había tirado los perros, si no confesaba con quién se acostó. Samuel tomó la precaución de cerrar la puerta del cuarto de Tania, que veía las caricaturas, y de vuelta en la sala, donde Consuelo estaba tomando una copa de vino blanco, le confesó que, en efecto, había tenido una aventura con Elvira. Sin quitarse la argolla matrimonial, Consuelo le propinó una bofetada que hizo un ruido metálico al chocar con su dentadura.

—¡Hijo de la chingada, y encima lo negabas!

—Cálmate, por favor —retrocedió, sangrando del labio—. Me pediste la verdad y te la dije. Caí en una tentación muy fuerte, pero no se va a repetir, te lo juro.

Insatisfecha con su victoria parcial, Consuelo bufaba como un soplete.

—Pues ahora mismo, delante de mí, vas a mandar al carajo a esa puta —le arrojó el teléfono inalámbrico—. Llámala, maricón. Pero enciende la bocina, para que los oiga.

—No seas vengativa, Consuelo. ¿Qué necesidad tienes de humillarme?

—¡La humillada soy yo, es a mí a quien están pisoteando! —se dio una fuerte palmada en el pecho—. Y encima te haces la víctima, pinche cerdo.

—Déjame resolver esto en privado.

—No me fío de ti. Háblale ya o la llamo yo.

—No la voy a llamar ni te permito que lo hagas.

—Claro, temes decepcionarla. Eso quiere decir que te la vas a seguir cogiendo. Pero a mí no me engañas, pendejo, ¡a mí ningún hombre me pone cuernos! —y le arrojó a la cabeza un vaso que por un pelo alcanzó a esquivar.

Obligado a huir, salió a la calle y encendió la camioneta sin saber a dónde iba, como un gavilán con las alas rotas. Cansado de dar vueltas, se detuvo a tomar un tequila en el deprimente bar del Sanborns de San Jerónimo, donde un organista ciego intentaba en vano alegrar a las parejitas de oficinistas. Por fortuna, Consuelo no tenía el teléfono de Elvira y esperaba que al volver se le hubiera pasado el coraje. Pero ella no quitó el dedo del renglón y al día siguiente le reiteró su vengativo ultimátum. Samuel detestaba involucrar a terceros en problemas íntimos, pero llegado a la oficina tuvo que violar esa regla de oro y ordenó a Leonor que no diera a Consuelo ningún teléfono si llamaba para pedirlo. Como había previsto, esa mañana su esposa la llamó para pedir el número de Elvira. En represalia por la cortés negativa de la secretaria, esa noche Consuelo montó en cólera y con varias copas encima, le recordó a gritos sus épocas de eyaculador precoz, sin importarle que Tania la escuchara.

—Tu secretaria es una pinche alcahueta, cuando la vea le voy a escupir. Pero conmigo no vas a jugar, pendejo, mañana te denuncio en los noticieros. Y como tu puta es famosilla, el baño de lodo no se los quita nadie.

Aunque la creía capaz de cumplir su amenaza, no cedió a la extorsión. En el tono sosegado de un psiquiatra volvió a pedirle que aceptara sus excusas en vez de llevar el pleito a mayores, pero sólo consiguió enfurecerla más. Sin esperar la segunda tanda de insultos salió a caminar por las callejuelas empedradas de San Jerónimo, deplorando la injusticia visceral de Consuelo. Condenado a la muerte civil por una aventurilla.

¿Diez años de sumisión y fidelidad absolutas no ameritaban un mejor trato, una pizca de comprensión? ¿Por qué tanta saña con un marido casi ejemplar? No tardó mucho en hallar la respuesta: más que salvar su matrimonio, Consuelo quería restaurar una dictadura. Sin su máscara de abnegación y bondad, por fin se mostraba tal como era: una tirana enferma de poder que nunca lo dejaría crecer como ser humano. En brazos de Elvira había querido escapar de su despotismo, zafarse un momento la soga del cuello, arrastrado por una fuerza más profunda que el deseo: la necesidad de alcanzar una mayoría de edad negada por la carcelera que elegía sus corbatas, sus amistades, sus diversiones, al grado de impedirle cualquier decisión espontánea, cualquier intento por hacer una vida social independiente. La necesidad, más fuerte aún, de cometer locuras, de morder frutos prohibidos, de liberar una personalidad constreñida a seguir un libreto. Nada más aterrador que una esposa con la autoridad moral de una madre. Pero hasta los hijos más oprimidos daban alguna vez el grito de independencia. Te consta, mami, que traté de hacer las paces por la buena. Pero si tú te radicalizas, vamos a ver de a cómo nos toca.

Desde la banca de un parque llamó por teléfono a Elvira. Se disculpó de entrada por haberle mentido sobre su viaje a São Paulo: lo había inventado para concederse un respiro en medio del huracán, pues desde la otra noche, cuando llegó a casa de madrugada, Consuelo le había declarado la guerra. Omitió del relato, por obvias razones, su intento de reconciliarse con ella y le dijo que tras una lucha interior había resuelto abandonarla.

—Me lo dijiste muy claro: la única o nada. Y como eres la mujer de mi vida, no quiero andarme con titubeos. En mi casa ya no puedo estar. ¿Puedo vivir contigo?

—Claro que sí, mi amor, ven cuando quieras. Pensaba que ibas a tardar en decidirte, pero me alegra que seas tan valiente.

—Te caigo allá mañana en la tardecita, ¿sale?

Como el día siguiente era festivo, a primera hora de la mañana, cuando Consuelo salió a dejar a la niña a casa de sus abuelos, comenzó a empacar su ropa en dos grandes maletas. Pero Consuelo regresó demasiado pronto y lo sorprendió en medio de su tarea.

—¿Te vas con Elvira? ¿No que era una vil aventura?

—La mera verdad, estoy loco por ella —dijo sin mirarla, con implacable frialdad—. Y no de ahora, desde que era un escuincle. Lamento herirte, pero el amor me ha pegado fuerte.

—No me hagas reír —Consuelo fingió un ataque de hilaridad—. ¿Sabes cuánto va a tardar en ponerte los cuernos? Quince días cuando mucho.

—Pues será la quincena más feliz de mi vida.

Consuelo le cerró la maleta de un manotazo y lo amenazó de nuevo con el escándalo mediático si no suspendía la mudanza *ipso facto,* pero el temor que percibió en su tono de voz lo animó a darle la puntilla.

—Llama de una vez a los periodistas y diles que soy un degenerado. A lo mejor eso me cuesta el puesto, pero si me tengo que regresar a mi plaza de investigador en la universidad, por la mitad del sueldo, las más perjudicadas van a ser Tania y tú.

Tuvo que apartarla con cierta rudeza para seguir empacando y Consuelo, indignada, salió de la alcoba dando un tremendo portazo. Arrojó a la maleta varias prendas a la vez, sin molestarse en acomodarlas, total, ya las plancharía la sirvienta de Elvira. No podía temblarle la mano en ese momento crucial. Como los charros que saltan en pleno galope de un caballo manso a uno bronco, debía ejecutar su "paso de la muerte" con una mezcla de valor y equilibrio, aguantando los corcoveos, por violentos que fueran. Pese al temor de recibir en cualquier momento un diluvio de proyectiles, procuró guardar en maletas y cajas de cartón todos los libros y documentos de trabajo que pudieran hacerle falta. Previsor hasta en el menor detalle, tras haber metido las maletas y los portatrajes en la cajuela, pensó en el desayuno del día siguiente y sacó del refri el tóper con la papaya que le había picado la sirvienta, uno de los hábitos inmutables que debía poner a salvo del caos. Al salir del garaje alcanzó a oír una tempestad de sollozos. Consuelo pasaba de la agresión al chantaje. Con la sangre fría de un jinete acróbata, cerró las ventanas y puso el radio a todo volumen.

Elvira lo recibió con el alborozo infantil de una recién casada, complacida quizá por su rápida victoria, el mejor homenaje que Samuel hubiera podido rendirle, y se lo llevó a la cama sin dejarlo desempacar. Aunque todavía los quemaban las últimas brasas del adulterio, sus cuerpos ya no eran tierra incógnita y se amaron con una lujuria moderada que empezaba a degenerar en calidez hogareña. Esta vez no hubo tragos ni paraísos artificiales, porque al día siguiente ambos tenían obligaciones ineludibles. Samuel desempacó sus cosas y las metió a los cajones que le indicó Elvira, luego se acostó a leer un expediente judicial. En *baby doll*, Elvira se acomodó del otro lado de la cama, con una novela de Isabel Allende en las manos y un té negro humeando en el buró. Era una escena conyugal típica, la inauguración de su nueva normalidad. Pero en vez de sosegar a Samuel, ese remanso de paz le causó una fuerte inquietud. Todo transcurría en una atmósfera de serenidad madura, cuando lo cierto era que acababa de comprometerse con una perfecta desconocida, cuya alergia a la monogamia les auguraba un fugaz amorío. Elvira no sacrificaba nada por tenerlo en su cama. Él, en cambio, dejaba en casa un incendio con víctimas inocentes. ¿Qué hago aquí?, tembló como un niño extraviado que presiente el hachazo de la orfandad. ¿Y si Elvira se aburre pronto de su nueva mascota? Cambié el amor seguro por el incierto, la tierra firme por el lomo de una yegua loca. Sabrá Dios si de veras me quiere, tal vez no haya querido a nadie. Conmovido por el llanto de

Consuelo, que ahora le taladraba los tímpanos, se levantó de la cama espoleado por el deber.

—Creo que me equivoqué, Elvira. Debo ser un tipo muy chapado a la antigua, muy aferrado a sus afectos, pero me siento raro en tu casa.

—Nadie te obligó a venir —puntualizó Elvira—. Tú me pediste asilo.

—Sí, claro, no te culpo de nada, pero la mera verdad siento que la regué.

—¿Crees que no te voy a querer? —adivinó Elvira.

—No te lo puedo explicar, pero estoy muy sacado de onda y me tengo que ir.

Perpleja, pero respetuosa de su decisión, Elvira no hizo nada por cortarle la retirada. Urgido de volver a casa cuanto antes, volvió a empacar sus pertenencias, sin olvidar, por supuesto, el recipiente con la papaya, un símbolo de la estabilidad que ansiaba recobrar. Decepcionada, Elvira le retiró la cara cuando quiso despedirse con un beso, pero estaba tan reconcentrado en la culpa que su gesto de repudio no le hizo mella. De vuelta a casa, una crisis de llanto lo obligó a estacionarse en una callejuela. Y pensar que siempre se había burlado de los melodramas. De ahora en adelante les tendría más respeto. El torrente de lágrimas le había desprendido el pupilente derecho, un contratiempo que parecía encerrar un mensaje providencial. Se quitó también el izquierdo y sacó sus anteojos de la guantera. Veía de maravilla con ellos, quién le mandaba torturarse por una estúpida vanidad. Recuperado su viejo aspecto, se sintió curado de una infección venérea. Cuando llegó a casa, la sala estaba a oscuras, pero había luz en el cuarto de Consuelo. Dejó las maletas abajo, abrió la puerta con sigilo y se arrodilló al pie de su cama.

—Perdóname, mi amor, me ganó el coraje y cometí una estupidez. Pero ni siquiera llegué a casa de Elvira —mintió—. No quiero vivir con ella ni con ninguna otra vieja. Llámala si quieres, ya no me importa —y le pasó su teléfono celular.

Pero Consuelo ya no quiso llamarla, tal vez por considerarlo inútil. Desconfiada y reacia a perdonarlo, cuando quiso besarla le retiró la mejilla como acababa de hacerlo Elvira.

—Eres más inmaduro de lo que yo creía. Estás viviendo tu crisis de los cuarenta, descrita en todos los manuales de psicología. Apenas ayer decías que Elvira es el amor de tu vida, no puedo creer que te hayas arrepentido tan pronto. Y aunque así fuera, está muy fresca la puñalada que me diste.

Samuel toleró la reprimenda en respetuoso silencio. Restablecer su pacto de confianza sería una compleja tarea diplomática, pero se propuso hacer méritos poco a poco, sin cometer la impertinencia de exigir un perdón inmediato. Luego se deslizó al cuarto de Tania, que estaba absorta en un videojuego recién estrenado y lo invitó a ser el Tiranosaurio rex que peleaba contra Godzilla. Por fortuna, sus pleitos conyugales no parecían haberla perturbado, o quizá llevara la música por dentro. Y cuando Consuelo vino a decirles que bajaran a merendar, Samuel se sintió casi absuelto: al menos el orden familiar había salido ileso. La vitalidad de Tania, que habló en la mesa hasta por los codos, aligeró la tensión entre sus papás. Pero eso sí, terminada la merienda Consuelo se encerró en su alcoba, como si atrancara el portón de una iglesia rodeada de herejes.

Pese a la atmósfera de hostilidad, logró conciliar un sueño profundo y al día siguiente, en el desayuno, la itinerante papaya le supo más dulce que nunca. Se fue a trabajar con el ánimo en alto, bromeando en el camino con Higinio, que acababa de ser papá. Le regaló mil pesos para chambritas y retomó su rutina de trabajo con renovado tesón, procurando apartar de su mente los líos de faldas. En una entrevista con Jacobo Zabludovsky acusó a la Suprema Corte de haber demorado dolosamente los procesos contra Menchaca y Estrada, a pesar de las abundantes pruebas en su contra. Al salir de Radio Centro, en el embudo vial de avenida Constituyentes, calculó que sus declaraciones iban a sacar ámpula en el Senado y la bancada del PRI tal vez pediría su cabeza. Los indiciados eran capaces de todo, incluso de atentar contra su vida, con tal de quedar impunes. Lo reconfortó comprobar que al menos conservaba un valor ético firme: la rectitud cívica. Ojalá pudiera empuñar ese látigo para domar sus pasiones. En la batalla por la legalidad que libraba en su alma tampoco podía dar ni pedir cuartel.

Tras una semana de ruegos, torturado ya por el dolor de testículos, logró que Consuelo hiciera el amor con él, si bien cogió bajo protesta, con la vagina medio cerrada y un mutismo de frígida. Tal vez ella lo hubiera perdonado, pero su libido no. Frustrado, prefirió esperar el momento propicio para intentar una reconciliación más espontánea, cuando el témpano se derritiera. Pero la hostilidad de Consuelo prevalecía. Un miércoles, cuando el Procurador General de la República lo retuvo en su oficina hasta las nueve de la noche, la encontró con los celos de punta, y no pudo convencerla de que ya no se revolcaba con "esa puerca". Su credibilidad estaba por los suelos y advertía en Consuelo un cierto regodeo en el papel de esposa ultrajada, como si ahora, desde el poder, quisiera imponerle una penitencia impagable. Carajo, la vuelta al redil sólo le deparaba tensiones y sinsabores.

Una noche lluviosa sintonizó por casualidad el programa de Elvira en la minúscula tele del cuarto de las visitas, donde había vuelto a quedar confinado. Lozana y madura a la vez, con los pechos asomados al alfeizar de su escote y el pelo color tabaco derramado sobre los hombros, Elvira coqueteaba con la cámara como una estrella de Hollywood. La magia negra de sus ojazos azules le recordó la delicia de haberlos visto entornados en el orgasmo. Reprimió las ganas de masturbarse, ya no por lealtad a Consuelo, sino a sí mismo, al superhombre que había sido en brazos de esa real hembra, y comprendió la resistencia de Consuelo a entregarse en la cama: temía, sin duda, salir perjudicada en la inevitable comparación

115

que ahora se interponía entre los dos. Con razón desconfiaba de su arrepentimiento: debía considerarlo un acto contra natura. Sería muy difícil, imposible quizá, que volviera a sentirse deseada. Si ella, con el acertado instinto de las mujeres, daba por perdida esa disputa, ¿no sería un autoengaño creer que podía renunciar a la belleza y al embrujo de Elvira? Maldijo sus escrúpulos, producto, sin duda, de un sabotaje psicológico deplorable. Bravo, imbécil, cambiaste la apoteosis de la pasión por un matrimonio en ruinas, el premio mayor de la lotería por una multa de tránsito.

Atormentado por esa idea pasó dos convulsas noches de insomnio, hambriento del maná que su paladar extrañaba, y al mismo tiempo, acusado de cobardía ante un tribunal de la virilidad que lo condenaba sin apelación. En casa rehuía el trato con Consuelo, encerrado a piedra y lodo en el cuarto de las visitas, y su agitación de lunático lo llevó a cometer una grave pifia con el presidente de la mesa directiva del Senado, a quien adjudicó en una junta facultades constitucionales que no tenía. A ese paso iba a ser el hazmerreír de la clase política. Tentado por la posibilidad de recuperar a Elvira, si acaso le perdonaba su fuga, lo arredraba, sin embargo, el temor al ridículo. ¿Cómo hacerse perdonar su falta de huevos? Ya le enseñaste el cobre, admitió con pesar, y tendría todo el derecho de mandarte al diablo.

Pero el ridículo tenía una ventaja: después de hacerlo una vez, su carácter amenazante se diluía, de modo que el papelón cometido le dio la entereza o la desfachatez necesaria para exponerse a nuevos abucheos. Envió a Elvira tres arreglos florales que le costaron un Potosí, con mensajitos galantes en las tarjetas, y en uno de ellos le pidió perdón en inglés: *Sorry, I made a huge mistake.* Esa misma tarde la llamó por el celular y luego de varios timbrazos, la cinta grabada lo remitió al buzón de voz. Lo mismo sucedió en otros cinco intentos. Elvira había bloqueado su número, dedujo, emputada por el desaire. Tres días más la siguió llamando en vano a diferentes horas, y como último recurso, le dejó un mensaje en el buzón de voz, previamente redactado con extrema cautela:

—No seas tan cruel conmigo, preciosa. Un cambio tan repentino de pareja me movió el tapete, porque yo nunca tomo decisiones precipitadas. Necesito, primero, meter un pie en el agua para acostumbrarme a su temperatura, y en este caso tuve que saltar a la fuerza del trampolín. Me intimidó, lo reconozco, tu fama de vampiresa. Pero desde mi regreso a casa te comencé a extrañar y no soportaría el dolor de perderte. Merezco ese castigo, sin duda, porque nadie puede abandonar impunemente a una diosa, pero en nombre del amor que te tuve desde la infancia, me atrevo a implorarte una segunda oportunidad. Sea cual sea tu decisión, gracias por darme la mayor felicidad de mi vida.

Pronunció la última frase con la voz entrecortada por el llanto, pero ni ese desgarrón sentimental obró en su favor: pasaron tres días, empezó la nueva semana y Elvira mantuvo un hosco silencio. Resignado al fracaso, ya no intentó llamarla de nuevo. ¿Para qué, si todas las mujeres, no sólo Elvira, despreciaban con justa razón la debilidad de carácter? Ella quería un amante audaz y varonil, no un atribulado príncipe Hamlet. Para colmo, no paró de llover en tres días, por culpa de un huracán que azotaba la costa del golfo. Y como ahora, contrito, acongojado, la boca fruncida y los ojos mustios, hablaba menos que nunca en las comidas familiares, sin departir siquiera con Tania, una noche Consuelo entró a echarle bronca en el cuarto de las visitas:

—Llevas varios días con cara de palo, pareces un alma en pena y ya ni siquiera pelas a tu hija. Te mueres por volver con ella, ¿verdad?

Samuel negó con la cabeza, pero la profunda convicción de Consuelo no admitía desmentidos.

—Aunque lo niegues, te lo noto en la cara. ¡Corre a buscarla y deja de amargarnos la vida, por el amor de Dios! En serio, Samuel, si quieres yo misma te hago la maleta. Lo que no podemos hacer es seguir así, en este ambiente de velorio. Goza mientras puedas a esa nalgasprontas, porque no te va a durar mucho el gusto. Pero en esta casa ya no te quiero, ¿entendido?

Alegar en su defensa que Elvira ya no le dirigía la palabra lo sobajaría más aún, de modo que no quiso entrar en explicaciones. Terminar como el perro de las dos tortas, un justo castigo para un pendejo de su calaña. Él mismo se había echado la soga al cuello por zigzaguear como idiota entre el deber y el pecado. Su caso haría desternillarse de risa a cualquier corrillo de borrachos. Al día siguiente pidió a Leonor que le reservara una habitación en un hotel de Periférico Sur, sin entrar en penosas explicaciones. Con Higinio fue más abierto: le confesó que se divorciaba de Consuelo y viviría en un hotel mientras se mudaba a un departamento. Nueva escena de telenovela cuando empacó sus cosas, ahora en presencia de Tania, que se asomó al cuarto cuando cerraba la maleta.

—¿Es cierto que mamá y tú se quieren divorciar?

—No lo sé, linda. Por lo pronto nos vamos a separar una temporada, porque a últimas fechas nos hemos llevado muy mal. Ya veremos después, cuando se calmen las aguas. Pero de ti no me separo. El sábado te llevo al partido de tenis.

Con un esfuerzo heroico evitó que el llanto lo traicionara. Se había propuesto sortear ese trance sin caer en la autocompasión, tragándose todo lo que sentía, como un soldado que muerde un trapo cuando le amputan el brazo sin anestesia. En la camioneta, de camino al hotel, intentó distraerse con el nuevo número de *Nexos,* esforzándose por creer que su curiosidad intelectual podía salvarlo de ese derrumbe. Pero hasta las ciencias sociales, que antes lo apasionaban, habían dejado de interesarle: su vida era una pieza teatral con decorados de ultratumba, donde pronunciaba un monólogo absurdo, sin la esperanza de encontrar un oído afectuoso. Se hurgaba las vísceras con meticulosa crueldad cuando sonó su teléfono celular: era Elvira.

—Hola, bobito. Ya no sé si maldecirte o por ti rezar, como dice la canción. ¿Así que te dio miedo mi fama de mujer fatal? Yo creía que era mi mayor atractivo.

—Tienes razón, es una plusvalía. Perdóname por ser tan idiota.

—Estás perdonado. Por eso te contesté.

—Necesito verte. Ya me separé de Consuelo y ahora sí quemé las naves en serio. ¿Puedo ir a tu casa?

—Esta película ya la vi. Se llama "Del consuelo al desconsuelo".

—Confía en mí, por favor. Antes de amar debe tenerse fe... Ya ves, yo también cito a mis clásicos.

—Bueno, te voy a dar el último chance, pero conste que yo no quiero destruir tu hogar. Vienes por voluntad propia, nadie te obliga, ¿eh?

Dio la orden a Higinio de llevarlo a casa de Elvira en vez de al hotel.

—¿Allá se va a quedar a vivir? —preguntó el chofer con una sonrisa cómplice.

—Sí, ahora la oficina me va a quedar lejos.

Higinio aprobó su cambio de yegua con una inclinación de cabeza que en la semiología del machismo significaba: ése es mi gallo. Aunque el indulto de Elvira había disipado los nubarrones más negros de su horizonte, Samuel no quiso ni pudo cantar victoria. El dolor de haber arruinado un proyecto de vida en el que llegó a creer con fervor le calaba muy hondo. Con íntima desazón se quitó los anteojos y sacó de la guantera el estuche con los lentes de contacto, donde sólo halló uno. Al momento de quitárselos, dedujo, había tirado el otro por accidente. ¿O lo perdió adrede por una trampa del inconsciente? Prefirió ser tuerto por un día que llegar a casa de Elvira en el papel de inane funcionario asexual. Y esta vez el pupilente le ardió como el humo de un chile quemado. Iba en pos de la felicidad con el desencanto de un mutilado de guerra que acude a recibir una medalla por haber perdido un ojo en combate. Para colmo, estrenaba un cinismo incompatible con sus ideales. Ya no era un hombre de una sola pieza, por más que se las diera de incorruptible. Nostálgico de su liderazgo ético, en las inmediaciones de la colonia Condesa lo tentó la idea de rajarse otra vez y pedirle a Higinio que lo llevara de vuelta a casa. Eso era lo que en el fondo deseaba Consuelo, a pesar de haberlo corrido. Luego se imaginó una sucesión caótica de idas y venidas entre su viejo hogar y el que aún consideraba ajeno, cambiando un sentimiento de pérdida por otro mayor aún, hasta acabar deshojando la margarita en el manicomio. No, al hecho pecho. Si bien anhelaba el rencuentro con Elvira, al tocar su puerta sintió escalofríos, como si tuviera que saltar en paracaídas. Quizá lo agobiara el resto de sus días la sospecha de haber tomado la decisión errónea. Y a eso le llamaban triunfar en el amor.

Paternidad responsable

A Siegfried Böhm

Nuestro matrimonio había caído en un punto muerto desde muchos años atrás. Un punto muerto exento de hostilidad y rencor, pues ninguno de los dos aspiraba a prolongar la juventud ni podía sentir nostalgia de arrebatos pasionales que sólo hemos visto en el cine. El coqueteo con la locura, los grandes vértigos de la carne o el espíritu, que tanta gente aturdida confunde con la felicidad, nos parecían espejismos baratos, flaquezas del carácter inadmisibles en los seres pensantes. Desde jóvenes tuvimos un ideal de vida apolíneo, incompatible con la exaltación dionisiaca. Como Pedro me lleva nueve años, no fuimos compañeros en la universidad, pero desde entonces éramos tal para cual: ambos nos graduamos con *magna cum laude*, y más de una vez nuestra excelencia académica fue objeto de escarnio. Ignorábamos las burlas de los mediocres con un aire de superioridad que nos concitaba mayores odios. No éramos perfectos, pero lo parecíamos y eso sacaba sarpullidos por doquier. Sólo en nuestra boda, que yo recuerde, perdimos la cabeza con la bebida. Somos gente apacible, prudente, alérgica al riesgo y, por si fuera poco, nos conocimos en una época de la vida en que las hormonas ya se aplacaron.

Yo tenía entonces 40 años y después de algunos amoríos intrascendentes necesitaba sentar cabeza con un hombre maduro, sin temor a comprometerse. Nunca fui madre, ni me interesaba serlo, aunque todavía fuera fértil, y como Pedro tiene dos hijos de su primer matrimonio, que estudiaban en universidades privadas, mi renuncia a la maternidad le representó un alivio económico. Durante los primeros años de nuestra vida en pareja fuimos un ejemplo de estabilidad y armonía para nuestro núcleo de amigos. Contribuían a unirnos las afinidades profesionales. Una doctora en Letras Clásicas y un doctor en Filosofía pueden aprender mucho el uno del otro. Nuestras disciplinas se complementan, y aunque trabajáramos en distintas universidades, de vez en cuando nos echábamos una manita. Yo le traducía a Pedro citas en latín y él, a cambio, me introdujo al estudio de los presocráticos. Hablo en pasado de esa colaboración, pues ahora sólo nos toleramos por conveniencia mutua, con el diálogo reducido al mínimo necesario para resolver los problemas domésticos. De hecho, para efectos prácticos estamos divorciados, aunque vivamos bajo el mismo techo. Nadie puede vacunarse contra la erosión del hastío ni contra su efecto más notorio: la antipatía creciente. Ya era demasiado tarde para frenarla cuando se me ocurrió traer a la casa una mascota que nos alegrara un poco la vida. Y esa buena intención mía, paradójicamente, desencadenó una discordia que ninguno de los dos supo manejar.

Tal vez nuestro problema fue que nos respetábamos demasiado. Durante los primeros años de matrimonio hacíamos el amor con regularidad, dos o tres veces por semana. Viril y cumplidor, Pedro no era, gracias a Dios, el clásico mujeriego desesperado por acostarse con otras mujeres. Yo le bastaba y por ese lado podía estar tranquila. Pero entre sus inhibiciones y las mías nunca tuvimos buena química en la cama. Ya sea por los valores que nos inculcaron nuestras familias, gente muy católica del Bajío, o por temerle demasiado al ridículo, el hecho es que ambos queríamos gozar sin perder el decoro. Dos seres racionales con un alto concepto de su dignidad, consagrados de por vida al cultivo del intelecto, no se pueden comportar como chimpancés, digan lo que quieran los manuales de sexología. Se trataba de saciar el instinto con pulcritud, no de regodearnos en el morbo y la porquería.

La convivencia diaria, para colmo, nos restaba atractivo. Veía a Pedro como un papá y esa familiaridad, por desgracia, me apagaba el deseo. A él seguramente le sucedía lo mismo, aunque por supuesto se lo callaba. De tanto respetarnos fuimos rehuyendo nuestros encuentros sexuales hasta resignarnos a uno cada mes. Pedro hubiera podido prescindir incluso de esa mísera ración de placer. El pobre no conoce otro tipo de autoestima que la fundada en el sufrimiento y enarbola sus escrúpulos como trofeos. En el fondo me odia por haber roto nuestro pacto de infelicidad. No cambié de carácter, como él cree: a nuestra edad el carácter ya está formado o deformado para siempre. Lo que cambió fue mi idea del amor, gracias a la bendita llegada de Zeus.

Ni Pedro ni yo tuvimos mascotas en la niñez, porque nuestros padres sólo toleraban a los animales cuando los veían de lejos. Tocarlos les repugnaba, ya no digamos adoptarlos, por un prurito de asepsia puritana que, ahora lo comprendo, nos dejó una tara psicológica grave. La de Pedro era más honda que la mía y hace un año, cuando le dije que mi amiga Daniela me quería regalar uno de los cuatro cachorritos recién paridos por su perrita Porcia, una basset hound encantadora, apenas prestó atención a las fotos de la criatura que le enseñé en la pantalla del celular.

—Se va a cagar en la alfombra —me respondió, enfurruñado—, no vamos a poder viajar por tener que cuidarlo y cuando se muera ya me imagino la tragedia. Bastante tiene uno con las penas inevitables de la existencia, las muertes de parientes o amigos, para buscarse penas gratuitas, ¿no crees?

Luego, en la cena, sacó a colación un trauma infantil que nunca me había contado: a los nueve años se ganó un pollito en el puesto de tiro al blanco de una kermés. Sus padres no tuvieron más remedio que admitirlo en la familia y para hospedarlo a cuerpo de rey le acondicionó una casita de cartón con agujeros para respirar, bien provista de agua y alpiste. Lo llamó Piolín, en homenaje al pollito de las caricaturas. Por desgracia, Piolín adolecía de una enfermedad que le había raído el plumaje y a los dos días de cautiverio languideció hasta quedarse tieso. Fue la experiencia más amarga de su niñez. Tanto él como sus hermanos se sintieron culpables por haberlo abandonado cuando iban al colegio. La noche de su agonía no pudieron dormir, oyéndolo piar en un tono quedo, cada vez más agónico y lastimero. El entierro en el jardín trasero de la casa fue una experiencia desoladora y por nada del mundo quería repetirla.

—O sea que para evitarte una pena futura, prefieres privarte de las alegrías que nos puede dar un perrito —le rebatí—. Siguiendo tu lógica sería mejor no nacer, para salvarnos de la muerte.

—Yo nomás te prevengo: las mascotas viven menos que tú y es horrible perderlas.

Como no me dejé convencer, tras una semana de insistencia y chantaje sentimental acabó cediendo, siempre y cuando yo me comprometiera a limpiar las cacas del intruso, a bañarlo y a sacarlo de paseo, pues él no pensaba dedicarle un minuto. Desde el momento en que tuve al cachorro en mis manos me derretí de ternura. Lamió mis dedos con gula, olfateaba el barniz de mis uñas, rascaba mis nudillos con sus garritas y cuando lo apreté contra mi pecho buscó afanosamente la teta de Porcia. Cuánto hubiera deseado amamantarlo como ella. En el coche, de camino a casa, se acurrucó en mi regazo con la naturalidad de un bebé soñoliento. Sus orejitas luengas y lacias de color caoba enmarcaban una carita de pícaro que denotaba una inteligencia precoz.

—Te vas a llamar Zeus, como el dios del rayo. ¿Te gusta tu nombre, lindura? Eres el rey del Olimpo y el rey de mi vida. Vas a querer mucho a mami, ¿verdad, mi cielo?

El instinto maternal que creía extinto renació con fuerza, como si tuviera treinta años menos. Pero cuando llegamos a la casa temí que Zeus sería un hijo sin padre, porque Pedro, absorto en la computadora, apenas se dignó verlo de reojo.

—No lo acuestes en tu cama —me advirtió—, luego no te lo vas a quitar de encima. Que se vaya acostumbrando a dormir solo.

Ni un piropo, ni una caricia: mi precioso cachorrito lo dejaba frío. Carajo, pensé, a qué grado de insensibilidad ha llegado. Desoí su consejo, claro está. Por fortuna dormimos en cuartos separados y dentro del mío nadie me impone reglas. Para no apachurrar a Zeus y de paso, protegerlo de una caída, en la cama le improvisé con almohadas una especie de corralito en el que durmió a pierna suelta. En la duermevela me propuse educarlo para que nunca invadiera el cuarto ni el estudio de Pedro. Un tiquismiquis como él, me temía, entraría en conflicto con el perro, y como siempre estaba en babia, embebido en los edificios conceptuales de Hegel o Heidegger, en un descuido podía matarlo de un pisotón. Pero a la mañana siguiente, cuando salí de la ducha, ¡oh sorpresa!: que me encuentro a Pedro jugando con el cachorro, enternecido hasta el empalago, la mirada refulgente de candor paternal. Tendido boca arriba con las patitas al aire, Zeus jugaba a morderlo mientras Pedro le acariciaba el pecho, esquivando sus traviesas mordidas.

—Condenado pillín, ¿me quieres morder el dedo? No seas malora, yo soy tu amigo —se volvió hacia mí con una sonrisa bobalicona—. Le encantan las cosquillas, mira cómo se pone.

Llevada por un impulso de propietaria le arrebaté a Zeus y lo acuné en mis brazos.

—Creí que te chocaban los perros.

—Yo también lo creía, pero ya me estoy encariñando con éste.

—¿A poco no está divino?

Lo acariciamos juntos y por un momento volvimos a la época más feliz de nuestro pasado, cuando salíamos de excursión al Popo o al Nevado de Toluca, buscábamos los parajes más solitarios del bosque y hacíamos el amor sobre la hierba, en súbitos raptos de inocencia salvaje. Debió alegrarme que Zeus hubiera conquistado a Pedro y sin embargo me sentí amenazada por su naciente afecto, como la típica niña odiosa que se niega a convidar sus dulces en el recreo. Al día siguiente recapacité, avergonzada de mi egoísmo. Para esconder ese mezquino sentimiento y al mismo tiempo imponerme un justo castigo, accedí a que Pedro jugara con el cachorro cuanto quisiera. El ogro transformado en ángel reaccionó como esperaba: le compró un montón de pelotas y muñecos de hule en una tienda para mascotas, lo sacaba a pasear al Parque Hundido, se lo mostraba con orgullo a los hijos de los vecinos, publicaba muy orondo en Facebook las *selfies* que se tomaba con él y hasta las cochinadas del perro le caían en gracia.

—No lo festejes cuando se orina en la sala —lo aleccioné una tarde, cuando Zeus, por enésima vez, alzó la patita y nos roció la alfombra—. Cada vez que haga pipí o popó fuera del balcón hay que darle golpecitos con un periódico enrollado —y le puse la muestra regañando a Zeus con fingido enojo—: ¡Perro cochino, eso no se hace!

Avergonzado, Zeus corrió a esconderse debajo de un sillón. Lo saqué de ahí con cierta rudeza y lo dejé encerrado en el cuarto de los trebejos, de donde salió muy humilde media hora después. A pesar de mis instrucciones, nunca vi a Pedro desempeñar el papel de educador. Aunque Zeus deshilachó su colcha de tanto rascarla con sus garritas, no lo reprendió ni le impuso disciplina. Compró una colcha nueva y al poco tiempo el perro volvió a desgarrarla. Mimaba irresponsablemente a su criatura, desentendido de su buena crianza, que recayó por completo en mí, la mamá regañona. Me llevó tres meses enseñarle a cagar en el balcón, tres largos meses recogiendo mierda por doquier. No recurrí a Felipa, la sirvienta, para realizar ese trabajo sucio, porque me daba pena imponerle tareas escatológicas, y como Zeus era muy dado a las mordidas, tuve que tomar un tutorial en internet para quitarle ese mal hábito, robándole tiempo a la corrección de exámenes.

Tal vez por eso me pareció abusivo que Pedro, una vez concluida la domesticación, me propusiera muy quitado de la pena que Zeus durmiera una noche con él y otra conmigo.

—Ahora sí muy afectuoso con tu perrito —le reclamé—, después de que yo me fleto como negra para enseñarle buenos modales.

—No seas posesiva, Clara, a mí también me quiere —alzó al perro en vilo—. ¿Verdad, cariñito, que adoras a papi?

—Sí, te quiere tanto como a Felipa —lo herí con saña—. A ella también le hace fiestas.

—¿Estás celosa? —Pedro se tomó el descolón a broma y apeló al perro como mediador—. Dile a mamá que no sea egoísta y te deje dormir conmigo.

Acostumbrada al calor de Zeus, a su cuerpecito suave y mullido, a sus tiernos lengüetazos en la mejilla cuando se despertaba antes que yo, no me agradaba en absoluto renunciar a la mitad de mis noches con él. Pero en algo Pedro tenía razón: Zeus también lo quería y hubiera sido cruel privarlo de ese derecho adquirido. Sólo que no iba a ceder a cambio de nada:

—Está bien, pero entonces no vas a ser el único que lo saque a pasear. Una tarde yo y otra tú, ¿de acuerdo?

—Los paseos son el momento del día en que más lo disfruto —se quejó Pedro, cabizbajo.

—Pues yo también quiero disfrutarlo. Dando y dando, pajarito volando.

Aceptó el trato de mala gana y creo que desde entonces me guarda rencor. Ambos tenemos el ego robusto, por algo nos graduamos con promedio de diez en nuestras carreras, y el surgimiento de una rivalidad avivó nuestro espíritu competitivo. Sin decirlo abiertamente, a partir de la primera desavenencia entablamos una disputa por el amor de Zeus, pues a Pedro le molestaba su evidente predilección por mí. Enfermo de mamitis, como todos los cachorros, Zeus me seguía como estampilla por toda la casa, sin despegarse un segundo de mami. Hasta en el baño quería acompañarme y cada vez que salía a la calle se empecinaba en subir al coche conmigo, un capricho masoquista, pues no le gustaba que lo dejara encerrado y aullaba de tristeza, las patitas delanteras encaramadas en el marco de la ventana, cuando me bajaba a la farmacia o entraba al banco.

—¿Para qué te lo llevas si solamente lo haces sufrir? —me reclamó Pedro—. Déjalo aquí, él y yo nos entretenemos, ¿verdad, manito?

Quería debilitar mi supremacía, pero le demostré con pruebas fehacientes que Zeus, cuando no lo llevaba en el carro, hacía tremendos berrinches y recaía en el hábito de orinar la alfombra. Otro motivo de conflicto era el uso de la correa en sus paseos. La reciente muerte de Néstor, el bulldog francés de mi amiga Paula, aplastado por un camión de redilas, me había puesto en alerta roja y decidí extremar las precauciones.

—Por nada del mundo lo dejes suelto en el parque —le advertí a Pedro—. Es muy atrabancado y me da miedo que se quiera atravesar la calle.

Irritado por mi tono imperativo, Pedro hizo mutis con los labios fruncidos. Una reacción natural en un hombre tan orgulloso, no en balde fue rector de la Universidad de las Américas, un cargo al que le debemos nuestra holgura económica, pues lo jubilaron con un bono vitalicio. Está acostumbrado a mandar, no a obedecer, y mi orden debió de sonarle como el chasquido de un látigo. Desde el balcón de nuestro departamento, con vista al Parque Hundido, lo vigilé cuando salió con el perro a las seis de la tarde. Como lo temía, apenas llegaron a los columpios liberó a Zeus, que salió disparado como una flecha, ebrio de libertad. Aunque nunca se acercó a la calle y Pedro lo siguió de cerca, trotando con una agilidad sorprendente para un sexagenario, de cualquier modo, su conducta me pareció irresponsable, casi criminal. Trabada de coraje, intenté serenarme con una copa de coñac, pero cuando los oí entrar seguía con el pulso trémulo.

—¡Estúpido! ¡Te dije que no le quitaras la correa y es lo primero que haces!

—Cálmate, yo tengo mi propio criterio para educar a Zeus y no vas a contagiarme tus paranoias.

—¿Paranoias? ¿Qué tal si persigue a un perro callejero y se cruzan a la torera la avenida? Tu maldita terquedad pudo haberlo matado.

—No exageres, por Dios. Zeus necesita correr y gozar de la vida. Lo estás convirtiendo en un perro faldero.

—¿Con qué autoridad moral te atreves a darme lecciones? Tú ni siquiera lo querías en la casa, no se te olvide. Yo lo adopté y si quieres que te lo preste, obedéceme.

Los dos habíamos alzado la voz y Zeus, perturbado por los gritos, se refugió bajo la mesa del comedor, la cabeza hundida entre las patitas. Me lo comí a besos como si acabara de sortear un peligro mortal.

—Cálmate, mi cielo, ya estás en la casa con mami. No voy a permitir que te haga daño ese troglodita.

Y aunque esa noche le tocaba dormir con el enemigo, me lo llevé a mi cuarto y eché el picaporte, sin prestar oídos a las quejas iracundas de Pedro. La suerte estaba echada: la posesión de Zeus nos había enfrascado en un pique irracional, en una lucha de poder a poder que ganaría el más astuto o el más fuerte. Por desgracia, los compromisos de trabajo no me permitieron librarla de tiempo completo. Invitada por el sindicato de maestros a dar un curso de Etimologías Grecolatinas en Morelia, tuve que ausentarme de casa cinco largos días, en los que Pedro, jubilado ya y con más tiempo libre que yo, departió con Zeus a su antojo. Un martes por la tarde, al llegar al hotel después de mis clases, llamé a Felipa, una informante más confiable que mi marido, para preguntar cómo estaba Zeus.

—Anoche no se comió sus croquetas —me dijo el miércoles—. Hoy por la mañana me encontré el plato lleno.

—Qué raro. ¿Estará enfermo?

Era un desgano insólito en él, que siempre tenía un apetito feroz. El jueves por la noche Felipa, más alarmada, me rindió el mismo informe. Dos días sin comer y Pedro tan campante. Le pedí que me lo pasara, pero él, encabronado conmigo por haberle robado su noche con Zeus, no quiso tomar la llamada. Lo maldije en un correo electrónico lleno de improperios. ¡En manos de quién había dejado a mi pequeñín! La angustia por su salud me quitó el sueño y al día siguiente, atarantada por la fatiga, cometí dislates en la clase por mi falta de concentración. Confundí el prefijo con el sufijo y no salí de mi error hasta que un alumno aplicado me lo hizo notar. Desde Morelia llamé al veterinario y le pedí consulta para el sábado a primera hora. Sospechaba que Zeus se deprimía en mi ausencia al grado de hacer huelga de hambre.

Llegué a casa un viernes por la noche, molida de cansancio. Desde el pasillo, al salir del elevador, escuché una ópera que venía del departamento: Pedro escuchaba *El buque fantasma* de Wagner a todo volumen y no me oyó abrir la puerta. Estaba cenando en el comedor, con Zeus a su lado, sentadito en una silla con la lengua de fuera. Pedro le dio una lonja de jamón serrano que el perro engulló de un bocado. Una botella de vino semivacía explicaba hasta cierto punto la extravagancia de Pedro, que al parecer ya estaba un poco bebido. ¿Habría emborrachado también al perro? Los espié con estupor, escondida detrás de los macetones. De postre, Pedro agasajó a su compinche con un helado Häagen-Dazs de vainilla, que Zeus lamió con el ansia de un yonqui, hasta dejar el plato limpio como un espejo.

—¡Hijo de la chingada! —exclamé saliendo del escondite—. Vas a matarlo de pancreatitis. Con razón ya no quiere sus croquetas.

—Buenas noches, mi vida —sonrió Pedro, arrastrando las consonantes—. ¿Tan mal nos llevamos que ya ni saludas?

Apagué de un manotazo el aparato de sonido.

—No te salgas por la tangente, imbécil. Lo vas a convertir en un perro glotón y obeso.

—¿Y qué? No pasa nada por mimarlo de vez en cuando.

Envalentonado, Pedro se levantó y volvió a poner la música.

—Se va a enfermar por tragar esas porquerías. Los perros no metabolizan los lácteos y tú lo atiborras de helado.

—Se le hace agua la boca viéndome comer —Pedro se encogió de hombros— y su chantaje sentimental me doblega.

—No vuelve a quedarse contigo, prefiero llevarlo a una guardería. Si se enferma por tu culpa, te mato.

En contraste con mi enojo, Pedro se mantuvo ecuánime y sentó a Zeus en sus rodillas, con un aire de viejo sabio, curado de espantos, que no se inmuta por niñerías.

—Qué loca está tu mami, ya perdió la chaveta —sonrió con hiel—. Me amenaza de muerte sólo por cumplirte un antojo.

Le arrebaté a Zeus, furiosa, pero esta vez el perro, hostil y gruñón, se zafó de mis brazos y volvió a las rodillas de Pedro. Su rechazo de hijo descarriado me hizo comprender la perversa estrategia de mi rival.

—Claro, lo envicias con manjares y ahora ya no me quiere.

—No te quiere porque nos tienes abandonados —Pedro me miró con rencor, la voz cascada por el despecho—. Eres tan avara con tu cariño que ya ni las buenas noches me das cuando regresas de un viaje. ¿Qué modos son esos de tratar a tu esposo? Todo el tiempo de mal humor, poniéndome jetas por cualquier cosa. De caricias y besos mejor ni hablamos, eso se acabó hace siglos. Haz un ejercicio de autocrítica si tu ego hipertrofiado te lo permite. Compara tu aridez emocional, tu egoísmo desalmado, tu carácter de puercoespín, con la ternura efusiva y arrebatada de Zeus, que salta de euforia y me lame la cara, loco de felicidad, cada vez que entro por esa puerta, aunque sólo haya salido a comprar cigarros. Eso es amor, no tu simulacro.

Tras el borbotón de recriminaciones hizo un amargo balance de nuestra vida en común, los dedos entrelazados y la vista clavada en la mesa. Bendita ocurrencia la mía de adoptar a ese perro maravilloso, dijo, porque su capacidad de entregar afecto, un afecto surgido de veneros muy hondos, nos obligaba a encarar nuestro alejamiento crónico, reforzado paradójicamente por la cercanía física. Zeus vino a recordarnos que el amor nace del instinto, como creía Schopenhauer, y no del alma, como suponía Platón. Por querer negar esa fuerza cósmica hasta convertirla en una abstracción, se nos marchitó primero el deseo y ahora el cariño. Después de tantos rechazos ya ni siquiera osaba tocarme. Otro día, mi amor, tengo dolor de cabeza, hoy no, me cayó mal la cena, espérate, me quiere dar un calambre, siempre tenía yo pretextos a flor de labio. Y claro, de tanto herir su orgullo había logrado imponerle una castidad humillante.

—Ni que fuéramos una pareja de ancianos decrépitos para vivir así —volvió a fulminarme con la mirada—. Estás harta de mí, admítelo. Te comprendo: ya no soy un galán y es verdad que ando un poco sobrado de peso, pero si tanto asco te doy, ¿por qué no me hablas claro? ¿Para qué seguir representando esta farsa? Tengo derecho a vivir una vejez apacible, como la de Carlos V en el monasterio de Yuste. Zeus me da todo el cariño que necesito, y cualquier mariposilla nocturna puede satisfacer los menguantes apetitos de mi libido, que por fortuna se extinguirán pronto. No quiero ser un obstáculo en tu camino. Eres libre para buscar donde quieras la felicidad que yo, por lo visto, ya no te doy.

—¿Me estás pidiendo el divorcio? —lo interrumpí.

—Yo no, te lo está pidiendo Zeus.

—A él no lo metas en esto. Encantada de divorciarme, pero él se queda conmigo.

—Eso nunca —se levantó indignado—. Él y yo somos inseparables.

—Mentira, sólo el jamón y el helado los unen. Mejor cómprate otro perro y edúcalo, para que sea de veras tuyo.

Alcé a Zeus de la silla, sujetándolo del collar para impedirle zafarse de nuevo. Y aunque no aceptaba la correa, se la enjareté por la fuerza sin amilanarme con sus gruñidos. Pedro corrió hacia la puerta para cerrarme el paso.

—Zeus ya no te quiere. ¿No ves cómo se resiste?

—Quítate de ahí, borracho.

—Pobre de ti si te atreves a robármelo. Tengo amigos en la judicatura que te pueden meter a la cárcel. Primero pasarás sobre mi cadáver.

Lo aparté de un empellón, perdió el equilibrio y al caer se golpeó la cadera con el filo de una maceta. Ignoré sus quejidos, pues no estaba dispuesta a consolarlo después de oír su amenaza. Salí arrastrando con dificultad al perro, que se aferraba al piso, ávido de socorrer a Pedro o de prolongar su opípara cena. En la calle intenté mitigar la rabia con una bocanada de oxígeno. Eran las nueve de la noche, una hora poco recomendable para pasear, porque varios arbotantes del Parque Hundido estaban apagados o rotos. En algunos tramos boscosos, donde las tupidas copas de los fresnos ocultaban el claro de luna, la espesa oscuridad me obligaba a caminar despacio para no tropezar. Por fortuna, en el parque había una caseta de policía que ahuyentaba a los ladrones.

Mientras Zeus olisqueaba orines en los arbustos intenté analizar en frío el berrinche de Pedro. Era un maestro consumado en el arte del autoengaño. Qué mal le quedaba el papel de víctima. Ni él mismo se creía el melodrama del marido querendón vilipendiado por la esposa frígida. De modo que yo metí al congelador nuestra vida sexual. De risa loca. Ni una palabra sobre sus blandas y esporádicas erecciones, claro, sería una deshonra reconocer su falta de hombría. Entre mi marido y un buen amante hay la misma diferencia que entre un profesor de Filosofía y un filósofo. La monotonía de sus rituales eróticos hubiera enfriado a cualquiera, cuantimás a una mujer tímida, reacia a tomar la iniciativa. ¿Y no era el hombre quien debía tomarla? ¿No se jactaban todos los machos de ser unos depredadores sexuales? Lo había tolerado con una mezcla de fatalismo y abnegación, arrastrada, en el fondo, por una inercia autodestructiva. ¿Y cómo me pagaba mi sacrificio? Con un repudio injustificado y llorón que salvaguardaba su orgullo viril contra posibles raspones. El cobarde se ufanaría en público de haberme mandado al diablo. Para todos los divorciados, incluyendo a los carcamales, era una cuestión de honor proclamar que ellos habían abandonado a su vieja.

De pronto Zeus aceleró el paso y al sentir el tirón de la correa tuve que salir corriendo tras él. Llegados a una curva del andador, donde hay una estela maya pintarrajeada con grafitis obscenos, nos salió al paso un hombre alto y apuesto que trotaba en pants con su perro, un dálmata de porte aristocrático. Zeus corrió a su encuentro con ánimo juguetón. A manera de saludo le olió la cola, el dálmata le correspondió con el mismo gesto amistoso y los giros de ambos perros enredaron mi correa con la de su amo. A la tercera vuelta en círculo intrincaron tanto el embrollo de las correas que el corredor nocturno quedó arrimado a mi espalda. Tan arrimado, válgame Dios, que su grueso falo me rozó la hendidura de las nalgas. Se le había endurecido y deduje que no llevaba calzones.

—Quieto, Lucas —sujetó a su mascota del arnés y se apresuró a desenredar las correas—. Disculpe usted, se alborota mucho cuando ve otros perros.

—La culpa es del mío, por echársele encima.

A la luz de un farol nos miramos las caras. Le calculé cuarenta y cinco años. Moreno y de barba cerrada, con prominente nariz de gancho, pómulos saltones y profundas cuencas violáceas donde relampagueaban sus ojos negros. Tenía la belleza torva de un yihadista islámico, y el aroma picante de su sudor me humedeció la entrepierna.

—Qué lindo perro —me dijo—. ¿Cómo se llama?

—Zeus. Todavía es un cachorrito y cuando se alborota no hay manera de controlarlo.

—Yo era criador de perros, si quiere le puedo dar buenos tips.

—Me encantaría, ¿vive por aquí?

—Muy cerca, en Porfirio Díaz, del otro lado de Insurgentes. Ahora tengo una tienda de antigüedades, ¿por qué no viene a verla?

Me dio su tarjeta con la indicación de que lo visitara cuando quisiera, de preferencia en las mañanas, cuando la tienda estaba vacía. Se llamaba Héctor Grayeb, seguramente un hijo o nieto de libaneses, deduje. A pesar de tener mellada la vanidad femenina, volví a casa turulata de excitación, pues la entrega de su tarjeta me pareció un claro intento de ligue. ¿O sólo buscaba clientes para su tienda? Habíamos hecho clic en la penumbra, pero ¿le seguiría gustando a pleno sol, cuando me viera mejor? Nuestro flechazo borró el mal sabor de boca que me había dejado el pleito con mi marido y esa noche dormí con los nervios tonificados por la ilusión. Me despertó a las diez de la mañana la voz de Pedro, que seguía en pie de guerra y hablaba con su abogado.

—Cómo le va, licenciado Martínez, fíjese que mi esposa y yo nos vamos a separar y quería pedirle que me lleve el divorcio... No, por desgracia ya es una decisión tomada...

De modo que la cosa iba en serio. Al escuchar su voz, Zeus saltó de la cama y se puso a rascar la puerta de mi cuarto, urgido por salir a lamerlo. Me horrorizó constatar la volatilidad de su amor y le abrí para evitar que dañara el barniz de la puerta. Cinco días de comilonas lo habían corrompido y si en ese momento lo dejara elegir un amo, sin duda se inclinaría por su proveedor de jamón serrano. Cuando salí de la ducha, Pedro ya se había largado a la cita con Martínez. Mejor para mí, así podía holgazanear a mis anchas. Traté de reconquistar a Zeus con una sesión de cosquillas y en vano intenté darle un plato de croquetas, que ni siquiera olió. En cambio, montó guardia frente al refrigerador, exigiendo las delicias que había comido en mi ausencia.

—O croquetas o nada —lo regañé—, y por tus remilgos estás castigado. Hoy no sales a la calle conmigo.

El desorden también reinaba en mis apetitos. Mientras desayunaba un plato de frutas con queso cottage, evoqué mi encuentro nocturno entre suspiro y suspiro, escuchando *Strangers in the Night* en la voz aterciopelada de Frank Sinatra. Haber vivido esa canción me incitaba a mayores audacias. El hambre de hombre me ordenaba correr en busca de mi talibán y vengarme de Pedro en sus brazos. Con hábiles trucos de maquillaje procuré disimular mi papada y creo que logré quitarme cinco años de encima. Con el sostén que mejor me levanta el busto, falda de cuero negra, tacones de aguja, los labios pintados de bermellón y una ceñida blusa de encaje, mi figura otoñal recuperó encantos veraniegos. A falta de lencería provocadora en mi guardarropa de señora decente, opté por no ponerme calzones. Total, si corría con un poco de suerte iban a ser un estorbo.

A mediodía llegué a la tienda de antigüedades más atribulada y nerviosa que el día de mi primer examen profesional. Héctor me saludó con una sonrisa cortés en la que advertí una jiribilla de malicia. Por fortuna, la tienda estaba desierta y ningún otro dependiente nos hacía mal tercio.

—Vine a escuchar los tips que me ofreciste, pero si estás ocupado puedo volver otro día.

Aunque me tendió la mano, lo saludé de beso en la mejilla, para entrar más pronto en confianza. Su dálmata, echado junto a él, se irguió con curiosidad y vino a husmear bajo mi falda. No sé si olisqueaba las emanaciones de Zeus o lo atraía la desnudez de mi vulva, que tal vez despedía ya un aroma obsceno.

—Quieto, Lucas, no molestes a la señora.

—No me molesta, es un primor —le acaricié las orejas.

—¿Quiere que hablemos de perros o antes le enseño la tienda?

—Enséñamela primero, veo que la tienes muy bien montada —lo seguí tuteando a pesar de su defensiva formalidad.

Con detalladas explicaciones de cada pieza y de cómo la había obtenido, Héctor me mostró su espléndida colección de biombos chinos, otomanas, trinchadores centenarios, mesas taraceadas con incrustaciones de concha nácar y viejos gramófonos de manivela que todavía funcionaban. Como muestra, puso *El día que me quieras* en la versión de Gardel. Animada por la cadencia del bandoneón, me recargué en su hombro so pretexto de inclinarme a ver la vitrina de los camafeos. Aunque le restregué las tetas con descaro, Héctor fingió no darse cuenta del arrimón y por un momento temí que fuera gay. Subimos a la planta alta por una escalera de caracol. Elogié una cómoda veneciana, suponiendo por intuición que sería más fácil seducirlo por la vía del interés comercial. Cuando me dio el precio, 134 mil pesos, percibí una calidez hormonal en su tono de voz.

—Déjeme tomarle una foto —dije—. Voy a convencer a mi marido de que me la compre.

Después de retratar el mueble con el celular fingí un tropiezo y volví a pegarle las tetas, ahora de frente.

—Y si te compro la cómoda, ¿qué premio me vas a dar? —dije, recorriendo su pecho velludo con la yema de los dedos.

Héctor ya no pudo hacerse el desentendido. Me ciñó las nalgas con una mezcla de insolencia y autoridad, la insolencia de un niño y la autoridad de un padrote. No hubo arrumacos ni caricias tiernas, sólo mordidas, chupetones de licántropo, lengüetazos que me sacaban chispas de los pezones. No hay mayor deleite que ser tratada como puta, ojalá lo hubiera descubierto hace treinta años. El cuerpo tiene un orgullo autónomo que agradece la humillación del alma, el pisoteo de la dignidad. Mandón y rudo, Héctor parece haber intuido lo que yo buscaba. No supe ni cómo me arrancó la ropa. Cuando me di cuenta ya estaba empinada en un diván con brocado de terciopelo. Fue una cogida inmisericorde y sucia, una cabalgata de forajido con nalgadas soeces, jalones de pelo y palabras obscenas que rayaban en la injuria machista. Me vine tres o cuatro veces en un lapso breve, chillando como parturienta. Lucas había subido las escaleras detrás de nosotros y contemplaba con perplejidad nuestro acto circense, olfateando nuestros cuerpos empalmados. Poco le faltó para unirse al festín.

Del éxtasis caí en picada a la culpa. Busqué mi ropa a gatas, atribulada por la vergüenza y con los muslos pegajosos de semen. Contribuyó a mortificarme la grosera insistencia de Héctor en cerrar la venta de la cómoda antes de subirse la bragueta. Por fortuna, la llegada de un cliente lo obligó a cejar en su empeño. Le prometí volver esa misma tarde con mi esposo, una promesa que por supuesto no pensaba cumplir. En el espejo retrovisor del auto me vi desaliñada y sucia, no sólo por fuera sino por dentro. De vuelta a casa hice escala en un Starbucks para recomponer mi figura en el baño. Una manita de gato no bastaría para devolverme la autoestima. Necesitaba una conciencia de repuesto, entrenada para mirar a otra parte cuando mi cuerpo la humillara.

Por desgracia, cuando llegué a casa no pude sosegarme trabajando en mi traducción de Menandro, como hubiera querido. En el zaguán encontré a Pedro y a su hijo mayor, Vicente, subiendo huacales llenos de libros a una Suburban gris con la cajuela abierta. Pedro rengueaba con la espalda encorvada, como si hubiera envejecido diez años de golpe. Encaramado en el asiento, Zeus pegaba su carita a la ventana del copiloto. Estacioné el auto en el único lugar libre de la calle y a pie, con la mayor cautela, me aproximé a la camioneta sin llamar la atención de Pedro y su hijo, que iban y venían del edificio a la camioneta con cajas de cartón. Zeus seguía enojado conmigo y fingió no reconocerme. Por fortuna, encontré su correa en la guantera, se la puse en el cuello y logré sacarlo a tirones. Cuando iba entrando al edificio me topé de frente con Pedro.

—¿Con qué derecho te quieres llevar a Zeus? —le reclamé.

—Una loca violenta como tú no lo puede cuidar —Pedro me cerró el paso, colérico—. Por tu culpa tengo una luxación de cadera. No puedo caminar bien y esta mañana fui a sacarme radiografías. Ya presenté una denuncia por lesiones en la delegación. Estás acusada de violencia intrafamiliar. Así que ya lo sabes: o me entregas a Zeus o te meto al bote.

—Zeus no va a ninguna parte. Quítate, imbécil.

Lo esquivé aprovechando su torpeza de movimientos, pero Pedro me alcanzó en el elevador y de un tirón me quiso arrebatar la correa. La sostuve con firmeza y le arañé el brazo, mientras nos gritábamos insultos horribles, que llamaron la atención de vecinos y transeúntes. El papelazo del siglo, desde entonces no me saludan. Por fortuna, Vicente no quiso intervenir, pues con su ayuda Pedro me hubiera ganado el duelo de jaloneos. Observó el pleito desde la banqueta, reprobando nuestra zacapela con una mirada incrédula. El más perjudicado con los jaloneos fue el pobre Zeus, que lloraba de coraje, como si lo estuviéramos desollando. Nuestros tirones le lastimaban el cuello, pero sobre todo el alma. Conmovido por su tormento, finalmente Pedro soltó la correa.

—¡Lo suelto porque yo sí lo quiero, maldita cabrona! —gritó con un borbotón de llanto.

Subí con el perro al departamento, más avergonzada que ufana de mi victoria. Zeus estuvo alicaído toda la tarde y pese a mis esfuerzos por alimentarlo no quiso probar sus croquetas. Tampoco el jamón serrano: cuando se lo di vomitó una papilla negra. Ovillado en un rincón de la cocina soltaba lúgubres aullidos, jadeaba y a ratos sufría convulsiones. De pronto se levantó y comenzó a dar vueltas en círculo como un derviche, intentando morderse la cola. Por fortuna cayó rendido antes de lograrlo. Con la angustia olvidé bañarme, y el sudor de Héctor, adherido a mi piel, me imputaba la mala salud de Zeus. No probó bocado en toda la noche y temí vivir una experiencia similar a la de Pedro con el difunto Piolín. Tras haber dejado una parte de sus libros en casa de Vicente, donde se pensaba mudar, mi marido volvió en la mañana con la intención de aclarar paradas. Lo recibí con la guardia baja y en vez de responder sus acusaciones le di entre sollozos un acongojado informe sobre los achaques de Zeus. Pedro sólo necesitó verlo un minuto para quedarse lívido.

—Voy a llevarlo al veterinario —dijo, y como advirtió en mi rostro un gesto receloso, añadió—: no lo voy a raptar, pero si desconfías, acompáñame.

Desconfiaba, claro está, de modo que lo seguí escaleras abajo. En tétrico silencio, el silencio de las parejas que ya no pueden emitir una sílaba sin herirse, Pedro manejó hasta la clínica mientras yo palpaba la cabeza de Zeus. No estaba nuestro veterinario, el doctor Vargas, pero nos atendió una amable sustituta joven, la doctora Macías. En un acto de *mea culpa* le conté el pleito y el forcejeo que habíamos protagonizado la víspera, arrebatándole la palabra a Pedro. La doctora no hizo comentarios, pero el hielo de su mirada era una reprimenda indirecta. Tras reconocer al enfermo con el estetoscopio, medirle la presión, inyectarle un tranquilizante y revisar sus signos vitales, nos dio el parte médico:

—Zeus no tiene ninguna infección, sólo un colapso nervioso. Los sentimientos de un perro son muy delicados. Perciben la violencia psicológica, aunque no vaya dirigida en su contra, y sufren mucho cuando sus amos se pelean. Si tienen que discutir por algo, les aconsejo hacerlo a prudente distancia del perro. Él ya los ve como papá y mamá.

—Dentro de poco vamos a divorciarnos —intervino Pedro—, pero no quisiéramos hacerle daño.

—Eso va a ser muy difícil. Hay casos de perros que se dejan morir de hambre cuando les falta alguno de sus amos. Para efectos prácticos, un perro es como un hijo. ¿Quién se va a quedar con él?

—No lo hemos decidido —dije para evitar una nueva trifulca.

—Quien se quede con él debe cuidarlo muy bien. Otra depresión como ésta y Zeus puede tener un cuadro severo de anemia. No es por asustarlos, pero cualquier enfermedad puede matar a un perro bajo de defensas.

Volvimos a casa mudos de espanto, como delincuentes arrestados en flagrancia. Tendido en el asiento trasero, con los ojos apagados, débil como un peluche, Zeus parecía reprocharnos nuestra falta de amor. La reconciliación ya era imposible, ambos lo sabíamos y sin embargo flotaba en el aire la certidumbre de que ambos estábamos ya muy viejos para empezar de cero con otra pareja. Nos habíamos jodido la vida juntos, era triste admitirlo, pero a nuestra edad, ¿qué diablos íbamos a ganar con el rompimiento? Preservar nuestra salud mental a costa de Zeus hubiera sido un crimen. Peor aún: yo tenía muy claro, en mi depresión postcoito, que la saciedad sexual no compensaría mi déficit afectivo. El ego de Pedro es más razonable que el mío y tal vez por eso fue el primero en reconocer, llegados a casa, la inconveniencia de montarnos en nuestro macho.

—Mira, Clara, tal vez nunca podamos volver a querernos, pero no creo que tengamos derecho de lastimar a Zeus por un capricho egoísta.

—Tienes razón —me apresuré a sacar la bandera blanca—. No te lo podría quitar sabiendo que eso puede matarlo.

Decidimos, pues, seguir juntos por el bien del perro y hasta nos dimos un abrazo en su presencia, que al parecer lo reconfortó, pues esa noche devoró su plato de croquetas. El abrazo marcó la tónica de nuestra convivencia futura: la enemistad prevalece, y de hecho se ha recrudecido, pero delante de Zeus nos prodigamos besos y abrazos. En la mesa nos hablamos con un tono de voz dulzón, sabiamente modulado para tenerlo contento. La mejor recompensa de nuestro esfuerzo es verlo menear la cola cuando le sonreímos tomados de la cintura. Somos malos actores, pero él no lo nota y después de representar la comedia tres veces al día, cada quien vuelve con el gesto huraño a su camerino. El odio mutuo no ha desaparecido, pero lo mitiga el imperativo de mantener la unión familiar. No hacemos vida social en común, hablamos más con el perro que entre nosotros, y a últimas fechas preferimos enviarnos recados por medio de Felipa.

Somos una pareja abierta donde cada uno busca el placer a su modo. Pedro frecuenta un salón de masajes con final feliz, yo me doy mis revolcones con desconocidos que ligo en bares de oficinistas, sin dañar nunca mi reputación, pues jamás coqueteo con hombres de mi círculo social. Zeus es el perro mejor alimentado y cuidado de la colonia. Cada miércoles se codea con otras mascotas fifís en un exclusivo spa de la Guadalupe Inn, donde lavan su pelaje con centrifugado y lo humectan para mantenerlo sedoso, con olor a esencia de frutos rojos. En un reciente concurso de belleza canina celebrado en el Campo Marte, el jurado lo eligió entre los diez mejores ejemplares de su raza, entre más de cien concursantes. Ambos lloramos de alegría al escuchar su nombre en la ceremonia de premiación y Pedro, orgulloso, me susurró al oído: "Misión cumplida, Clara". Su diploma ocupa un lugar de honor en la biblioteca, junto a nuestros títulos de posgrado.

El blanco advenimiento

A Juvenal Acosta

Mientras alzaba pesas en una banca inclinada, Felipe admiró a hurtadillas el firme nalgatorio de una guapa rubia ya entrada en la madurez, pero con talle de avispa, que hacía ejercicio en una escaladora. Un poco más de músculo en los glúteos y reventaría el mallón azul eléctrico. Exhibía el trasero con franca obscenidad, pero la única vez que Felipe se atrevió a saludarla, varios meses atrás, lo había ignorado con una indiferencia de hielo. Esquiva y mamona, pensó, como todas las riquillas de Cuernavaca. Venía a coquetear consigo misma, a confirmar que nadie se la merecía. Era un trofeo inalcanzable y quizá por eso la codiciaba con rabia. Dorian, el instructor de pilates cubano, le había confiado en secreto, quizá con cierta dosis de faroleo, que ya se había templado a varias clientas en pleno salón de masajes. A eso iban al gimnasio: a buscar lo que sus maridos les negaban en casa. Quizá esa beldad engreída estuviera harta del cortejo convencional. No contestaba saludos ni se juntaba con la chusma, pero le encantaría que algún erotómano audaz la acorralara en los vestidores, le lamiera el sudor de las nalgas y la penetrara sin miramientos. ¿O había visto demasiadas películas porno?

Al salir de la regadera, frente al espejo de los lavabos, donde otros varones se peinaban o rasuraban, aprobó su afilado rostro de gitano con patillas entrecanas y la impecable cuadrícula de su abdomen, forjada en décadas de abdominales. Ni una gota de grasa, olé, matador. Brincos dieran muchos jóvenes por tener su porte, y eso que ya pasaba de los cincuenta. Por eso nunca faltaba al gimnasio, aunque llegara a veces medio crudo, cuando la noche anterior se había ido de farra. Primero muerto que convertirse en un vejete panzón con doble papada, como la mayoría de sus amigos. Prolongaría la juventud mientras tuviera pegue con las viejas y les arrancara gritos de placer. No era un adonis, claro, pero su cara de coyote hambriento, lo había comprobado hasta la saciedad, tenía un encanto soez que derretía a las mujeres, en especial a las santurronas.

Afuera, en el estacionamiento del gimnasio, sacó de la cajuela el celular clandestino que escondía junto a la llanta de refacción, debajo del gato. Lo desempolvó con la manga de la camisa y le mandó un mensaje por WhatsApp a Úrsula, su más reciente conquista: *Hola, mami, ¿nos vemos a las cinco, donde siempre? Quiero que me devores,* y añadió el emoticón de una carita risueña con ojos desorbitados en forma de corazones. Sólo de imaginar el efecto del mensaje en la mente cochambrosa de Úrsula se relamió los bigotes. Católica devota, de las que se hincan a rezarle al Santísimo cada vez que pasan por una iglesia, poseía la rara virtud de transformar el fervor religioso en lujuria. Ni para cabalgarlo se quitaba la medalla milagrosa de santa Teresa de Lisieux. Saltaba tanto entre sus pechos que más de una vez se la había metido a la boca cuando quería chuparle un pezón. Su respuesta no se hizo esperar: *Prepárate, mi rey, porque ando muy venenosa.* Bendijo el colegio de monjas donde la habían educado. Llegaría a la cita sintiéndose depravada: el estado de ánimo ideal para el adulterio.

Otra de sus amantes, Bárbara, una atlética grandulona de familia alemana, le había mandado por Instagram una foto en bikini desde Huatulco, donde andaba de vacaciones con su familia. Qué ganas de estar allá para untarle el bronceador en los muslos. A Bárbara le tenía reservada la tarde del viernes y el martes de la semana siguiente a Denisse, la decana del trío, una dentista de amplias caderas, aficionada a orinarse en el orgasmo, con quien pronto cumpliría siete años de amores prohibidos. A cada capillita le tocaba su fiestecita y, modestia aparte, a todas les cumplía con creces. Como las tres eran casadas y la vida en familia no les dejaba un respiro, tenía que gozarlas a las carreras, bajo la tiranía del reloj. Nada de cursilerías románticas, a nadie le importaba ennoblecer los instintos. Sexo sin compromisos, incontaminado por celos o exigencias de exclusividad, pues ninguna de ellas, por fortuna, quería renunciar a su proveedor para embarcarse en una relación seria.

En casa, la sirvienta ya le tenía listo el desayuno: huevos rancheros con frijoles charros, rodajas de piña y yogurt. Un ramo de rosas amarillas alegraba la mesa del comedor, el toque femenino de Rita, su esposa, que estaba de pie, terminando de beber un licuado de alfalfa con zanahoria. Morena, de pelo ondulado, con un coqueto lunar junto a la boca, Rita tenía quince años menos que Felipe y trabajaba de gerente en el hotel Las Quintas. Desmentía su cara de niña ingenua un voluptuoso cuerpo de mulata que perturbaba el orden público cuando salía en minifalda a la calle. Feminista radical, consideraba una cuestión de principios no dejarse intimidar por el machismo provinciano que pretendía obligarla a vestirse como una beata de pueblo. Más de una vez, Felipe había tenido altercados con los gañanes que la miraban con insistencia en los restaurantes. Pero le encantaba que fuera así, coqueta y jacarandosa. El vestido amarillo con olanes le sentaba de maravilla y no resistió la tentación de pellizcarle una nalga. Sus dos hijos mayores, Silvio y Eruviel, salieron corriendo con sus mochilas y le dieron el beso de despedida. Ya iban en secundaria y el autobús escolar los esperaba en la calle.

—Hablaron del laboratorio, que ya están los resultados de tu chequeo —le dijo Rita.

—Al rato los recojo.

Empezaba a comerse los huevos cuando sintió vibraciones en el bolsillo izquierdo del pantalón: imbécil, no había devuelto el celular secreto al escondrijo de la cajuela. Por fortuna, Rita estaba dándole instrucciones a Wendy, la sirvienta, y al parecer no había escuchado el zumbido. Corrió a encerrarse en el baño, donde vio que Denisse le había mandado una *selfie* de sus enormes ubres pecosas. La borró con angustia y de paso eliminó todos los mensajes del historial. Quería tanto a Rita que la posibilidad de ser descubierto le daba terror. No envidiaba a los donjuanes solteros ni quería seguir sus pasos. Le gustaba vivir así, con una mujer preciosa, niños jugando, flores en el jarrón, fiestas familiares concurridas, amor del bueno y un equilibrio espiritual a prueba de terremotos. Pero quizá fuera indigno de tanta felicidad, se recriminó, pues no sólo necesitaba tener variedad en la cama, sino la atmósfera de suspenso que rodeaba sus aventuras. Peor aún: se había vuelto adicto a esas descargas de adrenalina, como los toreros que gozan al máximo frente a las astas de un toro, con el bufido de la muerte en las ingles. ¿Algún demonio interior lo empujaba al despeñadero? ¿Hasta cuándo iba a madurar, carajo?

De vuelta en la mesa, Rita le avisó que esa noche llegaría un poco tarde a casa, porque tenía la reunión de su club de lectura.

—Nos tocó un libro difícil, una antología de Octavio Paz —le mostró el libro—. No sé si entiendo sus poemas, pero su lenguaje me fascina.

—No te me vuelvas intelectual, por favor —Felipe le devolvió el beso, aspirando el efluvio de su piel, una mezcla deliciosa de madreselva y benjuí—. Al rato ya no te vas a querer juntar con el vulgo.

—Léelo tú también, para cultivarte un poco. Los niños nos tienen que ver leyendo a los dos, para aficionarse a la lectura.

Felipe hojeó el libro con desgano.

—¿No habrá una edición con monitos?

—Trae para acá —Rita se lo arrebató—. El caviar no se hizo para la plebe.

En la salita de espera de los laboratorios, Felipe concertó dos citas con clientes interesados en ver las casas que tenía anunciadas en el portal de internet *Compro y vendo*. Gracias a su abundante cartera de clientes, acumulada en veinte años de tenacidad, era uno de los corredores de bienes raíces más exitosos de Cuernavaca. Pero tras la última ola de secuestros y matanzas, la venta de casas se había desplomado. Nadie quería vivir en una ciudad con el primer lugar nacional en secuestros y feminicidios. Gracias a sus ahorros, capoteaba con apuros una drástica disminución de ingresos que había comenzado el año anterior y no tenía para cuándo acabar. Hablaba con un cliente interesado en rentar un local para poner una tintorería, cuando la secretaria del doctor Izunza lo invitó a pasar a su consultorio. Felipe lo conocía de tiempo atrás, pues cada dos años se hacía un chequeo. Era un viejito calvo de aspecto bonachón, con lentes bifocales y gruesas pestañas de escarcha.

—Pues ya tenemos sus resultados, señor Balcárcel, y quiero felicitarlo por su excelente salud —sonrió Izunza, abriendo un cuadernillo engargolado—. De los triglicéridos y los niveles de glucosa está perfecto. Tiene limpios los pulmones, y eso que fumó mucho de joven, ¿verdad?

—Sí, era un chacuaco, pero dejé el vicio hace veinte años.

—Tampoco tiene alto el ácido úrico, ni la presión, ni la bilirrubina. Sólo hay un prietito en el arroz: en el ultrasonido salió esta mancha en su vejiga, mire —Izunza le enseñó una borrosa foto de sus entrañas, con una pequeña sombra en el ángulo inferior izquierdo—. Tal vez no sea nada grave, pero yo le recomendaría que viera a un urólogo.

—¿Qué significa la mancha?

—Quizá sea un tumor, pero ha crecido poco. Por suerte lo detectamos a tiempo.

Pese al tono optimista del médico, Felipe sintió un aguijón en la nuca. Su madre había muerto de cáncer cervicouterino a los 52 años, la misma edad que ahora tenía él. Aparentó ante Izunza una ecuanimidad estoica y se despidió sin darle muestras de turbación. Afuera, en el auto, reprimió las ganas

147

de llamar a Rita en busca de apoyo moral, pues no quería espantarla con señales de alarma. En su oficina, un pequeño local en la avenida Gobernadores, con un escaparate donde anunciaba casas, terrenos y accesorias en venta, saludó a Enriqueta, su secretaria, con un gesto ambiguo, a medio camino entre la sonrisa y la mueca. Blindado contra la apariencia de nerviosismo, pero con la marcha fúnebre por dentro, en su despacho se mesó los cabellos, rebelde y apesadumbrado a la vez. Cuánta rabia, carajo, qué ganas de agarrarse a madrazos con el destino. En vez de pedir a Enriqueta que lo comunicara con Humberto, su compadre, cerró la puerta con seguro y él mismo lo llamó.

—Hola, magíster, te llamaba porque acabo de hacerme un chequeo y el médico me descubrió un tumorcito en la vejiga. A lo mejor no es nada, pero necesito ver un urólogo. ¿Cómo te fue con el tuyo cuando te operaron?

Humberto le dio excelentes referencias de su médico, a quien calificó de profesional y moderado en sus tarifas. Se llamaba Fulgencio Bolaños y tenía su consultorio en la torre médica del Hospital San Diego. Felipe lo llamó de inmediato y preguntó a su secretaria si el doctor atendía a pacientes con seguros de gastos médicos mayores de Grupo Axa. La secretaria asintió y le dio cita para el día siguiente a las cinco. Al colgar se sintió un poco más relajado. Ánimo, güey: si el tumor fuera peligroso ya estarías meando sangre. De peores has salido, acuérdate del accidente de tránsito en Puebla, cuando te llevaron al hospital en camilla. Quizá debiera cancelar su cita con Úrsula, pues temía que el susto le inhibiera el deseo. No, ahora menos que nunca debía rehuir el placer, su mejor salvaguarda contra el miedo a la muerte. Basta de sugestionarse a lo pendejo. Suponiendo que estuviera desahuciado, razón de más para gozar al máximo sus últimos meses de vida.

A la una de la tarde, tras un atorón de veinte minutos en el libramiento de la autopista, llegó a Brisas de Ahuatepec, una nueva urbanización en terrenos que antes eran propiedad ejidal. Rodeado de milpas, nopaleras y establos, el fraccionamiento conservaba todavía un ambiente campirano. En la esgrima verbal con los clientes procuraba enfatizar esa ventaja, para que perdieran de vista el inconveniente de irse a vivir en el culo del mundo, a media hora en coche del supermercado más cercano. Muy pocos mordían el anzuelo, y como las casas se vendían a cuentagotas, la inmobiliaria no había terminado de urbanizar los terrenos, otro factor que ahuyentaba a los compradores. Enseñó la casa-muestra, equipada con muebles y electrodomésticos, a un viejo coronel interesado en obsequiar a su hija una casa con jardín donde sus futuros nietos pudieran corretear. Pese a sus esfuerzos, no logró convencerlo de apartar la casa con un módico adelanto de cincuenta mil pesos. Tampoco tuvo suerte con la pareja de investigadores universitarios recién mudados a Cuernavaca que llegaron después. Apenas había cuatro casas habitadas en todo el fraccionamiento. Para colmo, el agua turbia de la piscina y la maleza de los solares daban una impresión deplorable.

Después de comer en casa, a las cuatro y media volvió al fraccionamiento, pues la casa-muestra era también la sede oficial de sus aventuras galantes, un lugar ideal para recibir a señoras de buena reputación que temían ser vistas entrando a un hotel de paso. Ni la inmobiliaria sabía que la casa era su leonero, ni Toribio, el velador, a quien le pagaba una iguala mensual de 500 pesos, tenía motivación alguna para delatarlo. Higiénico y precavido, retiró las sábanas usadas de la cama *king size* con cabeceras tubulares que desde hacía un año era el epicentro de sus retozos y las cambió por un juego de sábanas limpias. La víspera había metido al refri una botella de vino blanco, porque si bien sus amantes solían andar cortas de tiempo, hubiera sido una vulgaridad encuerarlas de sopetón. Ritual caballeroso, el brindis en la sala aflojaba la tirantez y las predisponía a un lánguido abandono. Úrsula llegó a la cita con un nuevo tinte rojizo en el pelo y largas botas de tacón alto, enfundada en una gabardina gris. Al sonreír se le

abría un coqueto hoyuelo en la mejilla y sus ojos negros, en-
marcados por lindas ojeras, despedían brasas de pasión sote-
rrada. Venía rendida de cansancio, dijo, por los preparativos
para la comunión de Laurita, su hija mayor.

—Anduve del tingo al tango toda la mañana, recorriendo las tiendas del centro para conseguir la tela de su vestido.
Por fin lo encontré, pero me salió en un ojo de la cara. Ciento
ochenta pesos el metro, ¿tú crees?

Entregada por completo a la familia, solía invocarla en
ese templo del libertinaje, como si quisiera refrendar su pertenencia al mundo reglamentado y decente que los reclamos
de la carne la obligaban a traicionar. Terminada la copa de
vino se abrió la gabardina con un sensual contoneo: debajo
sólo llevaba un *baby doll* de gasa carmesí, que dejaba traslucir
el triángulo hirsuto de su pubis castaño. Cuando la conoció
lo tenía rasurado y se había dejado crecer el vello para com-
placerlo. Creía ingenuamente que se había disfrazado de mujer fatal: no, mi reina, pensó Felipe, es en tu casa donde haces
teatro. Sólo aquí eres tú de verdad.

—¿Cómo me veo?

—Guau, estás preciosa, te queda de maravilla —la besó
con voracidad en el cuello y bajó despacio hasta sus senos.

De la sala se deslizaron al cuarto sin romper el empalme
de cuerpos. Con la sangre amotinada por los escarceos manuales y orales, Úrsula se tendió bocabajo en la cama, la grupa
erguida, los ojos estrábicos de ansiedad, y le ordenó metérse-
la ya, en un tono ambiguo de patrona implorante. Incapaz de
olvidar su tumor, Felipe optó por mirar a la muerte de frente,
retándola como un piloto suicida. No hizo el amor con la
mujer que lo engullía como un remolino, sino con la flaca
amarillenta de la guadaña, y el brío de sus embates pélvicos,
graduado con sabio colmillo, casi lo convenció de poder ahu-
yentarla. Dame tu leche, dámela toda, chilló Úrsula, en la
rompiente del tercer orgasmo. Al borde del sepulcro, casi elec-
trocutado por el ascenso de su savia profunda, Felipe derritió

los témpanos del miedo con una erupción moribunda, mientras Úrsula soltaba el do de pecho, ahíta de placer y lava.

Como temía, Rita lloró al conocer el resultado del chequeo, por más que intentó suavizarle la mala noticia, y al día siguiente, contra su voluntad, pidió la tarde libre en el hotel para acompañarlo a la consulta con el urólogo. Crecerse ante la adversidad era su rasgo de carácter más noble: no me la merezco, pensó en el coche, avergonzado y contrito, de camino a la torre médica: comparado con ella soy una mierda de ser humano. El doctor Bolaños les dio una excelente impresión. Joven, pulcro, afable, de ojos verdes y complexión atlética, hubiera podido ser galán de telenovelas, salvo por la calvicie prematura que le daba una apariencia de sabiduría precoz. Era la viva estampa de la probidad científica, y al verlo hojear el cuadernillo con los resultados del chequeo, Felipe se sintió en buenas manos.

—Tiene suerte, señor Balcárcel, los chequeos casi nunca detectan las tumoraciones, pero la suya está muy clara. Por fortuna es pequeña y al parecer no ha invadido la capa muscular de la vejiga.

—¿Usted cree que sea grave? —preguntó Rita.

—Para saberlo tengo que extirpar el tumor y enviarlo al laboratorio.

—¿Entonces lo tiene que operar? —Rita insistió en hablar por él.

—Lo más pronto posible —sentenció Bolaños—. Usted tiene un seguro de gastos médicos mayores, ¿verdad?

—Sí, con Axa —Felipe se apresuró a intervenir antes que su esposa—. Aquí tiene mi póliza.

El médico apenas le echó un vistazo.

—Pues ustedes dirán para cuándo programamos la cistoscopía. Sólo dura una hora, pero luego tiene que estar hospitalizado dos días.

Eligió operarse el jueves siguiente, y durante el resto de la consulta, Rita monopolizó la atención del urólogo con preguntas sobre el tipo de alimentación y los cuidados preoperatorios, como si fuera la madre de un niño que no se puede valer por sí mismo. Bolaños la trató con finos modales y Felipe se preguntó, desconfiado, si su complacencia no tendría algo que ver con el pronunciado escote de Rita, que ni siquiera en los hospitales podía vestir con recato. Pero ¿cómo exigirle pudor a una esposa tan maternal, que se desvivía por brindarle consuelo en ese momento crítico? Así era ella, coqueta de nacimiento, y como un cínico de su calaña no podía ser muy estricto en materia de moral, prefirió tragarse los celos, por falta de convicción para sermonearla.

La víspera de la operación envió mensajes a sus tres amantes, para avisarles que pasaría un mes en Pasadena, en casa de sus suegros. "No voy, me llevan", se justificó, prometiendo extrañarlas, y aderezó los tres mensajes con el mismo emoticón plañidero. El jueves a las siete de la mañana llegó con buen ánimo al hospital, en compañía de Rita, que tenía un talento natural para las relaciones públicas y de buenas a primeras se hizo amiga de las enfermeras. Gratamente sorprendido por la amplitud, la buena iluminación y el mobiliario moderno del cuarto, se felicitó por haber pagado durante diez años un seguro que le daba derecho a esos lujos. Fulgencio Bolaños apareció a las ocho, rozagante y optimista, para verificar que no hubiera ingerido líquidos en las últimas doce horas. Como la operación no requería anestesia total, Felipe siguió sus incidencias en un monitor. La gruta rosácea de su vejiga no le pareció un órgano enfermo. Con una especie de hoz microscópica, el cistoscopio introducido por la uretra, Bolaños cercenaba el tumor de su vejiga como un diestro segador de trigo. Invadido por un delicioso valemadrismo, un efecto secundario de la anestesia, Felipe contemplaba con la pupila fija esa imagen hipnótica. No estaba en sus cabales y hasta ganas le dieron de soltar risillas bobaliconas.

—¿De una vez le quito la próstata? —preguntó Bolaños.

—¿Es necesario? —preguntó Felipe, desconcertado.

—Puede obstruir su vejiga cuando crezca.

—Pues entonces quítemela.

Al despertar en el cuarto, tres horas después, creyó que había soñado la pregunta del médico. La extirpación de un órgano es algo muy serio, pensó, y Bolaños no pudo haberme pedido esa extraña autorización, como un peluquero preguntando a su cliente si quiere más corto el copete. Al ver la bolsa con orina colgada a un lado de la cama hizo una mueca de repugnancia. Pero ya se lo había advertido el médico: durante una semana tendría que llevar sonda y más le valía soportar ese oprobio con espíritu constructivo. Al pie de su lecho, Rita lo tomó de la mano con una sonrisa de ángel taumaturgo.

—Salió muy bien todo, mi cielo. Hoy sólo te van a dar gelatinas, pero mañana ya puedes comer algo sólido.

Era temprano para cantar victoria, pues aún estaba por verse qué tipo de tumor le quitaron, pero ante Rita y ante sus hijos, que vinieron a saludarlo al salir del colegio, adoptó la actitud de un alegre y desenfadado convaleciente. Ahorrarles tribulaciones era el principal deber de un paterfamilias y por fortuna sus habilidades histriónicas adquiridas en la venta de bienes raíces le permitieron sacarles algunas risillas. Aunque las enfermeras entraban a verlo cada media hora, Rita se empeñó en acompañarlo a dormir en el sofá de las visitas y mandó a los niños a pasar la noche en casa de sus abuelos. Al día siguiente, mientras intentaba deglutir la insípida *omelette* del desayuno, recibió una llamada de la aseguradora. En el tono de un robot que recita un parlamento grabado, una ejecutiva le informó que debía pagar doble deducible por haber necesitado dos intervenciones quirúrgicas en vez de una.

—No me hicieron dos operaciones, sólo entré una vez al quirófano.

—Según el informe que nos entregó el doctor Bolaños, además de quitarle el tumor en la vejiga le hicieron una prostatectomía.

Comprendió con estupor que no había soñado la pregunta del médico. En efecto, Bolaños le había metido doble cuchillo, sin advertirle que esa cirugía no estaba contemplada en el presupuesto original de la operación. En vez de los 35 mil que ya se había resignado a pagar, tómala, pendejo: 70 mil de un madrazo.

—No voy a permitir ese cobro abusivo por una operación que sólo duró una hora.

—No es ningún abuso, señor Balcárcel, cada procedimiento quirúrgico se cobra aparte. Así lo estipulan las condiciones del contrato que usted firmó.

—Mire, señorita, apenas me estoy reponiendo de la operación y es increíble que en circunstancias tan delicadas su compañía me quiera joder. Lo que menos necesito ahora es hacer corajes. Le repito que sólo pagaré un deducible y háganle como quieran —colgó abruptamente para recalcar la firmeza del ultimátum.

—Rateros de mierda —dijo Rita, alarmada, y lo tomó de la mano—, cualquier pretexto es bueno para esquilmar al cliente.

—Para mí que el hospital y el médico están confabulados con el seguro. Todos son parte de la misma mafia.

—No creo que el doctor Bolaños se prestara a un juego tan sucio. A mí me parece un tipo decente.

—Ay, Rita, qué ingenua eres —dijo Felipe, y le contó lo sucedido en el quirófano—. Caí en su trampa porque estaba atarantado por la anestesia, pero yo no me chupo el dedo: ese cabrón me llevó al baile.

Rita no dio el brazo a torcer: seguramente Bolaños había tenido buenas razones para quitarle la próstata, dijo. Tal vez fuera una forma de prevenir que el cáncer se le extendiera a ese órgano, si el tumor resultaba maligno. Los médicos tenían obligación de adelantarse a posibles complicaciones, por el bien de sus pacientes.

—¿Tanto te gusta el doctor que te pones en contra mía? —perdió la paciencia Felipe—. ¿No te basta con coquetearle en mi propia cara?

—Ay, Felipe, sólo porque estás débil no te pongo en tu lugar. Si yo fuera celosa te habría mandado al carajo hace siglos. Ya ni siquiera tienes buen gusto. Le tiras los perros a cualquier gata ofrecida.

Felipe enmudeció de angustia. ¿Qué tanto sabría Rita de sus múltiples aventuras? ¿Alguien o algo lo había delatado? Bastaba que Úrsula, Denisse o Bárbara se hubieran ido de la lengua con alguna confidente para que el chisme, corriendo de boca en boca, llegara en un santiamén a oídos de su esposa. Intentó dormir una siesta, pero su indignación era más fuerte que el sedante infiltrado en el suero. Se recriminó con dureza por no haber presentido la trácala de Bolaños: chamaqueado por un mafioso de bata blanca, como si hubiera nacido ayer. Pero en una situación tan crítica le convenía moverse con tiento. Ni modo de armar un panchazo mientras su salud estuviera en manos del enemigo.

A las seis de la tarde llegó a visitarlo el doctor Bolaños, con la cálida sonrisa de los tahúres profesionales. Venía a darle instrucciones sobre los cuidados postoperatorios. Pero más bien se las dio a Rita, la mamá del párvulo inútil a quien acababa de tasajear a mansalva. Dentro de una semana, cuando le quitara la sonda, volvería a orinar normalmente, dijo, pero eso sí: nada de picante por lo menos durante un mes, y tampoco podía hacer ejercicio ni tener actividad sexual en el mismo lapso.

—Evite las posturas que le presionen la vejiga —Bolaños condescendió a mirarlo—. Puede estar de pie o acostado, pero no sentarse y tampoco haga ejercicios que requieran esfuerzo.

—¿Por cuánto tiempo? —preguntó Rita.

—Tres meses.

—Tengo una duda, doctor —carraspeó Felipe—. ¿Cómo afectará mi vida sexual que me haya extirpado la próstata?

—Sus testículos seguirán produciendo esperma —Bolaños adoptó un tono pedagógico—, sólo que en vez de sacarlo por la uretra irá directo a su vejiga y luego lo eliminará con la orina. Ya no podrá eyacular, pero seguirá teniendo orgasmos con la misma intensidad. A esto se le llama eyaculación retrógrada.

El terminajo parecía una sarcástica derogación de su hombría, una manera elegante de llamarlo castrado. Sólo pudo apretar las mandíbulas en señal de protesta. Robarle sus deliciosas venidas para que el hospital pudiera duplicar el costo de la operación: ¡hijo de la gran puta! Y hablaba con una autoridad científica inapelable, obligándolo a rendirse ante los hechos consumados. Para colmo, lo condenaba a la indigencia erótica delante de Rita, como insinuándole que a partir de ahora debía buscarse un mejor camote.

No cometió el error de pelearse directamente con él. Pero al día siguiente, en la caja, se negó a pagar los dos deducibles cuando le presentaron la abultada cuenta, acusando al hospital de asociación delictuosa para esquilmarlo. El gerente del hospital tuvo que venir en auxilio del atónito cajero, junto con los dos policías de la entrada y le advirtió que no lo dejarían salir hasta saldar el adeudo. Felipe los amenazó con rociarles la orina de su bolsa. Cuando los policías quisieron sujetarlo, Rita ofreció pagar con su propia tarjeta, un golpe bajo que lo dejó en ridículo ante el gerente. Vencido por su chantaje tuvo que dar un tarjetazo que le dolió hasta la médula.

—¡Hampones de mierda! ¡Les voy a clausurar el hospital!

—Cálmate, por Dios —Rita lo jaló del brazo hacia la puerta de salida—. Primero tienes que recuperarte, ya verás luego cómo te desquitas.

Aparentó hacerle caso, pero lo primero que hizo al llegar a casa fue buscar el cuadernillo con los resultados de su chequeo, que apenas había hojeado. El antígeno específico de próstata daba un total de 3.27 negativos por mililitro, el rango normal para menores de 60 años, según los valores de referencia anotados en un recuadro. De modo que Bolaños le había extirpado una próstata pequeña y sana, con

156

métodos propios del doctor Mengele. Un agravio de ese calibre ameritaba la horca. Ocultó su descubrimiento a Rita, pues temió que lo tachara de loco. El coraje le quitó el apetito y a la hora de comer dejó intacto el caldo de pollo con menudencias que había preparado Wendy. Por la tarde, acostado en la tumbona del jardín, recuperó poco a poco el sentido común: ¿Y si el tumor fuera maligno? ¿Si su racha de mala suerte apenas estuviera empezando? Quizá el segundo acto de ese drama fuera una quimioterapia y el tercero la tumba. Rumiaba enfermizos rencores mientras su vida pendía de un hilo. Bravo, idiota.

Cumplido el plazo para el retiro de la sonda, Rita no pudo acompañarlo al consultorio del doctor Bolaños, porque había vuelto ya a su puesto en el hotel. Lo llevó a la clínica Luis Mario, su asistente de la agencia de bienes raíces, que se había quedado a cargo del changarro. Iba nervioso, pero con el ánimo de afrontar la verdad sin quebrarse. No le sorprendió la frialdad en el saludo del médico, pues el gerente del hospital seguramente lo había puesto al tanto de su escándalo, pero como venía en son de paz, guardó una compostura distante. Bolaños había recibido ya los estudios clínicos y le dio una buena noticia: el tejido del tumor no era cancerígeno. La sensación de alivio, que en otras circunstancias quizá lo hubiera vuelto conciliador y magnánimo, aguijoneó su instinto belicoso. Tal vez tuviera por delante una larga vida, pero ¿cómo iba a disfrutarla con la virilidad mermada por el bisturí de un canalla? Mientras Bolaños le retiraba la sonda, la humareda de ira casi lo asfixió.

—A partir de ahora podrá volver a orinar normalmente —dijo el médico—. Y si tiene alguna molestia, llámeme por favor a mi celular.

Ahora sí muy profesional, ahora sí muy gentil y comedido, después de limpiarse el culo con el juramento de Hipócrates. Cuando Bolaños terminó de escribir la receta de las medicinas que debía tomar en las próximas semanas, para impedir una infección de las vías urinarias, Felipe se guardó el papel con una sonrisa amarga.

—Tengo una duda, doctor. Si usted creía necesario quitarme la próstata, ¿por qué no me lo dijo antes de la operación, cuando vio los resultados de mi chequeo? ¿Por qué me lo propuso en el quirófano, cuando yo estaba grogui?

—Porque en ese momento lo consideré pertinente —dijo Bolaños, con el aplomo de un político marrullero—. Como la próstata le causa problemas a muchos adultos mayores, quise librarlo de ese peligro.

—Pero eso pudo habérmelo consultado antes, en mis cinco sentidos.

—Por la experiencia que tengo en estos casos, los pacientes evitan las cirugías preventivas con tal de ahorrarse dinero. Pero es un error, porque luego tienen complicaciones y gastan el doble.

—Ah, vaya, entonces usted dedujo que yo era un tacaño y me agarró anestesiado, para que no pudiera hacer cuentas.

—Lo hice por su bien y algún día me lo va a agradecer. Su esposa piensa lo mismo: ayer hablé con ella y está de acuerdo conmigo.

—No meta a mi mujer en esto —respingó Felipe, tocado en carne viva—. El único que toma decisiones sobre mi cuerpo soy yo, pero me gusta tomarlas consciente, no apendejado por la anestesia.

—Se está exaltando demasiado, señor Balcárcel, y eso le puede provocar una hemorragia interna.

—¡Mi salud te vale verga, ten por lo menos la hombría de reconocerlo! A tus jefes del hospital y a ti sólo les importa el billete. Por eso me jodieron cuando estaba inconsciente.

—No grite, hay gente en la antesala —Bolaños se puso de pie y abrió la puerta del consultorio—. Haga favor de salir y búsquese otro médico, no voy a soportar sus majaderías.

—¡No te hagas el digno, pinche hipócrita! —estalló Felipe, y al cruzar la puerta advirtió a los pacientes que esperaban turno—: Tengan cuidado con este hampón. Opera a la gente sin necesidad, con tal de sacarle hasta el último quinto.

En casa, todavía encabritado, entró como un toro de lidia a la alcoba donde Rita se estaba quitando los tacones, recién llegada del trabajo.

—Vengo de darle una puteada a tu gran amigo, el doctor Bolaños —la zarandeó con violencia—. Ya supe que a mis espaldas le das la razón, tachándome de loco y pendejo.

—Suéltame, imbécil —Rita se zafó a empujones—. No puedes obligarme a comprar tus pleitos.

—¡Cómo puedes defender a un rufián que me asaltó en el quirófano! —Felipe dio un puñetazo en la puerta. Luego se dobló de dolor, con los nudillos tintos en sangre—. ¡Mira lo que has hecho, perra maldita, mira lo que lograste!

Aunque metió la mano en una cubeta de hielo, la hinchazón le duró tres días. Rita lo castigó con una semana de silencio, ausentándose de casa con diversos pretextos. No cejó en su represalia hasta que Felipe le pidió perdón con humildes ruegos. Creía tener razón en el pleito y sin embargo dobló las manos por instinto de supervivencia. La vida tenía que seguir y se impuso una terapia ocupacional para oxigenar la mente. Desde casa, echado en la cama, daba instrucciones a Luis Mario para mantener su negocio en marcha. Era un joven trabajador, pero con poca desenvoltura para tratar a los clientes. Felipe hacía por teléfono todo el trabajo de persuasión, pero como Luis Mario les enseñaba los terrenos y los inmuebles, temía que su falta de tablas malograra las ventas, pese a la buena comisión que le había ofrecido.

Mientras las heridas de su vejiga cicatrizaban, la sabia naturaleza no lo torturó con deseo alguno. Cumplido el plazo de abstinencia sexual prescrito por su verdugo, llegó la hora de la verdad. Urgido de averiguar si aún conservaba los arrestos viriles, embistió a Rita cuando se desnudaba en la recámara. Ella lo cabalgó con la delicadeza de una enfermera, temerosa de provocarle una hemorragia. Pese a sus hábiles acrobacias, Felipe tardó una eternidad en venirse y cuando al fin alcanzó el anhelado pináculo, su orgasmo seco le resultó grato, pero no del todo satisfactorio. La explosión se había vuelto implosión; el derrame en el cuerpo amado, un relámpago introvertido.

—¿Qué tal? ¿Te hice venir rico, mi vida? —dijo Rita, satisfecha de su proeza.

—No estuvo mal —reconoció—, pero me siento raro. ¿Y tú?

—Yo encantada. Por fin me quité las malditas píldoras.

Supuso que Rita fingía para levantarle la moral, pues en otras épocas había dicho que le encantaba sentir el chorro de semen. Pero nadie se burla en su cara de un minusválido, pensó, y quizá debiera acostumbrarse a ser un objeto de compasión. Al día siguiente, cuando Rita se fue al trabajo, sacó de su carro el celular secreto y después de cargarlo en el enchufe de su estudio revisó los mensajes del WhatsApp. Úrsula se quejaba de su abandono y le preguntaba si ya había regresado de San Francisco. "¿No será que ya te cansaste de mí?". Denisse, más agresiva, lo acusaba de jugar a las escondidas para darse a desear, y Bárbara, resentida, le preguntaba si estaba enojado con ella. En otras circunstancias, las caritas tristes o furiosas añadidas a sus mensajes de texto lo hubieran envanecido, pero ahora lo deprimieron. Ni siquiera podía sentarse, ya no digamos tener amoríos. Quizá debiera confesarles su viacrucis quirúrgico, pues aún le faltaban dos meses de reposo. Sin duda lo comprenderían, y tal vez lo compadecieran, pero se exponía a que lo consideraran liquidado como amante. Nada menos cachondo que el relato de una fraudulenta extirpación de próstata. Mataría de golpe su lujuria contándoles algo tan sucio y denigratorio. Pero tampoco podía citarlas en la casa-muestra como si nada hubiera pasado. Se moriría de vergüenza si cualquiera de las tres lo acusara de haber fingido el orgasmo y él tuviera que confesar: "Perdóname, reina. Es que ahora soy un eyaculador retrógrado". Sólo le quedaba una salida digna: retirarse con la mayor discreción posible, sin entrar en penosas explicaciones. Compungido y lúgubre, pero seguro de hacer lo correcto, bloqueó a las tres y eliminó todos sus mensajes. Adiós, infierno idolatrado, hasta nunca, mamitas.

Durante el resto de la convalecencia, el sombrío panorama de su vida futura lo predispuso a la melancolía. De tanto estar echadote en la cama o en la tumbona del jardín pensaba demasiado en sí mismo, en el sentido último de la existencia. Una mañana, por ociosidad, abrió al azar la antología poética de Octavio Paz que Rita había dejado en el buró.

> Zumbar de abejas en mi sangre:
> el blanco advenimiento.
> Me arrojó la descarga
> a la orilla más sola…

Su nostalgia del bien perdido se recrudeció al verlo nombrado con tal belleza. Sin el blanco advenimiento, sin esa descarga de vida eterna, el amor carnal perdía gran parte de su atractivo. Para colmo, las abejas que Paz mencionaba ya no zumbaban en su sangre. Antes de la operación, cualquier abstinencia sexual que durara más de dos días le agriaba el carácter. Ni rastro quedaba de aquella urticaria intravenosa que tantas veces lo obligó a pagar putas cuando andaba de viaje. Ahora, quién lo dijera, toleraba tan campante una semana de castidad. Por consideración a Rita se había impuesto una cuota de dos palos a la semana, pero la cumplía con desgano, forzando la máquina. Nuevo cargo contra Bolaños: el vivales nunca mencionó ese efecto secundario de la operación. La vida útil de cualquier donjuán caducaba en la vejez, bien lo sabía, pero había planeado jubilarse por voluntad propia a los 60 años. Nunca esperó que lo jubilara tan pronto el bisturí de un canalla. Su ajetreada sexualidad no era un mero pasatiempo, sino una prioridad existencial. Seducía mujeres por mandato de un poder superior que le ordenaba salir de sí mismo, verter en otro cuerpo su ansia de perdurar. En lo futuro tendría que almacenarla como un mezquino acaparador de semillas.

Cuando por fin pudo moverse con libertad, se consagró de lleno al seguimiento de la queja contra Fulgencio Bolaños y el Hospital San Diego que Luis Mario había presentado a su nombre ante la Procuraduría Federal del Consumidor. Quería obtener, por lo menos, el reembolso de un deducible, sentar a Bolaños en el banquillo de los acusados, y con suerte, someterlo a un juicio que le impidiera ejercer su profesión. La queja apenas había avanzado en esos tres meses por falta de una mano providente que aceitara la maquinaria burocrática. Estaba en manos de Ramiro Saldívar, un empleadillo de mediana edad, rechoncho y con el pelo grasiento, a quien le faltaban los dientes frontales. El deterioro de su oficina, con un escritorio desvencijado, una vetusta computadora, archiveros herrumbrosos y sillas cojas, auguraba una negligencia igual o mayor en la impartición de justicia para los sufridos quejosos que hacían antesala en una banca de acrílico. Llegado el turno de su entrevista, se apresuró a obsequiarle una botella de brandy Torres, camuflada en una bolsa de papel de estraza que le pasó por debajo del escritorio.

—Reciba este obsequio de mi parte, señor licenciado —susurró.

Agradecido pero hermético, sin comprometerse a nada, Saldívar turnó el expediente a su jefa, la licenciada Ernestina Villanueva, subdirectora adjunta de Atención a Quejas. Cuando logró obtener una cita con ella, a los quince días hábiles de haberla solicitado, le quiso exponer su caso con tintes dramáticos y Villanueva lo paró en seco: la Profeco debía realizar una verificación de su queja ante las autoridades del sanatorio, pero por falta de personal, ese procedimiento se demoraría por lo menos un mes. Y de una vez le advertía que si deseaba proceder contra el doctor Bolaños, debía someter su caso a la Conamed, la Comisión Nacional de Arbitraje

Médico. En cuanto a la reclamación contra la compañía de seguros, no le correspondía atenderla a la Profeco, sino a la Comisión Nacional para la Protección y Defensa de los Usuarios de Servicios Financieros (Condusef). Hecho un lío con tantas siglas y comisiones, Felipe preguntó, encogido en la silla, si no habría una manera de simplificar el procedimiento, esperando que Villanueva le metiera el hombro a cambio de un moche. Pero la subdirectora fingió no haber entendido la insinuación.

—Decida usted ante qué instancia quiere llevar el caso —dijo—. Yo sólo tengo atribuciones para procesar la queja contra el hospital.

Obligado a librar combates simultáneos en un circo de tres pistas, Felipe recurrió a Luis Mario para que iniciara el trámite en la Condusef con una carta poder y él tuvo que ir al D. F., una lluviosa mañana de agosto, para levantar un acta en la Conamed, cuya delegación en Cuernavaca estaba cerrada temporalmente. Tras una larga cola en la recepción de documentos, cuando estaba a punto de llegar a la ventanilla descubrió que se le había olvidado el diagnóstico del urólogo. Su berrinche le provocó un ataque de gastritis y ese día orinó una gota de sangre. En el siguiente viaje a la capital por fin logró entregar sus papeles, pero un burócrata risueño, diestro en poner zancadillas con modales de terciopelo, le advirtió que la Conamed tardaba por lo menos un año en procesar cada denuncia y daba preferencia a las negligencias médicas graves, que habían causado muertes de pacientes. En otras palabras: pierda toda esperanza de obtener justicia aquí.

La Condusef puso algunas trabas burocráticas para aceptar el recurso de queja: tenía que acudir a presentarlo en persona y declarar ante el abogado conciliador, con un acta de nacimiento certificada que debía pedir al registro civil. Una vez obtenida el acta, lo volvieron a rebotar por no haber entregado el original de su inscripción al Registro Federal de Causantes. Harto de presentar documentos por triplicado, de interminables horas-nalga en antesalas decrépitas, de rendir pleitesía a hostiles burócratas con un vasto repertorio de artimañas para negar gestiones, una tarde volvió a casa tan desmoralizado que arrojó por los aires los papeles de la Condusef. Al diablo con las putas demandas. Demasiado tiempo invertido en esa batalla inútil, mientras su negocio flotaba al garete. ¿Y todo para qué? Si acaso lograba doblegar a la aseguradora, recuperaría cuando mucho 35 mil pesos. Contabilizando el tiempo perdido, la triple reclamación ya le había costado una cantidad mayor. Y a fin de mes tenía que pagar las reinscripciones de los niños, el predial con recargos, la depilación con rayo láser y el ortodoncista de Rita. Necesitaba dedicarse con ahínco a lo suyo y aprender a vivir con esa espina clavada, por mucho que le doliera.

Para beneplácito de Rita, que desde el principio le había aconsejado no perder tiempo en litigios infructuosos, dejó varados los trámites y se consagró de lleno a los bienes raíces. No pudo, sin embargo, olvidar la ofensa, que lo seguía carcomiendo como un gusano barrenador. Una tarde septembrina tuvo que volver al escenario de sus viejas glorias, la casa-muestra de Brisas de Ahuatepec, y después de lidiar con un cliente obstinado en conseguir una rebaja del treinta por ciento, a quien tuvo ganas de estrangular, el punzante recuerdo de sus hazañas eróticas lo hundió en la desolación. Tendido en la cama estrujó las sábanas que en otro tiempo habían sacado chispas. Ojalá se hubiera muerto en el quirófano. Condenado a una tediosa normalidad, a un letargo incoloro, a evocar entre gimoteos la pasión y el riesgo perdidos, por creer en la buena fe de un médico mercenario. ¿Y qué haría mientras tanto ese inmundo rufián? Lo imaginó jugando a la ruleta en un casino de Las Vegas, manejando un auto deportivo, bailando en discotecas de postín, soltando litros de semen en cada cópula con las enfermeras casquivanas del hospital. Su blindaje de impunidad le permitía eso y más. La ley jamás le tocaba un pelo a la gente de su calaña.

Volvió a casa con la dignidad en llamas, y como ese día le tocaba coger con Rita, procuró relajarse con un whisky bien cargado. Sobrecargada de trabajo por el puente de las fiestas patrias, esa noche su esposa volvería tarde a casa. Cuando llegó, a las diez de la noche, Felipe ya estaba a medios chiles. Con un neglillé azul transparente que apenas le cubría media nalga, Rita hizo el acostumbrado paseíllo de vedette cachonda por la recámara, incitándolo a reinar en sus dominios. El ejercicio y las dietas habían estrechado su breve cintura sin disminuirle un ápice el volumen de los senos, erguidos como peras. Una hembra tan seductora hubiera hecho delirar de felicidad a cualquiera. Sin embargo, Felipe estaba tan consternado que ni las caricias obscenas ni las poses provocadoras lograron alzar su pene. Corrió a encerrarse a llorar en el baño, conteniendo los gemidos para que su mujer no lo oyera. Primera disfunción eréctil en quince años de matrimonio, trágame tierra. ¿Sería culpa del trago? No, era la consecuencia lógica de su inapetencia sexual: a fuerzas ni los zapatos entraban. Encaró con realismo la inexorable declinación de su virilidad. Iba en camino de volverse un impotente crónico, un patético guiñapo de vodevil. Y no sólo era una nulidad en la cama: tampoco había podido imponerle respeto a su abyecto enemigo, el hombre que le cercenó la hombría. Pero ese duelo no había terminado aún, sólo su intento de obtener justicia por las buenas. Ánimo, maricón, en un país sin ley hay maneras más eficaces de cobrarse un agravio. ¿Por qué no has pensado en ellas? ¿Falta de imaginación o falta de huevos? ¿Tan poco hombre eres ya? ¿Te vas a tragar la deshonra como un vil agachado?

Bastaba con ir a buscarlo y meterle un plomazo. En un país donde el 95 por ciento de los delitos quedaban impunes, tenía más posibilidades de chocar en la carretera que de caer en prisión por cobrarse el agravio. Sería una apuesta a la segura, sin riesgo alguno, un perfecto ajuste de cuentas en lo oscurito. Con esa idea fija llamó por teléfono a Belisario Carriles, un viejo amigo de la secundaria que ocupaba un puesto menor en la Procuraduría Estatal de Justicia. Le dijo que la víspera lo habían asaltado en un cajero automático, y ante la creciente inseguridad quería comprar una pistola para defenderse del hampa, cada vez más insolente y engreída. ¿Sabía de alguien que pudiera venderle una? Carriles lo remitió con Salvador Pruneda, un exagente de la Judicial dedicado a ese negocio. Hinchado y verde como un batracio, con los ojos inyectados de sangre y el tabique natal torcido, Pruneda lo recibió en pants y camiseta, con una cerveza de bote en la mano. Por la ubicación de su guarida, un departamento de soltero en el barrio bravo de la Carolina, con sillones despanzurrados y botellas de licor regadas por el piso, Felipe dedujo que su clientela eran los rufianes de la colonia. Por mil quinientos pesos le compró una pistola nueve milímetros Smith & Wesson, compacta y fácil de ocultar, con dos cajas de cartuchos. Pruneda no quiso saber para qué la quería, pero le advirtió al guardarse el dinero:

—Se la vendo por el aprecio que le tengo al licenciado Carriles, pero si lo agarran por darle piso a un cristiano, no se le ocurra embarrarme o aténgase a las consecuencias.

Acorazado en el papel de ciudadano decente, Felipe le respondió que sólo quería estar protegido y esperaba en Dios nunca tener la necesidad de usar la pistola. Afuera, entelerido de miedo, guardó el arma en la guantera del auto, sintiéndose ya congénere de Pruneda. No le agradaba codearse con la crápula, pero se consoló pensando que ningún hombre con pundonor hubiera podido actuar de otro modo. Al día siguiente, robándole tiempo a la chamba, se estacionó frente a la Torre Médica de la avenida San Diego, a la sombra de un laurel, para observar los movimientos del enemigo. Llegaba al hospital a las nueve de la mañana en un BMW descapotable (lo sabía, el cerdo estaba forrado de lana), salía a comer a las dos y luego regresaba a dar consulta de cuatro a ocho. Lo siguió a prudente distancia cuando iba de regreso a casa. Vivía en una lujosa privada de avenida Palmira, con barda de piedra y caseta de vigilancia. Imposible sorprenderlo en ese portón o a la entrada del hospital, pues en ambos lugares había guardias armados. Lo más inteligente sería dispararle de coche a coche en algún punto del trayecto y luego darse a la fuga. Quizá el semáforo de avenida Teopanzolco fuera el lugar más propicio: la luz roja duraba un buen rato y luego podía escapar hecho la madre por Plan de Ayala, de preferencia en la noche, para que nadie pudiera tomar sus placas. ¿Pero no le temblaría la mano en el momento de disparar? ¿Y si cometiera algún estúpido error, dejarlo herido, por ejemplo? Poseía, quizás, una capacidad de odiar muy limitada, pues ahora tenía en la cabeza un hervidero de dudas.

Esa noche soñó que mataba a Bolaños en el crucero elegido. La policía encontraba el arma homicida en un terreno baldío y señalaba como sospechoso a Pruneda. El exjudicial perseguido allanaba su casa de noche y tomaba a los niños como rehenes: llama a la policía y confiesa que tú lo mataste, o ahorita mismo se mueren. Felipe obedecía y gritaba en la bocina: ¡Yo lo maté, yo lo maté! En su empeño por salvarlos gritó de verdad. Rita despertó sobresaltada y tuvo que zarandearlo en la cama. Al volver en sí, el corazón trepidante y el pelo bañado en sudor, no pudo controlar la temblorina hasta reclinar la cabeza en el regazo de su mujer.

—Cálmate, mi vida, no pasa nada, tuviste una pesadilla.

—¿Te desperté?

—Confesabas un crimen a gritos, ¿a quién mataste?

—Ya no me acuerdo, fue un sueño muy raro —mintió—. A lo mejor se me cruzaron los cables por la serie de narcos que vimos.

Pospuso la venganza por tiempo indefinido, mientras analizaba con calma sus pros y sus contras. En los días siguientes durmió de un tirón, sin fantasmas acusadores ni culpas anticipadas. Su óptimo desempeño en el trabajo le permitió cerrar la venta de dos casas en Chipitlán, un premio de la

Providencia por haber recuperado la sensatez. Con las comisiones ganadas quizá pudiera irse de vacaciones a la playa con toda la familia, que desde su operación estaba ayuna de diversiones. No rumiar odios le sentaba de maravilla. Disfrutaba más a sus hijos, convencía a los clientes con su labia florida y en la noche, arrellanado frente a la tele, lo invadía una calma bendita, una ausencia total de tensiones, como si tocara tierra después de una tempestad mar adentro.

Una mañana, mientras hacía ejercicio en el gimnasio, sin prestar atención a las mujeres ligeras de ropa, se dio cuenta de que había ocurrido un cambio fundamental en su vida: el sexo había dejado de obsesionarlo. Nada digno de lamentarse, después de todo. Esa fuente de placer había sido también una fuente de angustias, no sólo por el miedo a ser descubierto en sus movidas, que lo mantenía al filo de la navaja, sino por haberse impuesto la enfermiza obligación de ser un atleta erótico infalible. Ahora, libre de presiones, empezaba a descubrir los encantos de la serenidad, el bienestar idílico de los niños y los ancianos. Veinte años atrás, cuando tomaba clases de yoga, su instructor le había explicado que el ideal del budismo zen era liberar al hombre del deseo. Ironías de la vida: una cirugía alevosa lo reconciliaba con el bien supremo. Practicaba el sexo conyugal con una mesura indolente que poco a poco lo iba convirtiendo en hermano de Rita. Quizá nunca llegara a prescindir por completo de la carne, pero casi la había dominado. Ya no era un vil juguete de sus testículos, había recuperado una soberanía que perdió desde la adolescencia. ¿Y acaso debía matar a su salvador? De ninguna manera: si alguna vez coincidía con Bolaños en alguna parte, le daría un fuerte apretón de manos y le diría mirándolo a los ojos: no te guardo rencor, hermano, gracias a ti soy un hombre nuevo. Con el entusiasmo de los conversos, el sábado aprovechó que sus hijos se habían ido de excursión al cerro del Tepozteco para invitar a comer a Rita a un restaurante de lujo: Las Mañanitas.

—¿Y ahora tú? ¿Qué estamos celebrando?

—Nada en especial, simplemente quiero darme un gusto y dártelo a ti.

No le quiso confesar que, en efecto, estaba celebrando algo: su reencuentro consigo mismo, el adiós a un estilo de vida libidinoso que sólo le deparó ansiedades y paranoias. La suntuosa veranda del restaurante, a la orilla de un jardín con faisanes y pavorreales, donde se reunía la crema y nata de la sociedad tlahuica, era un marco escenográfico ideal para celebrar su tardía llegada a la madurez. De camino a la mesa se encontró a dos conocidos: el notario Salgado Brito, a quien saludó efusivamente, y a un empresario textil poblano que le había comprado una mansión en la colonia de Los Volcanes. No había mejor estrategia de relaciones públicas que pavonearse de vez en cuando en restaurantes de alto copete.

Distinguida y sexy, con un vestido de lino blanco y una coqueta pamela, Rita llamaba la atención de todos los comensales. ¿Cómo les quedó el ojo? ¿Verdad que mi señora es un cuero?, pensó, encantado de provocar envidias. Brindaron con mezcal y se tomaron una *selfie* con el exuberante jardín al fondo. Un pavorreal astuto aprovechó su descuido para meter el pico en la mesa y arrebatarles un canapé de salmón ahumado. Rita lo regañó con fingido enojo, muerta de risa. Fascinado por su garbo natural, Felipe la admiró con el candor de un colegial enamoradizo. Tras ordenar la comida al mesero, Rita se levantó al baño. La vio atravesar el jardín con ganas de pertenecerle hasta el último aliento. Nunca más caería en el señuelo del falso placer, en la promiscuidad que resecaba los corazones.

Entonces sonó el celular de Rita, guardado a medias en la abertura lateral de su bolso. Había recibido un mensaje de Messenger con la foto del destinatario y Felipe se fue de espaldas al ver la cara de Fulgencio Bolaños, junto con un mensaje indescifrable:

Aguas, mi cielo. Va en camino ya sabes quién.

Pálido y sin aliento revisó el historial de mensajes: era largo y había empezado desde mayo, poco antes de la operación. Recado de Rita citando a Fulgencio en la suite presidencial del hotel Las Quintas. Quién lo dijera: la muy cabrona también profanaba su lugar de trabajo. Fotos del apuesto reptil en bata blanca, con el torso desnudo y la verga enhiesta. Video de Rita en el jacuzzi, abierta de piernas y con el dedo explorando su clítoris: *Mira lo que hago pensando en ti. ¿Cuándo vienes a consolarme?* Versos de amor, emoticones, videoclips de baladas tiernas. RITA: *Believe it or not, Felipe me pone el cuerno con varias viejas.* FULGENCIO: *No entiendo cómo puedes vivir con un cretino como ése.* RITA: *Lo aguanto por el bien de mis hijos.* FULGENCIO: *¿Pero no te da asco acostarte con él?* RITA: *Cierro los ojos y pienso en ti.* FULGENCIO: *Dentro de poco ni te va a tocar, ya convertí al toro en buey.* Mareado y con taquicardia, Felipe se saltó decenas de mensajitos, hasta llegar a los más recientes. RITA: *Ten cuidado, ayer se me descompuso el coche y al tomar el de Felipe descubrí que tiene una pistola en la guantera.* FULGENCIO: *¿Me querrá madrugar?* RITA: *Yo que tú andaría muy trucha, el odio no lo deja dormir.* Tres días después Rita le informaba con pelos y señales lo que había gritado en su pesadilla, y en el último recado, escrito dos horas antes, le avisaba que iban a comer en Las Mañanitas. ¿Por qué lo mantenía informado de todos sus pasos?, se preguntó Felipe, intentado armar el sórdido rompecabezas. ¿Quién era ya sabes quién? ¿Hablaban en clave o qué? ¿Y por qué Rita llevaba tanto tiempo en el baño?

Iba a sacarla de ahí, cogida del pelo si era necesario, cuando un joven de tez cobriza, la cara cubierta con un paliacate rojo, se plantó delante de su mesa. "Ya valiste verga", dijo con voz de lija, y le disparó un balazo en plena cara. Gritos de pánico, graznidos de pavorreales, comensales fifís reptando bajo las mesas. Nadie tuvo el valor de enfrentarse al sicario en su rápida fuga. En el umbral de la eternidad, Felipe alcanzó a entrever que Rita, de rodillas junto a su cuerpo, fingía un ataque de histeria ante meseros y comensales. La compadeció con la indulgencia de las almas puras. El cuerpo era un espejismo y esos viles traidores le habían concedido su mayor triunfo: abandonar el submundo de las pasiones con la blancura espiritual de los mártires.

Abuela en brama

A León Guillermo Gutiérrez

Hace tres años andaba un poco triste cuando mi hija Daniela se fue a estudiar a Dartmouth. Era la última en dejar el nido y la casa se había quedado desierta. Necesitaba un largo viaje para distraerme, pero no podía dejar mi negocio al garete. Confiaba en Marisol, mi asistente, pero cuando salen imprevistos la pobre no sabe qué hacer. Por las noches, dando vueltas en la cama, escuchaba los crujidos de la duela y el tic tac del despertador con la angustia de haber incumplido un deber y no saber cuál. Para aliviarla caí en el mal hábito de tomarme dos o tres jaiboles antes de dormir. Bueno, la mera verdad a veces eran cuatro o cinco. No extrañaba a Braulio, mi difunto esposo, porque en la última etapa de su vida, desde que vendió la constructora y se dedicó a la vagancia, nos fuimos alejando tanto, a pesar de vivir bajo el mismo techo, que llegamos a ser perfectos desconocidos.

Fue un esposo responsable, lo admito, y un excelente proveedor, pero el autismo, su defensa neurótica contra el mundo exterior, se le fue agravando en la vejez, al grado de ignorarme semanas enteras. Ni siquiera en el desayuno, nuestra única hora de convivencia, lograba que apartara la vista del celular. Era quince años mayor y quizás bajó esa cortina de hierro para defenderse de mi carácter hiperactivo, que lo aturdía como el revoloteo de una mosca. Me dejó un buen patrimonio en dólares que tengo invertido en la Bolsa, por ese lado no me puedo quejar. Pero mentiría si dijera que lo he llorado, pues empecé a sentirme viuda muchos años antes de su muerte. Da pena decirlo, pero entre aquella falsa compañía y la soledad verdadera que se me vino encima tras la partida de Daniela, prefería mil veces vivir y beber así, asomada a mi oscuridad con un vértigo raro.

La carne me reclamaba con impaciencia los placeres que le había quedado a deber. A la vejez viruelas: quién iba a decirme que mi cuerpo inerte se alebrestara de pronto, exigiendo el fin de su largo ayuno. Una noche calurosa de mayo, cuando ya andaba a medios chiles, perdí por completo el pudor y me puse a ligar en Facebook, al principio con ánimo juguetón, intrigada por saber si a mi edad aún tendría pegue. Alguno de mis hijos me pudo haber descubierto pidiendo guerra en ese aparador obsceno. Ahora lo pienso con escalofríos, pero entonces todo me valía madres. Con el nombre de batalla que me inventé, Giselle Bloom, maquillaje de noche y un escote de cabaretera para lucir la buena pechuga, coseché más de noventa *likes* y una buena cantidad de piropos, algunos bastante léperos, porque modestia aparte, no estoy tan echada a perder. Hago pilates cuatro veces por semana y ejercicios faciales para reducir la papada, tengo el busto firme sin necesidad de implantes, no se me nota el *lifting* y por suerte nunca tuve tendencia a engordar. Según mis amigas parezco diez años más joven. Soy el odioso punto de comparación que les echa en cara su corpulencia de matronas.

Hubiera preferido un galán maduro, pero los hombres solteros de mi edad ya tienen mojada la pólvora o prefieren la carne joven. Con los chavos, en cambio, tuve un éxito arrollador. Se me lanzaron en jauría, no exagero, aunque muchos de ellos eran horrendos y los de buena facha no me inspiraban confianza. Sabía que la red está llena de rufianes que abusan de los incautos. ¿No querrían ponerme un cuatro? ¿Halagaban mi vanidad para secuestrar a la ruca ofrecida que se les ponía de a pechito? Cuando el miedo me caló más hondo escuché una voz interior, la voz de mi madre, llamándome a la cordura:

—Cuidado, Delfina, vas a tirar tu reputación por el caño. Y pensar que tu pobre papá se gastó una fortuna para educarte en el Liceo Francés de Polanco. ¿Así le pagas su sacrificio? Primero pierdes la vergüenza, luego la dignidad y cuando menos lo esperas ya te desbarrancaste.

Si mi ángel de la guarda me hubiera hablado con otra voz, tal vez habría seguido su consejo. Pero como adoptó la de mi progenitora, que hasta la fecha me trata como una eterna menor de edad, su reprimenda fortaleció mi antojo. Confiar en extraños era un albur, pero yo creí en la nobleza de Efraín desde que vi su foto de medio cuerpo tomada en el gimnasio, con una camiseta de tirantes que le sentaba de perlas. La agrandé a pantalla completa, con un leve hormigueo en los pezones. No era un fortachón de gimnasio, apenas se le marcaban los bíceps y los pectorales. Pero adiviné la tensión de sus músculos y me gustó su sonrisa burlona, la pelusa de su bigote, la boca de labios gruesos, ávidos de comerse al mundo, su arrogante mirada de gavilán, con la que parecía retarme a conocerlo. Tenía la nariz prominente, signo inequívoco de buena verga, según mi amiga Fabiola. Se ve naquito, pero ha de ser un buen palo, pensé.

La lectura de su escueta biografía contribuyó a disipar mis temores: Efraín Pimentel, 28 años, licenciado en Antropología Social por la ENEP de Acatlán, profesor de Ciencias Sociales y Filosofía en el Sweet Land College, actor de teatro infantil en sus horas libres y estudiante avanzado de francés en el IFAL. Hasta publicaba poemas en su muro, con epígrafes de Baudelaire y toda la cosa. Le mandé una solicitud de amistad con poca esperanza de que la aceptara, porque me registré con mi verdadera edad, 57 años, sin recurrir a ningún truco de Photoshop. Ni falta me hacía, brincos dieran muchas treintonas por tener mi talle. Nada de engaños, quería jugar con las cartas abiertas. Quien tuviera interés en mí ya sabía a lo que iba. Efraín era el típico polluelo en busca de una mamá, me di cuenta desde nuestro primer chat. Quizá yo le despertara fantasías incestuosas, pues insistió en llamarme señora, a pesar de que yo le pedí tutearme. Le alegraba que una mujer

175

madura y distinguida como yo tuviera la juventud espiritual de ponerse a charlar con extraños en la red. Yo le dije que la juventud es un estado de ánimo y el mío volaba por las nubes. Una manera bastante idiota de ocultar mi depresión, pero él se lo creyó o fingió creerme y dijo que algunos millennials, en cambio, eran amargados prematuros. Vaya, pensé, una charla filosófica a las primeras de cambio, qué bien va esto.

Del chat nos pasamos al Zoom. En la pantalla se veía un poco más vulnerable, o tal vez así me lo pareció por su raída chaqueta de mezclilla y la evidente pobreza de su recámara. En la pared del fondo alcancé a distinguir manchas de humedad y un cartel rasgado del Che Guevara. Deduje que vivía en alguna colonia inhóspita y miserable, donde un joven politizado y culto como él debía padecer una doble marginación. Este pobre ya no encaja en la barriada, pensé, ni en la mamona élite cultural. Demasiado culto para la primera y demasiado prángana para la segunda. Nuestra charla, mitad en francés, mitad en español, duró casi una hora y en ningún momento cayó en la banalidad. Me dijo que no tenía novia ni quería comprometerse a nada serio con ninguna mujer, para no perder el único patrimonio que tenía: su libertad. Eso había ofendido a varias chicas con las que salió y por eso se limitaba a tener aventuras. Dos o tres citas y a volar, paloma.

Se mesó los cabellos con un aire de romántico incomprendido y sentí ganas de apapacharlo, de labrarle un porvenir a la altura de sus ilusiones. Confesó que su sueño dorado era vivir en París, donde yo estuve un año en mi juventud, tomando un curso de restauración de pintura. Se lo conté y me declaró su envidia. Estaba harto de darle clases a niños fifís con estiércol en el cerebro, ojalá tuviera varo para largarse a cualquier país francófono. Le dije que iba por buen camino, porque el IFAL daba becas a sus mejores alumnos. *Tu te débrouilles très bien mais il faut que tu améliores ton accent.* Cuando le mostré cómo debía poner los labios para pronunciar la *u* cerrada, la comicidad de su mueca nos dio un ataque de risa. Con el pretexto de hacer ejercicios de conversación le propuse que nos tomáramos un trago al día siguiente.

—¿Te queda bien algún bar de la colonia Roma, donde yo vivo?

Frunció un momento las cejas, disgustado, supuse, por lo que debió parecerle un alarde de estatus. Pero entendió para qué lo quería ver cerca de mi casa y eligió La Pulquería, un antro de avenida Insurgentes, cerca de la glorieta del metro. No era una pulquería tradicional, sino un enorme bar de tres pisos, en el que servían pulque y bebidas de toda clase. Desde mis épocas de estudiante, cuando frecuentaba el Barba Azul y otros tugurios de la Doctores con mis amigos de la Ibero, no me había aventurado a explorar los bajos fondos de la vida nocturna. De entrada, me sorprendió la vulgaridad altanera y chirriante de la clientela, que atribuí a la cercanía con el metro Insurgentes. Unos cuantos Godínez de saco y corbata desentonaban entre el montón de chavos con el pelo teñido de azul y verde, perforaciones en los labios y en la nariz, cortes de pelo a lo mohicano, tatuajes en el cuello y los brazos. Se vengaban de su marginación asumiéndola con orgullo, como si fuera un destino elegido. Proliferaba la gordura, incluso entre las chicas. Las pocas niñas esbeltas se daban aires de abejas reinas, acosadas por grupitos de admiradores que parecían fraguar una violación colectiva, o eso me figuraba yo por mis prejuicios de clase.

El estado catatónico de algunos clientes delataba la venta clandestina de drogas. Un reguetón estruendoso me cimbró el esqueleto y a duras penas reprimí las ganas de salir huyendo. Cuidado con la bolsa, pensé, no te despegues de ella. Podía costarme caro haber invadido esa madriguera delincuencial donde la edad, el pelo castaño y la piel blanca me delataban como intrusa. ¿O veía moros con tranchetes por no salir nunca de mi gueto elitista? Me avergoncé de vivir tan cerca y a la vez tan lejos del verdadero México, de no conocer las entrañas de mi país ni tener curiosidad por escudriñarlas.

Efraín parecía desconcertado por mi cohibida elegancia, y eso que no llevé joyas, ni ropa cara, sólo una falda corta de mezclilla, tacones bajos y una blusa de seda color hueso, muy escotada para lucir el busto. Tal vez olió mi descarga de adrenalina, pues me propuso de inmediato que si estaba incómoda nos fuéramos a otra parte. No, ¿para qué?, le dije. Quería integrarme a su mundo, borrar mi culpa social con esa penitencia, pues de entrada intuí que la única manera de llevarme bien con él sería desempolvar el credo igualitario de mi juventud, cuando creía en la Revolución cubana. Los privilegios que tuve desde niña no iban a desaparecer por arte de magia, pero al menos debía demostrarle que no me habían engreído. Por temor a beber alcohol adulterado pedí una cerveza y Efraín una cuba. Como él habló más que yo en el Skype, me propuso que ahora hablara de mí. De entrada, le confesé que había usado un nombre falso en el Facebook y le di el verdadero: Delfina Tamez. Le conté que había enviudado cinco años atrás y desde entonces no tenía una pareja estable, sólo aventuras ocasionales. No había querido imponerles un padrastro a mis hijos, pero ahora que ya eran personas independientes era libre de hacer con mi vida un papalote.

—Me dedico a enmarcar cuadros y a vender materiales para pintores. Mi tienda se llama Degas y está aquí cerca, en la avenida Álvaro Obregón, ¿la conoces?

—La mera verdad no ando mucho por este rumbo.

—Cuando la abrí era un changarro, pero ha ido creciendo porque gracias a Dios no me faltan clientes. Y ahora quiero abrir una sucursal en San Ángel.

Juzgando mi conducta a toro pasado, sospecho que ese alarde de solvencia económica no fue del todo inocente. Insegura de mis encantos, quise tentarlo por el lado del interés, como los ricachones otoñales que en su primera cita con una mujer se ufanan de su fortuna. Lo bueno fue que Efraín, indiferente a mi prosperidad, o aparentando serlo por diplomacia, desvió la charla al tema de las artes plásticas. Acababa de ver en el Munal una exposición de expresionistas alemanes y le habían encantado los cuadros de Otto Dix, un genio de lo grotesco. Describió con entusiasmo sus escenas atroces de la Primera Guerra Mundial: excombatientes mutilados, montañas de cuerpos, soldados luchando con escafandras en las trincheras, estampas de la desolación donde afloraba la cara más siniestra del patriotismo.

—Qué manera tan chingona de retratar esa absurda carnicería, donde nadie sabía por qué luchaba —dijo—. Me encantan los pintores que se asoman a los abismos de la crueldad. Hasta escribí un poema inspirado en un grabado de Dix.

—¿De veras? Qué padre. Mándamelo a mi correo.

Prometí prestarle un libro ilustrado sobre el expresionismo alemán que había comprado en Berlín y sentí un grato escalofrío cuando pegó su pierna a la mía. Antes de acabarme la cerveza ya nos estábamos besuqueando a la vista de todo el mundo. Total, en ese antro nadie me conocía y la ausencia de testigos reblandeció mis escrúpulos. Cuando le propuse que nos fuéramos a mi casa, Efraín tuvo el buen detalle de ofrecerse a pagar la cuenta. No lo dejé, por supuesto. Quise dejar bien establecido que yo no le costaría un centavo y saqué la cartera con una satisfacción de madre consentidora.

Caminamos a mi casa tomados de la cintura, ya en plan de novios. Régulo, el portero, se quedó turulato al verme llegar con mi conquista. No tarda en esparcir el chisme, pensé, qué risa, los vecinos van a decir horrores de mí. Desde el elevador, Efraín ya me venía metiendo la mano bajo la falda, y yo, rejuvenecida, trémula, húmeda como un pantano, lo atenacé con la pierna alzada en escuadra para sentir mejor su erección. La tenía tan grande que hasta me dio miedo, un miedo antojadizo de beata hipócrita. Ni tiempo tuve de sacar el champán que había puesto a enfriar. Entramos al departamento como una tromba, dejando un reguero de prendas por el camino, y en la penumbra de mi recámara lo cabalgué en cuclillas, con una agilidad de gimnasta que lo tomó por sorpresa. Mi larga tanda de sentadillas, que aceleré poco a poco hasta alcanzar el primer orgasmo, fue apenas el entremés del banquete. Luego él me puso boca abajo, autoritario y dominador, como un mendigo transfigurado en sultán. La malicia aprendida en el barrio hace maravillas en la cama. Efraín era un maestro en el arte de alternar la ternura con la rudeza, las caricias con los pellizcos, los embates rápidos con los lentos, como un director de orquesta con una batuta de fuego. Gracias a su destreza para retrasar la eyaculación, en el momento cumbre de la cópula, afónica ya de tanto gritar, su verga ya era más mía que suya, un apéndice de mi cuerpo convulso y enfebrecido. Sólo hay una aristocracia verdadera: la de los buenos amantes. Lo pensé entonces, llorando de placer, y lo sigo creyendo ahora, a pesar de todo lo que pasó.

En el reflujo de la marea, con una copa de champaña en la mano, Efraín me contó su dura infancia en Ecatepec. Noveno hijo de una familia numerosa, confinada en dos cuartos mal ventilados, había crecido en un ambiente hostil a la lectura, donde cualquier placer solitario concitaba burlas o agresiones. En su colegio tomaba prestados libros de la biblioteca, pero sus hermanos mayores, nomás por joder, se los quitaban y los deshojaban con saña de trogloditas. Su padre trabajaba de chofer para una constructora, manejando revolvedoras de cemento. Era buena gente, pero cuando los ingenieros le tronaban el látigo, volvía a casa ahogado en alcohol y se desquitaba con su jefa. De tantas madrizas, la pobre ya tenía el cuerpo lleno de moretones. Hasta él había salido golpeado una vez, por meterse a defenderla.

—Como la mitad del año nos quedábamos sin agua, mis carnales y yo teníamos que cargar baldes desde la carretera donde se paran las pipas, a dos kilómetros de distancia, y a veces nos arrebataban el agua los malandros de la colonia, que se juntan a chelear en las banquetas. Allá el narco recluta un montón de gente. Hay chavos que se enrolan como halcones desde los doce años. Muchos compas que jugaban cascaritas conmigo ya se murieron en balaceras con otras pandillas.

Exhaló un suspiro luctuoso y tras un sorbo largo reanudó su relato. A diferencia de sus hermanos mayores, que desertaron pronto de la escuela y ahora trabajaban de albañiles o vendedores ambulantes, él se había matado estudiando para no sucumbir a la fatalidad. En el cuarto semestre de la carrera, cuando al fin pudo conseguir trabajo de profesor, tomó la difícil decisión de independizarse. Difícil porque ningún miembro de su familia concebía la vida fuera del clan y su madre lo tachó de egoísta. El resto de sus hermanos, incluyendo al mayor, que ya era cuarentón, se habían quedado bajo el mismo techo después de casarse, pero él cometió la ingratitud de romper el pacto con la colmena. Rentaba un cuarto en una casa de huéspedes de Santa Úrsula, cerca del colegio donde trabajaba, y si bien ahora veía poco a su familia, le pasaba a su madre una pensión mensual. Soñaba con poder ganar una beca para dedicarse de lleno a las letras, aunque fuera un año, pues con su carga de trabajo estaba condenado a ser un poeta de fin de semana. La chinga de corregir exámenes y tareas prolongaba su jornada laboral dos o tres horas diarias y la literatura exigía una entrega devota que él iba posponiendo año tras año, sintiendo que las ideas se le marchitaban en la cabeza.

—Otros a mi edad ya han publicado libros y siento que me estoy atrasando. Claro, ellos no tienen que fletarse dando clases como yo. Para hacer carrera literaria hay que ser de clase media para arriba, si no, te quedas en la orilla.

Al terminarnos la botella, envalentonada por el trago, encendí adrede todas las luces de la sala para mostrarme al natural, con todas mis imperfecciones. Si acaso se decepcionaba sería nuestro primer y último encuentro, de lo contrario ya sabría a qué atenerse. Por fortuna, Efraín tuvo una erección espontánea, tan halagadora para mi ego que se la agradecí metiéndome su caramelo en la boca. Dudo que ninguna de sus amantes jóvenes haya tenido mis habilidades bucales. Lamí su glande con pericia de veterana y luego lo deglutí por entero, hasta las anginas, sin morderlo en ningún momento. Cautivado por mi delicadeza, Efraín me volvió a penetrar ahí mismo, sobre el tapete de Temoaya, al ritmo que yo le marqué con la ondulación de mi pelvis. Oh, cielos, cómo pude vivir tanto tiempo sin esto, pensé, mordiendo un cojín. Cuando me quedé dormida, Efraín tuvo el detalle tierno de llevarme cargando a la cama. ¿Cómo no me iba a enamorar, si era un encanto? Al día siguiente, un sábado, me despertó un grito de Eulalia, mi sirvienta. Se había topado con Efraín, desnudo, cuando buscaba comida en el refrigerador y creyó que era un ratero.

—El señor Efraín es mi amigo —le dije con orgullo—. Háganos por favor el desayuno mientras me baño.

Cuando se despidió no creí en su promesa de llamarme para salir otra vez. Lo dijo por cortesía, pensé, ha de tener chavas a montones. La mayoría de los jóvenes odian los compromisos y yo le debía resultar muy comprometedora. Pero una semana después reconocí su cálida voz en el celular: estaban dando en la Cineteca un ciclo de Costa-Gavras, ¿por qué no íbamos a ver *Estado de sitio*? Así empezamos a compartir experiencias, a descubrir afinidades, a descifrar el carácter del otro, en pos del conocimiento mutuo que ninguna pareja logra alcanzar del todo, ni siquiera en medio siglo de convivencia. Efraín era un rojillo de línea dura que defendía sus ideas con pasión y no se dejaba sobajar por ningún enemigo de clase. Desde nuestra primera salida juntos lo dejé manejar mi camioneta y un domingo por la tarde, cuando íbamos por Insurgentes, el conductor de un Audi deportivo se nos cerró a la brava. Por poco chocamos, y Efraín, furibundo, le mentó la madre con el claxon. El otro tipo bajó la velocidad adrede y cuando nos emparejamos me gritó:

—Corra a su chofer o enséñele a manejar.

En el semáforo de avenida Baja California, Efraín lo alcanzó bufando de cólera y se bajó de la camioneta para echarle bronca, sin obedecer mis llamados a la cordura. Sólo alcanzó a patear la puerta del Audi, porque el junior, intimidado, no recogió el guante y arrancó sin esperar la luz verde. En protesta por el breve atorón, los automovilistas nos apabullaron a claxonazos.

—Te jugaste la vida, idiota —lo regañé—. ¿Qué tal si trae una pistola?

—El maricón puso el seguro de la puerta, si no lo bajo a madrazos —dijo entre jadeos—. Así son estos juniors hociones, primero muy machos y luego salen corriendo. Se siente soñado por traer un carrazo, como si lo hubiera comprado con su dinero. ¿Y qué mérito hizo para tenerlo? Ninguno: ser un hijito de papi. No hay peor gentuza que las élites podridas de este país.

Su generalización era injusta, pues no todos los niños ricos de México son patanes y malcriados. A pesar de los privilegios que mis hijos habían gozado, en nada se parecían al cretino del Audi, porque yo los eduqué de otra manera. Pero ¿cómo culpar a un oprimido por hacer tabla rasa y meter en el mismo saco a justos y pecadores? En términos generales, la burguesía nacional apestaba, podía afirmarlo con más conocimiento de causa que el propio Efraín. La oligarquía rapaz que ponía y quitaba gobiernos se había mimetizado con el hampa del narcotráfico, de modo que nadie sabía ya dónde comenzaba una mafia y terminaba la otra. No todos los ricos eran corruptos, desde luego, pero tantas fortunas hechas al vapor habían dejado una estela de podredumbre que desprestigiaba en bloque a la gente acomodada, y la democracia que supuestamente debía acabar con la corrupción sólo había logrado fortalecerla. Con provincias enteras en poder de la delincuencia, el país era un territorio comanche donde sólo quedaba a salvo quien tuviera un ejército de guaruras. Después de dos asaltos y un secuestro exprés en el que me tuvieron amordazada con una pistola en la sien mientras vaciaban mis tarjetas, aborrecía a los malos gobiernos casi tanto como Efraín. Pero debía reconocerlo: una cosa era ver el apocalipsis desde arriba y otra muy diferente padecerlo a ras de suelo. Yo no viajaba en el metro, apretada como sardina con un paraguas en las costillas, ni crecí en una colonia de precaristas que se inundaba en tiempo de lluvias. Efraín era un paria que hacía esfuerzos heroicos para salir adelante. ¿Cómo no compartir sus ideales?

Politizada por amor, desde el arranque de la campaña electoral, acompañé a Efraín a los actos públicos de López Obrador en auditorios y plazas públicas. No me gustaban sus largas pausas, su atropellada sintaxis, sus ataques burlones a la gente fifí, su proclividad a idealizar la intervención estatal en la economía, pero de cualquier modo era la única opción para sacar al país de la cloaca donde lo habían metido los gobiernos de la derecha. Después de soltar alaridos contra la mafia del poder, volvíamos a casa cargados de una electricidad que arreciaba nuestro voltaje sexual. A Efraín le daba un poco de pena que después de nuestros baños de pueblo comiéramos en buenos restaurantes, pero en eso no cedí.

—Mi trabajo me ha costado ganar el dinero que tengo para darme mis gustos —le dije—. ¿Acaso no hay empresarios en el equipo del candidato? ¿Y a dónde crees que van a comer?

Nunca lo hubiera dicho: a partir de entonces me tomó la palabra tan al pie de la letra que siempre ordenaba los platillos más caros del menú. Efraín creía, emocionado, que se estaba gestando una revolución de alcances impredecibles. Ahora nuestro candidato se moderaba, pero una vez llegado al poder, predijo, sepultaría los privilegios del gran capital. Sentir que ambos estábamos haciendo historia, como decía el lema de la campaña, fortaleció nuestro pacto de complicidad, fundado en el desafío al orden establecido. Un sábado estábamos en El Cardenal, tomando el aperitivo, y al sentir encima las miradas reprobatorias de la gente pacata, escandalizada de verme con un muchacho a quien le doblaba la edad, lo besé de lengüita con ánimo provocador.

—No han dejado de fisgonear y murmurar desde que llegamos. Si yo fuera hombre no les importaría que saliera con una muchacha, pero como soy mujer me miran feo. Pinches tribunales de la decencia, no sabes cuánto los aborrezco.

La sensación de estar violando un tabú me recordó un episodio de mi juventud que hasta entonces había mantenido en secreto. No se lo había revelado a ningún hombre, ni siquiera a Braulio, pero ahora, sublevada contra todas las prohibiciones, me abrí de capa con Efraín para demostrarle, de paso, que mi talante subversivo no era una novedad.

—En París tuve mi primer encontronazo con la moral castradora. No lo vas a creer, pero allá me enamoré de Aurélie, mi *roomie* en el dormitorio de la Sorbona. Era una muchacha preciosa de Burdeos, inteligente, sensible y con un sentido del humor delicioso. Vivir con ella era una borrachera sin alcohol. En el verano viajamos juntas por toda Europa, durmiendo en hostales baratos, en Berlín nos unimos a una comuna hippie, luego fuimos a una excursión en los alrededores de Viena con una tienda de campaña que instalamos en el bosque, a la orilla del Danubio. Por las noches nos metíamos al río desnudas y al salir hacíamos el amor en la tienda. Yo la adoraba, y eso que nunca antes sentí atracción por mi propio sexo. Pero cuando más felices éramos se nos apareció el chamuco.

Hice una pausa dubitativa, temerosa de abrir viejas heridas, pero el intrigado rostro de Efraín no me permitió callar y continué el relato con el mismo acento nostálgico, tiznado ahora por un añejo rencor:

—En las vacaciones de verano, mi madre se empeñó en ir a visitarme, a pesar de que yo intenté disuadirla. Era y sigue siendo una mojigata beligerante, aferrada a los prejuicios de la Edad Media que le inculcaron mis abuelos, y temí con

185

razón que no le agradaría mi estilo de vida. Entonces no era tan fácil como ahora salir del clóset y menos con una mamá tan persignada. Como ya estaba al tanto de mi amistad con Aurélie, se la tuve que presentar cuando llegó a la residencia de estudiantes. Algo se habrá olido, porque desde el principio la trató con pinzas, a pesar de que Aurélie, procurando ganarse a la suegra, le regaló una figura de terracota que había esculpido en el taller de cerámica. Las dos veces que cenó con nosotras en restoranes del Marais sólo pagó su cuenta y la mía, aunque tenía dinero de sobra para invitar a mi amiga. Por si no bastara con esa leperada, nos sometió a un interrogatorio policiaco: ¿Eres católica, Aurélie? ¿Salen con muchachos? ¿Por qué andan siempre juntas? Aurélie notó su hostilidad y para quitarle presión a la olla se fue a pasar unos días a Burdeos. Un día, mientras tomaba mi clase de yoga en el Jardín de Luxemburgo, mamá se quedó a escribir postales en mi cuarto. De regreso la encontré desencajada, con los labios azules y el rímel corrido por el llanto. "¿Qué significa esto?", dijo, y me arrojó a la cara un collage en forma de corazón con fotos que mi novia y yo nos habíamos tomado en distintos lugares de Europa, abrazadas o tomadas de la cintura. Aurélie me lo regaló en mi cumpleaños y llevaba al calce una frase tierna: *Je t'aime à la folie*, con tipografía ondulada estilo *art nouveau*. Mi madre lo había descubierto hurgando en mi buró como una fisgona. ¡*Folie* significa locura, ya lo busqué en el diccionario!, me gritó hecha una furia. ¿Qué se traen esa machorra y tú? Le respondí que sólo nos unía una tierna amistad y la acusé de tener una mente sucia. Debí soltarle la verdad en caliente, pero su furia me intimidaba. Las amigas no se aman con locura, eso ya se pasa de tueste, dijo, y rompió el collage en pedazos. Desde el principio me dio mala espina el pelo corto de tu amiguita, vociferó, sus blusones y sus pantalones bombachos, así no se viste una muchacha normal. Quiso obligarme a cambiar de *roomie*, pero la mandé al carajo y entonces me amenazó con pedirle a mi padre que dejara de sostener mis estudios. La maldije y solté un borbotón de llanto que sin duda confirmó sus sospechas. Si no podía vivir con Aurélie, prefería abandonar la carrera y volver a México, dije, no iba a perder a una buena amiga por las sospechas de una loca morbosa. Así acabó mi romance y mi aventura europea.

—Caray, qué manchada es tu jefa —comentó Efraín—. Ni se te ocurra decirle que andas conmigo, porque viene a degollarme con un machete. ¿Y acá en México no tuviste amores con otras mujeres?

—No, desde entonces he sido *straight*, como dicen los gringos. Creo que no tenía madera de lesbiana. El encanto de Aurélie me sedujo, pero fue una experiencia irrepetible.

—Nunca digas de esta agua no beberé —me sonrió Efraín—. A lo mejor encuentras a otra mujer que te guste y hacemos un trío.

—¿Estás loco? No soportaría verte coger con otra.

Tuve otro motivo para relegar esa vertiente de mi libido, pero no se lo quise revelar a Efraín. Ser lesbiana en París, donde la gente venera la libertad, tenía un encanto poético irresistible, porque allá la rebeldía erótica es casi una religión. Aquí, en cambio, habría tenido que ingresar a un gueto sórdido, cercado con alambre de púas. Lo que en París era un toque de distinción, en México hubiera sido un grano con pus.

Los primeros tres meses de mi romance con Efraín sólo nos veíamos los fines de semana. Sospechaba que su cuarto de huésped era un sitio muy deprimente, pero quería dejar pasar un periodo de prueba antes de invitarlo a mudarse conmigo. Después de un largo matrimonio tenía mis razones para evitar la convivencia diaria. Cuando el amor no es un contrato a perpetuidad sino un pacto que se renueva todos los días, los amantes pueden tener la certeza de que su pareja ha vuelto a elegirlos entre muchas otras opciones y la libertad mutua reaviva el deseo. La convivencia forzada, en cambio, elimina esa posibilidad y poco a poco introduce la obligación en el ámbito del placer. Pero un accidente me obligó a cambiar de planes. Un jueves por la noche, Efraín se presentó en mi casa con una mochila de excursionista en la espalda. Tenía el labio partido, contusiones en los brazos, la nariz hinchada y un derrame en el ojo izquierdo.

—Virgen santa, ¿qué te pasó?

Lo besé con ternura, procurando no lastimarlo, y le serví un fajazo de coñac. En el sofá de la sala, con el aliento entrecortado por el dolor y la rabia, me contó que acababa de tener un pleito con Genaro, su casero. Estaban viendo una serie de Netflix, Genaro echado en su cama, Efraín en un sillón, y de pronto Genaro le preguntó si no quería pasarse a su cama. Volteó a verlo con extrañeza y notó que tenía una erección. Era un tipo alto y robusto, de modales rudos, con pinta de ranchero, que nunca antes se le había insinuado. Quién iba a imaginarse que resultara puñal.

—No, gracias, aquí estoy bien, le dije. De veras, hombre, ese sillón es muy incómodo, pásate para acá, me insistió. Estoy bien, gracias, le repetí en un tono más seco, sin hacerla de pedo. A los quince minutos me fui a mi cuarto y cerré la puerta con seguro, no fuera a querer violarme. Hoy salí a trabajar temprano y no lo vi a la hora del desayuno, pero en la nochecita, cuando iba a recoger mi ropa en el tendedero, que sube detrás de mí a la azotea y me acusa, muy emputado, de haber lavado mi ropa con su detergente. Le dije que yo acababa de comprar una bolsa de Ariel y se enojó más. Ah, y encima repelas, hijo de tu puta madre, me dice, y sopas, que me agarra a madrazos. El cabrón es séptimo dan de karate y no pude ni meter las manos. Ya tirado en el suelo todavía me pateaba. Lo del detergente fue un vil pretexto. Me odia porque lo rechacé, pero sobre todo por haberse balconeado sin lograr nada. Para acabarla de joder se quedó con la renta de marzo, que ya le había adelantado.

Venía a pedirme asilo político por unos días, mientras encontraba cuarto en otro lugar. Se lo di, por supuesto, y como hubiera sido una vileza mandarlo a vivir en otro cuchitril, expuesto a los peligros de esta horrible ciudad, al día siguiente le propuse que se quedara conmigo.

—Pero mi escuela está en las faldas del Ajusco —dijo, rascándose la cabeza—. Me va a quedar lejísimos.

—Por eso no te preocupes, llévate mi camioneta.

—¿Y tú cómo te vas a mover? —me preguntó al recibir las llaves.

—A mi trabajo siempre voy a pie, porque me queda muy cerca. Y si tengo que ir más lejos puedo pedir un Uber.

Como la camioneta gastaba un dineral de gasolina con las idas y venidas diarias, le ofrecí pagarla de mi bolsillo. De lo contrario, Efraín se habría quemado en gasolina buena parte del sueldo. Todos los gastos de la casa, incluyendo la alimentación de los dos, correrían por mi cuenta, porque me pareció mezquino compartirlos con él. Así empezó a depender de mí, una situación incómoda para los dos, porque Efraín tenía su orgullo y no le gustaba pedirme lana. Procuraba evitarle esa humillación, pero a veces se me olvidaba darle dinero para llenar el tanque. No estábamos preparados para una convivencia estrecha, y aunque lo instalé en un cuarto con baño independiente, me sentí un poco invadida cuando advertí sus malos hábitos. Asaltaba el refri en la madrugada, leía en la sala con las patotas subidas en la mesa de centro, fumaba en la cama y una vez se durmió con el cigarro prendido. En sus modales era idéntico a mi hijo Fabricio (todos los hombres son un poco gorilas), pero no sabía cómo regañar a un hijo incestuoso. En la cama, por la noche, perdía la autoridad moral arduamente ganada durante el día, o eso me figuraba yo por desearlo tanto. Lo reconvine de manera amistosa, procurando no sonar a mamá regañona, y traté de sobrellevar la pérdida de privacidad sin darle importancia.

Mis amigas íntimas, en cambio, encendieron las alertas rojas cuando les conté que ya nos habíamos arrejuntado y yo pagaba todos los gastos de la casa. Fabiola, Jessica, Tania y yo formamos un cuarteto inseparable desde que nos conocimos

189

en la Ibero hace treinta y tantos años, donde las cuatro estudiamos Historia del Arte. Nuestros maridos, por suerte, también se conocían y se casaron con nosotras por las mismas fechas. De jóvenes éramos muy fiesteros, luego sentamos cabeza, pero la relación se mantuvo. No tenía ningún secreto para ellas, ni el de mi romance con Aurélie, que siempre me guardaron a pesar de ser tan chismosas. Los martes nos reuníamos a desayunar en el café de la librería El Péndulo, y hasta entonces habían aplaudido mi conquista, porque ninguna de las tres se las da de santurrona. De hecho, Jessica engañó mucho tiempo a su esposo con un guapo futbolista profesional, antes de engordar como una ballena por su afición a los pasteles y a la cerveza. Pero la mudanza de Efraín y los privilegios que le había otorgado ya no les gustaron tanto y me amonestaron con suavidad, sinceramente alarmadas por mi futuro.

—Aguas, Delfina, no te dejes padrotear —dijo Tania—. Al rato te va a pedir coche propio, viajes a Nueva York y tarjeta de crédito.

—Es verdad, tienes que marcarle un alto, cuanto más pronto, mejor —coincidió Fabiola—. Todavía estás guapa y no dudo que le gustes, pero toma en cuenta su pobreza. ¿Cómo sabes que no te quiere por tu lana?

Volteé a ver a Jessica, la libertina del grupo, en busca de apoyo moral.

—Seamos realistas —dijo—, si tu galán coge tan rico ha de tener una amante joven, más humildita, *of course*. A lo mejor la ve a escondidas y hasta la pasea en tu camioneta. Está contigo porque le conviene y no puedes descartar el móvil del interés.

—Pero Efraín no tiene esa mentalidad —respondí molesta—. Lo están juzgando sin conocerlo. Es un romántico de izquierda, un chavo idealista sin ambiciones mezquinas, que trabaja como negro en su escuela y además ayuda a su familia. Usa mi camioneta, pero eso no lo convierte en un zángano.

—Todavía no, pero va en camino de serlo si no le marcas el alto —insistió Jessica—. El ideal de todos los hombres, incluyendo a tu galán, es vivir de las mujeres, más aún si están en la chilla.

Llegué a la tienda con el orgullo apaleado. Detrás del mostrador, mientras medía el tamaño de los marcos y exhibía a mis clientes el catálogo de marialuisas, con la sonrisa más falsa de mi repertorio, examiné al derecho y al revés el veredicto unánime de mis amigas. Tacharlas de envidiosas, como exigía mi vanidad herida, hubiera sido un acto de soberbia. Eran mis íntimas y no podía atribuirles malas intenciones sin caer en el autoengaño. ¿Iba en camino de ser la típica vieja ridícula que mantiene a su gigoló? ¿Hasta ese grado llegaba mi temor a la soledad? ¿Aceptaba el amor mercenario como un gaje de la vejez? ¿Por eso pagaba tan a gusto las cuentas? Lo que más me calaba era la sospecha de estar compartiendo a Efraín con otra o con varias fulanas. Necesitaba salir de dudas y esa noche me puse a revisar los mensajes de su teléfono, que había dejado en la mesa del comedor, mientras corregía tareas en su cuarto. En el WhatsApp, una tal Marina, compañera de la facultad, le pedía prestado un libro de Eduardo Galeano. Su foto me infundió sosiego: estaba feíta la pobre. Cuando iba a revisar los mensajes de Facebook, Efraín me arrebató el teléfono de un manotazo.

—No te conocía esas mañas. ¿Ya nos vamos a llevar así?

—Disculpa, me ganó la curiosidad —tuve que admitir, muerta de pena—. Quiero saberlo todo de ti.

—Sí, claro, para tenerme bien controlado. ¿No que muy liberal? Para que puedas espiarme a gusto te voy a abrir mi *messenger* —me pasó el teléfono—. Toma, el que nada debe nada teme.

Colorada como un jitomate, maldije a Jessica por haberme inoculado ese vil recelo.

—No hace falta, gracias —lo abracé por la espalda—. Tuve una sospecha tonta y no me pude controlar.

—Si te vas a pasar de lanza, que sea parejo, ¿no? —dijo en son de burla y me asestó un par de nalgadas fuertes—. Yo también quiero jugar al niño malcriado.

Con leves empellones me obligó a retroceder varios pasos, caímos juntos en el sofá de la sala, donde forcejeamos como niños peleoneros, mitad en broma, mitad en serio, y entre jadeos de cachorro me dio un mordisco en el cuello. Nunca lo había visto tan caliente. De un tirón me arrancó la ropa y los botones de mi blusa rodaron por el suelo. Inmovilizó mis brazos, lamió con gula mis pezones y me penetró con un ardor vengativo, el glande rojo como un cautín, transfigurado en pandillero torvo de Ecatepec. Oh, delicia suprema, oh, bendito castigo, nadie había allanado mi vagina con un vigor tan atrabiliario. Lo devoré entre sollozos, dilatada como una boa, y en algún momento, cerca del orgasmo, tuvimos de pronto la misma edad, una edad sin tiempo, elevada por encima de la rotación terrenal. Hasta el orgasmo fingí resistencia para vampirizarlo mejor. Cuando se vino, Efraín esbozó una mordaz sonrisa de triunfo. Había logrado lo que buscaba: recuperar el control amenazado por mi espionaje y reafirmar su poder. Tras la caudalosa descarga de semen, languidecí un buen rato en el sofá, recordando con ironía los sensatos consejos de mis amigas, que se disiparon como fumarolas. Abajo la dictadura del sentido común. Sería un crimen renunciar en su nombre a esas transfusiones de juventud.

Al día siguiente, de camino a la tienda, con la sangre ligera y el ánimo efervescente, reconsideré desde un ángulo nuevo los argumentos de mis amigas. Darle tanta importancia al factor económico delataba su mentalidad burguesa. Efraín era pobre por una jugarreta de la fortuna. Yo había nacido en una familia pudiente por otro capricho del azar y monté mi negocio con un préstamo blando de mi papá. ¿Debía escatimarle la ayuda económica al hombre que amaba o enmendar los estropicios de la suerte? Los amores en estado puro no existían, todos estaban contaminados en mayor o menor grado por el interés, la neurosis o la voluntad de poder. A mi amante no le molestaba, desde luego, que yo tuviera dinero, pero eso no lo convertía en un sórdido cazafortunas. Mis amigas creían que tener un amante pobre me restaba categoría: ésa era, en el fondo la esencia de su objeción. Las habían educado para buscar marido dentro de su clase social, o de ser posible, por encima de ella. Pero supeditar los sentimientos a la solvencia económica sólo podía tener un efecto envilecedor. ¿Por qué reducirlo todo a esquemas tan mezquinos? Efraín y yo estábamos reinventando el amor en un experimento audaz, lleno de riesgos, pero también de satisfacciones, a contrapelo de un orden social putrefacto. ¿No era mil veces peor dejarnos triturar por su maquinaria? De ninguna manera nuestro amor era un mero cálculo mercantil, ni tenían que fracasar por fuerza las parejas con diferencia de edades. La rareza no era un valor negativo, salvo en la mente de los cobardes.

Deambulando por la rambla de Álvaro Obregón me detuve a comprar un ramo de crisantemos en un puesto de flores, y al aspirar su aroma decidí enfrentarme al mundo con valentía. Para empezar, teníamos que salir del clóset. Soy enemiga de la estridencia, pero en este caso era necesaria. Se estaba volviendo incómodo que Efraín no pudiera responder el teléfono por temor a que la llamada fuera de mis hijos o de mi madre. Temía, con razón, verse en aprietos para explicarles quién era y qué hacía en mi casa. Yo era la culpable por mantener ese amor en secreto. Pero hasta aquí llegaron los misterios, decidí, basta ya de jugar a las escondidas. Como mis hijos estaban fuera de México, les di la noticia en una videoconferencia por Zoom y les aclaré, sin entrar en detalles, que Efraín era un profesor treintañero (le aumenté dos años para suavizar el golpe) con una firme vocación literaria. Los dejé atónitos, en especial a Fabricio, que sólo atinó a preguntarme, todavía en shock, si no prefería tener una relación estable con un hombre mayor.

—Eso hubiera sido lo ideal —admití—, pero el amor es una insensatez que nadie puede planear. Surge donde menos te lo esperas y hay que agarrarlo al vuelo.

Daniela, en cambio, aprobó mi conquista con entusiasmo. Su feminismo se había robustecido en el campus liberal de Dartmouth y celebró que me atreviera a romper los moldes de la sociedad patriarcal.

—Te deseo lo mejor, mami, pero a ver cómo le haces para explicárselo a mi abuelita. No quisiera estar en tu pellejo.

Al final de la conferencia, cuando mis dos nietos, Frida y Sergio, irrumpieron en la pantalla y me pidieron conocer a Efraín, caí en el tartamudeo nervioso.

—Ahorita no está, otro día se los presento.

El pobre Fabricio se las veía negras para explicarles que su abuela descarriada tenía un novio más joven que él.

Pese a la oposición de Efraín, que temía enfrentarse con una jauría hostil, organicé luego una comida sabatina para presentárselo a mi madre, a mis dos hermanos y a mi prima Elena, a quien quiero como una hermana, con sus respectivos cónyuges. No los previne sobre la edad de mi novio. La descubrieron cuando llegaron a casa y me di el gusto de observar sus reacciones con el regocijo de una socióloga terrorista. Mi hermano David, el mayor y el más rico de la familia, saludó a Efraín con un recio apretón de manos y una palmada en el hombro más paternalista que amistosa. Socio de una próspera compañía de *outsourcing*, aficionado a la equitación, elitista y discriminador, pero hábil para ocultarlo, su semblante, sin embargo, denotaba incredulidad, como si me implorara terminar pronto con esa broma pesada. David ha sido toda la vida un depredador sexual. También él tiene amantes jóvenes, que lo explotan como *sugar daddy*, pero las oculta con discreción, como lo prescribe el manual de urbanidad que yo estaba violando. Su esposa Maritza, una cuarentona rubia y esbelta, con la tez bronceada en Cancún, donde mi hermano tiene una casa con piscina y cancha de tenis, apenas se atrevió a rozar la mano de Efraín y enseguida entró al baño (a lavarse con alcohol, supongo). Leandro, mi hermano menor, un asceta vegetariano de rostro cetrino, cejijunto como un mapache, creyó que Efraín era un mesero y se lo saltó en la ronda de saludos.

—No seas lépero —le jalé las orejas—. Él es Efraín, mi novio.

Lo saludó con falsa calidez, atribuyendo su descuido a un despiste, pero estoy segura de que si Efraín hubiera sido blanco y rubio lo habría saludado. El yoga y la meditación zen lo han elevado a cimas espirituales inalcanzables para el resto de los mortales, sin quitarle en absoluto los prejuicios de clase. Desde su aséptico Himalaya reprueba las pasiones vulgares, en particular las que dejan traslucir una obscena carnalidad. Heredó la moral puritana de mi madre, condimentada con un toque de orientalismo. Suavizó un poco la tirantez del ambiente la entrada en escena de mi prima Elena con Ramiro, su marido. Los dos son antropólogos, vivieron diez años en Edimburgo, haciendo posdoctorados, y tienen una mentalidad más abierta que mis hermanos. A pesar de las canas, conservan un aire juvenil de pareja hippie. Funcionaria cultural en el anterior sexenio, Elena sabe adaptarse a cualquier situación, por incómoda que sea. Ella rompió el hielo con una broma inocente sobre nuestra diferencia de edades.

—Qué bárbara, primita. Eres la asaltacunas más temible de México. Le ganaste a la esposa de Emmanuel Macron.

En la misma tesitura festiva, Ramiro se colocó entre los dos y nos tomó del hombro.

—Se parecen a los tórtolos de *Mirada de mujer*, aquella telenovela de los noventa —dijo—. ¿La recuerdan?

Mis dos hermanos no se dieron por aludidos. Sólo mis cuñadas asintieron con desgano, esmerándose por disimular su revoltura de tripas. He aquí la diferencia entre la gente de mundo, pensé, y los anodinos comisarios de la normalidad. Para unos era vanguardista y audaz lo que los otros aceptaban a regañadientes y en privado seguramente condenarían.

Efraín ayudó a Eulalia con las bandejas de botana y sirvió tequilas a mis hermanos, desubicado y tenso, como un pasante enfrentado a los sinodales de su examen profesional. Sometido a una presión que tal vez fuera superior a sus fuerzas, parecía contenerse para no reventar. Al final llegó mi madre, severa y digna, con un empaque de gran señora que ni la artritis ni los cálculos renales han podido mellar. Erguida, esbelta, con un tieso peinado de salón y un cutis rozagante, hidratado por las cremas emolientes más caras, a los 86 años parecía una saludable septuagenaria. Jamás ha permitido que se le vean las canas y se esmera por mantener la figura de su juventud con dietas y ejercicios. Cuando le presenté a Efraín, el maquillaje se le cuarteó. Lo examinó de pies a cabeza con una curiosidad de entomóloga, el aliento cortado por la sorpresa. Fijó la mirada en sus viejos tenis raspados, que Efraín había insistido en ponerse, a pesar de que yo le había regalado unos mocasines cafés y un blazer azul marino. No me vas a disfrazar de niño fifí, se quejó, si quieres hacer este numerito, que me conozcan tal como soy. Ahí estaban los resultados: catalogado de pelafustán a primera vista. Mi madre lo saludó de mano, la ceja alzada y el semblante adusto.

—Mucho gusto, joven. Mi hija tiene por fin al hombre que se merece —dijo con malévola jiribilla.

Temí que le diera un soponcio, pero contuvo su indignación y se sentó en el sillón orejero, entre mis dos cuñadas, mientras mis hermanos y Ramiro comentaban las incidencias de la contienda electoral, sobrecalentada por la publicación de una encuesta que le daba amplia ventaja a López Obrador.

—Es lógico —dijo Ramiro—. Después de tanta robadera la gente ya se hartó de los partidos tradicionales. El voto de castigo va a ganar esta elección.

—Será el voto de autocastigo —lo corrigió David—. Cuando el país se hunda, los fieles al caudillo entenderán su error, pero ya para entonces nos tendremos que haber exiliado todos.

—No entiendo quién puede admirar a ese fantoche —se quejó Leandro—. Ni siquiera sabe hablar en público. Se le va el hilo de los discursos.

—Por eso la raza lo quiere, porque le habla en su idioma —intervino Efraín, venciendo de golpe la inhibición—. Se traba como cualquiera cuando no encuentra una palabra, pero eso lo acerca más a la gente. La elocuencia en México es un signo de estatus. Siglos de opresión han llevado a la gente a desconfiar del español florido y retórico. Andrés Manuel es un caudillo popular como Villa y Zapata, y si no le roban la elección será el próximo presidente, ya verán.

—¿A poco vas a votar por él? —preguntó Leandro, alarmado.

—Por supuesto, soy chairo de corazón —se ufanó Efraín.

—Y yo también —dije—. ¿Quién más puede limpiar este cochinero?

—No caigan en el garlito del populismo ramplón —nos aleccionó David—. Ya los quiero ver cuando tengamos los supermercados vacíos, como en Venezuela, y a la gente hurgando en los basureros para comer.

—López Obrador no aplicaría el modelo venezolano —arguyó Efraín—. Sólo quiere frenar la corrupción y repartir mejor la riqueza.

—Más bien repartir la pobreza —insistió David—. Espantaría la inversión y el desempleo crecería más que nunca. Su gobierno sería un desastre.

—El desastre ya ocurrió con los gobiernos neoliberales —arremetió Efraín, exaltado—. El país es un cementerio, hay matanzas horribles todos los días, la economía no crece, la autoridad saquea el erario a manos llenas. Urge un cambio, la gente no soporta seis años más de lo mismo.

Efraín apuró su tequila a una velocidad alarmante. Se había puesto colorado y temí que su exaltación degenerara en cólera. Urgía servir la comida para enfriar los ánimos. Me levanté para supervisar cómo iban los canelones que

Eulalia había metido al horno. Mamá entró a la cocina detrás de mí.

—¿Tu romance con este muchacho es una aventura o va en serio? —me interrogó con alarma, como si dudara de mi salud mental.

—Perfectamente en serio, por eso te invité a conocerlo —le dije, aunque yo misma ignoraba si duraría veinte años o una semana más—. Nunca me había enamorado tanto.

—Tú no eras así. ¿Desde cuándo te dio por los jóvenes?

—No andaba buscando un joven. Así se dieron las cosas.

—Ay, Delfina —resopló—. ¿Y no pudiste haber encontrado a un muchacho más decentito?

Había salido el peine: más que la edad de Efraín le molestaba su facha de naco.

—Efraín es un muchacho culto y trabajador —la paré en seco—. Ya no soy una niña para que me digas con quién debo andar o no.

—Pues allá tú —me advirtió—. Si te descuidas te va a dejar en la calle. Y no sólo a ti, también a tus hijos.

—No te sigas entrometiendo en mi vida. Lo que haga con mi cuerpo y con mi dinero no te incumbe, ¿entendido?

Al verla rechinar los dientes comprendí que había hecho esa comida para cobrarme la humillación de París. La sombra de Aurélie flotaba entre las dos como un holograma. Mi madre había recogido el guante y me respondía con un repudio frontal, pero esta vez no tenía poder sobre mí. O me aceptaba con mis locuras o se iba al carajo, así de fácil. Jamás obtendría su aprobación ni la de mis hermanos porque esa comida no era una deferencia con la familia, sino una declaración de guerra. Ya había corrido sangre en el frente de la cocina, y como comprobé cuando volví a la sala, David y Efraín seguían cruzando disparos.

—La economía de mercado no se puede cambiar por decreto —dijo mi hermano en tono de cátedra—. López Obrador lo sabe, pero está engañando a la gente con vidrios de colores. Nada de lo que promete es factible, ni en seis años ni en varias décadas.

—Por lo menos va a mejorar la situación de los trabajadores —reviró Efraín—. El otro día prometió subir el salario mínimo y meter en orden a las empresas de *outsourcing*.

Percibí una súbita rigidez en la mandíbula de David. Sin querer, pues ignoraba la índole de sus negocios, Efraín le había pisado un callo.

—Los inversionistas no quieren pagar nóminas abultadas —disimuló el ardor con una sonrisa condescendiente—: por eso contratan empresas de *outsourcing*. Gracias a ellas han prosperado miles de negocios que de otra manera no existirían. Cualquier economista lo sabe.

—La subcontratación es una vil trácala para no pagar las prestaciones de ley —se acaloró Efraín—. Por culpa de esos hampones, los jóvenes de mi generación no podemos conseguir un empleo de planta. Yo trabajo por honorarios en un colegio particular donde ni siquiera tengo seguro social. Renuevo contrato cada seis meses y en cualquier momento me pueden correr sin liquidación.

—Estarías peor si no tuvieras chamba porque nadie quiere poner escuelas —contraatacó David—, o si vivieras en Cuba, donde te darían una libreta de racionamiento para malcomer.

—Pero al menos tendría servicios médicos gratuitos. Y no estaría enriqueciendo con mi trabajo a un patrón abusivo. La cacareada responsabilidad social de los empresarios es puro cuento.

—Los empresarios se pueden largar con sus capitales y de hecho ya lo están haciendo —la contrahecha sonrisa de David delataba un profuso derrame de jugos gástricos—. Hoy en día se transfieren fondos por internet en un santiamén. A la larga, los más perjudicados por tu redentor serían los pobres.

—Puede haber una crisis si se llevan su lana. Pero con tal de obtener justicia, el pueblo aguantaría lo que fuera.

—Párenle, por favor —intervine alarmada—. Se están exaltando mucho y total, nunca van a convencer al otro. ¿Por qué no hablamos de cosas más agradables?

Por fortuna, Eulalia salió de la cocina con el humeante platón de los canelones.

—Pasen a la mesa y basta de discusiones. Las señoras nos estamos aburriendo.

En el comedor impuse una charla frívola con el diligente auxilio de mis cuñadas, que nos reseñaron su último viaje de compras a San Antonio, donde se habían atiborrado de ropa y cosméticos, aprovechando fabulosas ofertas, mientras los caballeros comentaban las incidencias del último Super Bowl. Excluido de una conversación ajena a sus intereses, Efraín guardó silencio, reconcentrado en su plato con una mirada esquiva. Todos se fueron después de los postres, más temprano que de costumbre, tal vez para evitar nuevas fricciones con el bolchevique infiltrado en la familia. Cuando nos quedamos solos, Efraín se tumbó en el sofá, su cabeza apoyada en mis muslos, y yo le hice piojito mientras nos acabábamos el vino.

—Te dije que la comida iba a salir mal —me dijo—. Tus hermanos y yo nos caímos en el hígado. No se puede juntar el agua con el aceite.

Le conté que David tenía una empresa de *outsourcing* y el vino se le atragantó.

—No mames, con razón se enojó. ¿Por qué no me lo dijiste?

—Para que no lo prejuzgaras.

—Si ya sabías que iba a pasar esto, no entiendo para qué nos juntaste —me reprochó.

—Porque no quiero esconderme de nadie. Les daría una mayor injerencia en mi vida si los considerara tan importantes como para temer su rechazo.

—Pues ya te sacaste la espina, pero ahí muere, ¿no? Cuando tengas reunión familiar, yo paso.

Le aseguré que nunca más lo sometería a esa prueba, pues apenas y me reúno con la familia tres o cuatro veces al año. Pero Efraín aún tenía que sacarse algunas ortigas del pecho.

—Lo que más me asombra de la gente fifí es su profunda mediocridad —se dio cuerda solo, como si aún tuviera delante a David—. Si tanto desprecian a la perrada, y en general se sienten extranjeros en su patria, deberían ser congruentes y largarse de México. Pero claro, en Estados Unidos o en Europa serían gente del montón, sin chofer, sin criados, sin condonaciones de impuestos, y lo más doloroso para ellos, sin encabezar un sistema de castas. Por eso se quedan aquí, aferrados a sus privilegios. Los pobres, en cambio, se juegan la vida para cruzar la frontera, soportan la discriminación y el maltrato, trabajan duro en la pizca del algodón, en las empacadoras de carne o en las cocinas de los restaurantes, muriéndose de frío en viviendas sin calefacción y acá sus familias viven de los dólares que les mandan. Ellos son los salvadores de este país, no los pájaros nalgones de la oligarquía o sus patéticos imitadores de clase media.

Dio un sorbo largo a la copa de vino, como si necesitara una pausa para ordenar su borbotón de emociones, y continuó la diatriba en tono de agitador. El gran problema de México era la minoría criolla, lo había sido siempre desde la independencia. Los hacendados de la Colonia se habían metamorfoseado en los científicos del porfiriato y luego en tecnócratas neoliberales. Ni la Revolución pudo aniquilarlos: siempre caían parados y se las ingeniaban para recuperar el poder, si acaso lo perdieron en algún momento. Salvo honrosas excepciones, como la mía, los *whitexicans* que regenteaban el país necesitaban mantener al pueblo jodido y acomplejado, para sostener en pie su ilusión de superioridad. Pero ya les había llegado su hora. Que hicieran las maletas si se creían tan chingones. En México ya no había lugar para jugadores de polo atildados como maniquíes, para niñas bien anoréxicas y cretinas, para juniors endiosados que se atiborraban de perico en antros de lujo, con putas ucranianas en las rodillas.

—La explosión de la criminalidad fue un aviso que no quisieron escuchar. Peor para ellos: o aceptan las nuevas reglas del juego o el pueblo en armas les dará cuello. No exagero, Delfina. Si le hacen otro fraude a López Obrador esto puede acabar en una guerra civil.

Lo besé para detener su torrente de maldiciones, asustada por el panorama aterrador que auguraban. Yo quería un cambio gradual, no una degollina de burgueses, y temí que en algún momento su rencor social se volviera en mi contra. Pero me tranquilizó advertir que Efraín se equivocaba en algo: la lucha de clases no era una fatalidad insuperable, nuestro amor lo demostraba todos los días. La seducción del adversario, no su aniquilación, era el mejor antídoto contra la cizaña política. En el laboratorio de nuestra cama se estaba gestando una utopía realizable. Nuestros cuerpos enlazados forjaban a diario el México libre de mezquindades que ambos queríamos, la patria incluyente, variopinta y alegre donde nadie sería menospreciado por la calidad de su ropa o el color de su piel. Éramos amantes a pesar de tener en contra una espantosa desigualdad histórica, porque la discordia civil no podía envenenar a los espíritus libres. Pero no me atreví a decírselo por miedo a que me tachara de cursi.

Salvado el escollo de mi familia, procuré olvidarme un buen rato de la opinión ajena y concentrarme en la felicidad de Efraín. Después de haber leído y releído su libro inédito de poemas, *Inocencia en ruinas*, un conjunto de instantáneas fulgurantes sobre la experiencia desoladora de un niño enfrentado a la violencia física y moral en el inframundo de Ecatepec, estaba plenamente convencida de su talento y deseaba que el público lo aclamara. No cualquiera podía descubrir la belleza recóndita del infierno y traducir sus resonancias íntimas con una condensación verbal tan intensa. Se las había ingeniado para entretejer el áspero lenguaje de la barriada con metáforas de una rara delicadeza, que brotaban como flores silvestres en medio de las leperadas y los albures. Pero los perros guardianes de la república literaria opinaban de otra manera. Una tarde, cuando estábamos comiendo en casa, Efraín se demudó al leer una mala noticia en la pantalla de su celular. Dejó la cucharada de sopa en el aire y con la otra mano estrujó el mantel.

—Qué poca madre, le dieron el premio a esa liendre. Otro chanchullo descarado en favor de un mafioso.

Por tercer año consecutivo había mandado su libro al premio de poesía de Aguascalientes, me confesó, dolido y encabronado, con la muy remota esperanza de que las cofradías literarias, por primera vez en su puñetera vida, juzgaran las obras concursantes con verdadera imparcialidad. Ja ja, qué ridícula ingenuidad, merecido se lo tenía por creer en los Santos Reyes. Como siempre, los premios se repartían en familia y el jurado ni siquiera se molestaba en disimular su favoritismo. El ganador, Sergio Lomelín, era un pedante sin talento, un baúl de citas culteranas inflado por otros falsos valores como él. En los círculos literarios lo apodaban Lamelín, por su bien ganada fama de lameculos. Utilizaba las reseñas de libros para elogiar a la gente que pudiera beneficiarlo y en los cocteles cortejaba a los funcionarios culturales, lambisconeándolos sin recato, hasta jorobarse de tantas genuflexiones. Así había logrado usurpar ese premio que no se merecía ni necesitaba, porque para colmo era un poetastro fifí, con familia rica y posgrado en el extranjero.

Pasado el coraje, Efraín cayó en una depresión que apagó varios días su apetito sexual, de modo que su descalabro me dolió en carne propia. Quería ayudarlo de algún modo, pero no sabía cómo. Una tarde pasó a saludarme a la tienda mi amigo Luis Alberto Núñez, un impresor gay de agendas elegantes, y al verlo se me prendió el foco. A escondidas de Efraín entré a su computadora, busqué el archivo donde guardaba

Inocencia en ruinas y le pedí a Luis Alberto que lo editara en un papel fino, con un tiraje de mil ejemplares. Yo misma elegí la tipografía y revisé las pruebas con lupa, sin dejar pasar una sola errata. Me salió caro el capricho, pero el amor no se fija en precios. Cuando ese libro circulara, el público inteligente y culto reconocería el talento de Efraín, mal que le pesara a las roñosas capillas de literatos. *Inocencia en ruinas* salió de las prensas la víspera de su cumpleaños. Al día siguiente lo desperté con *Las Mañanitas* en la versión de Pedro Infante, me lo comí a besos en la cama y le di su regalo. En vez de saltar de júbilo, como yo esperaba, hojeó el libro con un estupor helado.

—¿Para qué lo mandaste imprimir? —me reclamó.

—¿No te gusta la edición?

—Está chida, pero yo no quería esto.

—¿Entonces qué es lo que quieres?

—Las ediciones de autor demeritan un libro. Parece que te quieres proclamar poeta sin el aval de una autoridad respetada.

—¿Pero no dices que esas supuestas autoridades ningunean el verdadero talento?

—No todas, en el gremio también hay gente respetable y valiosa. Pero ellos tampoco leerían un libro como éste.

—¿Y eso qué? Fuera de esos círculos tan cerrados también hay lectores, ¿no?

—De poesía, muy pocos. Somos una comunidad pequeña y endogámica.

—Creí que te ibas a poner contento —suspiré de impotencia—. Pero ya que lo mandé imprimir, por lo menos repárteselo a tus amigos, ¿no?

—Me preguntarían quién pompó y se burlarían de mí.

—¿Entonces qué? ¿Tiramos a la basura los mil ejemplares? —me indigné con los brazos en jarras.

—No te enojes, Delfina. Te agradezco de corazón tu regalo, pero no quiero hacer el ridículo.

—Las mafias literarias cobran derecho de piso y nunca te van a aceptar —insistí con vehemencia—. Tienes que abrirte camino como un *outsider* y este libro es tu mejor arma. ¿O qué? ¿No confías en su calidad?

—Sí, pero…

—Nada de peros. El gerente de las librerías Gandhi es mi cuate y mañana mismo estarías en las mesas de novedades.

—Por favor no lo hagas, me dañarías en vez de ayudarme. Tú no entiendes cómo funciona este nido de alacranes.

—Cuidado, Efraín, estás cayendo en el esnobismo —sonreí en son de burla, herida por su ingratitud—. ¿Eres un poeta o un buscador de prestigio?

Me miró con odio y guardó un hosco silencio de serafín ultrajado. No quise presionarlo más, con la esperanza de que recapacitara y me permitiera distribuir el libro, cosa que jamás ocurrió. Ahora, dos años después, comprendo que ese grosero desaire marcó un punto de inflexión en nuestro amasiato, pues me reveló la doble cara de Efraín, su anhelo soterrado de ser admitido en las altas esferas que supuestamente aborrecía. No le bastaba con ser un poeta marginal, a toda costa quería ser un poeta reconocido. Me guardé mis reflexiones para no lastimarlo, pero ya no pude creer en la pureza de su vocación. No hay mucha diferencia entre la búsqueda de prestigio y la búsqueda de estatus, pero el amor propio de Efraín le impedía ver algo tan obvio. Me guardé mis conclusiones para no ofenderlo y nunca más volví a mencionar el asunto.

El martes, en el desayuno con mis amigas, no me atreví a contarles el tremendo chasco que me llevé con la edición del libro. Había desoído sus consejos de no mimar demasiado a Efraín y sólo podía esperar una rechifla de su parte. Pero no me dejaron salir ilesa porque Fabiola, la más chismosa y lenguaraz del cuarteto, conoce a Maritza, mi cuñada, con quien estuvo platicando la semana anterior en el Club de Golf Chapultepec, y me contó lo que andaba diciendo a mis espaldas "esa maldita perra":

—Dice que invitaste a comer a tu familia por puro afán de escandalizar, que tu chavito lumpen es un comunista trasnochado, enfermo de odio, y que debería darte pena exhibir tus antojos de abuela en brama. Así lo dijo, textual, abuela en brama, ¿tú crees?

Yo no ganaba nada con enterarme de ese chisme malintencionado, de modo que sentí ganas de reprender a Fabiola por su velada insidia. Me contuve porque, según las hipócritas reglas de urbanidad mexicana, me contaba lo que sabía por mi bien.

—Pobre Maritza —dije—, como mi hermano David nunca se la coge, el odio al orgasmo ajeno le saca ronchas.

De refilón, mi comentario buscaba poner en su sitio a la propia Fabiola, pues a partir de la menopausia, cuando se divorció de su esposo, no ha vuelto a tener una vida sexual de ningún tipo, ni fuerza de voluntad para dejar la bebida. Eso explicaba, en parte, su avidez por amarrar navajas. Pero la pulla de Maritza me caló y esa mañana estuve tan distraída que mi proveedor de bastidores y caballetes me preguntó si había dormido mal, pues no daba pie con bola en la revisión de facturas. Abuela en brama, qué poca madre. Seguro me llamaban así mis hermanos, mi madre y todos los amigos de la familia. Aunque ardía de coraje me aguanté las ganas de tomar represalias, para no caer en el juego de Maritza, que había utilizado a Fabiola como paloma mensajera. ¿Quería ver sangre? Pues me haría la desentendida para joderla mejor.

Pasaron varios meses y mi romance entró en una etapa de sosiego. No fue Efraín, sino yo, quien impuso un ritmo sexual más reposado, pues mi afán por vampirizarlo se entibió con el paso del tiempo. Dicen que un hombre tiene la edad de la mujer con quien se acuesta, y como buena feminista quise invertir los términos del refrán, pero mis hormonas se pusieron en huelga. La edad me pesaba y no le podía aguantar el trote a Efraín, que a veces tenía cuerda para dos o tres palos en un solo día, cuando yo a duras penas aguantaba uno, y encima, con dificultades para llegar al orgasmo. Pero fuera de ese pequeño inconveniente, la confianza mutua iba creciendo y cada vez nos estábamos llevando mejor, tal vez porque yo asumía con naturalidad el papel de madre incestuosa y Efraín el de Edipo querendón. En vez de negar el carácter filial de nuestra pareja, Efraín se aniñaba adrede para que yo lo pudiera meter en cintura, contagiada por su lúdica perversidad. Quien nos hubiera visto hacer esas payasadas habría pensado que estábamos locos.

En julio, cuando López Obrador ganó la elección, fuimos juntos a su mitin en el Zócalo, apeñuscados entre la multitud eufórica. Ya era tarde, cerca de las once, cuando el presidente apareció en el templete, bañado por un diluvio de serpentinas y confeti. Las enormes expectativas de la gente me parecieron exageradas, pero Efraín estaba tan feliz que no quise adoptar un papel de aguafiestas. En el mitin se encontró a dos viejos compañeros de la prepa, Saúl y Jonás, que iban con sus novias, Alma Delia y Victoria. Saúl tenía una melena con mangueras de rastafari, Jonás se había dejado una incipiente piocha y ambos llevaban huaraches, arracadas en las orejas, camisas de manta y pantalones de mezclilla con agujeros. Efraín se vestiría igual, pensé, si no tuviera que dar clases en un colegio particular. Sus novias, gorditas ambas, llevaban holgados huipiles que no las favorecían, pero al menos tuvieron la coquetería de pintarse los labios. Noté incómodo a Efraín cuando tuvo que presentarme como "su compañera" y los cuatro jóvenes se quedaron un tanto perplejos al saludarme.

Luego fuimos los seis a rematar la noche al Barracuda, un antro de la calle Tacuba, estrecho y mal ventilado, con las mesas de latón apretujadas al máximo para aprovechar el minúsculo espacio. Un grupo de rock tocaba *covers* de grandes éxitos en inglés, cantados o, mejor dicho, berreados por un vocalista ebrio con voz de bisagra oxidada. En las sucias paredes, que alguna vez fueron azules, había carteles de los mártires canonizados del rock (Hendrix, Joplin, Morrison, Cobain) y una pintura mural de Emiliano Zapata caracterizado como punketo, con arracada y corte de pelo a lo mohicano. Compadecí a los pobres amigos de Efraín, condenados a frecuentar chiqueros insalubres como ése, donde la subversión era una mercancía devaluada. La fealdad claustrofóbica del tugurio, la música mal tocada y peor cantada, el hábito de escuchar letras que no entendían, debía de haberles producido ya un embotamiento progresivo de la sensibilidad con efectos irreversibles. Hubiera querido llevármelos a un bar más bonito, pagando la cuenta de mi bolsillo, pero temí lastimar su orgullo.

Por fortuna, la tanda musical sólo duro media hora y el grupo hizo un receso que nos permitió conversar un rato, o más bien, se lo permitió a los jóvenes, porque yo me limité escucharlos, tan insegura y cohibida como Efraín lo estuvo con mi familia. Los hombres hilvanaron recuerdos sobre sus aventuras adolescentes, cuando se iban de pinta a fumar mota en el Planetario de Zacatenco y una vez los vino a despertar un mozo de limpieza, porque ya iban a cerrar. En materia de política, los amigos de Efraín eran más radicales que él: según Jonás, al día siguiente de tomar posesión, el nuevo presidente empezaría a nacionalizar empresas y bancos, para implantar en México un régimen socialista: a eso se refería con la promesa de una cuarta transformación.

—Primero la Independencia, luego la Reforma, después la Revolución y ahora la sociedad sin clases. La oligarquía está temblando de miedo —dijo Saúl, saboreándose una venganza que parecía largamente anhelada—. Dicen que muchos ya se están largando a Madrid o a Miami.

—Primero que les confisquen sus mansiones —dijo Alma Delia—. Con ese varo se podrían construir un chingo de escuelas, hospitales y casas para los pobres.

—Yo los quiero ver colgados en el Zócalo con la lengua de fuera —intervino Jonás—. A ellos y a los periodistas chayoteros que traían de encargo a Andrés Manuel.

Me levanté para ir al baño, pues temí que mi facha de señora pudiente me desautorizaba para discutir con ellos.

Intentar convencerlos de poner los pies en la tierra era una tarea superior a mis fuerzas, pues al parecer ninguno entendía la diferencia entre un gobierno socialista y uno socialdemócrata: su cultura política se reducía a la embarrada de marxismo-leninismo que les dieron en la prepa. Cuando volví me quedé atorada detrás de la mampara que separaba los baños del bar, mientras los meseros movían de lugar unas cajas de cerveza. Nuestra mesa estaba muy cerca y oí con claridad la conversación del quinteto.

—Chale, carnal, te estás aburguesando, desde hace cuánto no te juntas con la banda —Jonás reprobó a Efraín en broma, pero con un retintín acusatorio—. Ya nos contó un compa que ahora llegas a trabajar en la camioneta de tu chavita y vives con ella en un depa de lujo.

—La neta estoy muy feliz con Delfina, y aunque no lo crean, me gusta de verdad.

—¿Cuántos años tiene? —preguntó Saúl.

—Cincuenta y siete.

—No mames, güey, está más ruca que mi jefa —se mofó Jonás—. ¿Y siquiera te pasa una buena lana?

—No seas ojete —intervino Alma Delia, su novia—. La ñora es buena onda y si Efraín la quiere, ¿cuál es el pedo?

Cuando los meseros dejaron libre el pasillo me anuncié con un carraspeo y volví a la mesa contrita, decepcionada del género humano. Había descubierto que nuestra pareja tampoco encajaba en esa tribu supuestamente revolucionaria. Nadie nos aceptaba, ni en mi círculo de amigos ni en el suyo. Tal parecía que estábamos apestados en todas partes. De vuelta a casa, coñac en mano, le revelé a Efraín lo que había oído detrás de la mampara.

—No sé cómo puedes juntarte con esos nacos.

—Te está saliendo el odio de clase —respingó—. ¿No que muy izquierdista?

—Yo no llamo naco al pobre, sino al patán de cualquier clase social.

—Discriminas a los de abajo, como todos los fifís.

—Si los discriminara no me hubiera ido de copas con ellos.

—Para estar con esa cara de mamona, mejor no hubieras ido.

Le di una bofetada y me encerré en mi cuarto a llorar. Por primera vez vi de cerca la ruptura, no me dejaba otra alternativa para imponerle respeto. ¿Para eso había desafiado a mi familia, para ser el hazmerreír de pobres y ricos? Ninguna pareja podía existir en el limbo y la nuestra iba de repudio en repudio, excluida de todas partes con ladridos mordaces. Abuela en brama, chavita, ruca padroteada, compradora de amor, ¿cuántos insultos más me faltaba oír? Al día siguiente nos pedimos excusas, casi al unísono, y cada uno reconoció la parte de culpa que le tocaba. Por suerte, ninguno de los dos sabía guardar rencores, nos faltaba voluntad para darles fuelle. A solas nos entendíamos bien, nuestro mayor problema eran los encontronazos con los demás.

Pasaron dos o tres meses en los que no hicimos vida social juntos. Ésa era tal vez la fórmula para estar a salvo de agresiones y, si hubiera podido, la habría convertido en regla de convivencia. Pero un domingo, cuando volví de un desayuno con mi prima Elena, Efraín me recibió con una sorpresa:

—Llamó tu amiga Tania. Que nos invita el próximo sábado a una comida en su casa.

Como Efraín me había dicho que no le interesaba rozarse con la gente fifí, pensé que su rechazo incluía a mis amigas. Pero el día de la comida, cuando estaba terminando de peinarme, le pedí que en mi ausencia no se olvidara de alimentar a Lucas, nuestro gato, y él me respondió muy ofendido:

—Nos invitaron a los dos. ¿No te voy a acompañar?

—Pensé que odiabas a la burguesía explotadora.

—Ah, ya entiendo —gruñó Efraín—. No me quieres llevar porque te avergüenzas de mí.

—Claro que no, bobito —lo besé con ternura—. ¿Vergüenza de qué? Corre a ponerte guapo y nos vamos juntos.

En el trayecto a Polanco le pedí encarecidamente que si alguien sacaba el tema de la cuarta transformación no se enfrascara en riñas viscerales. Era una precaución necesaria, pues el triunfo de López Obrador había enconado la discordia civil en vez de frenarla, tal vez porque el candidato vencedor seguía denostando en bloque a los derrotados. Dividido en bandos inconciliables, el país entero era un ring de boxeo donde las pasiones políticas rompían amistades y separaban familias.

—El noventa por ciento de los invitados odia a López Obrador, te lo advierto desde ahora para que sepas a qué atenerte.

—No te preocupes —me prometió—, les voy a dar el avión.

Desde nuestra llegada al fastuoso penthouse de Tania, con vista al bosque de Chapultepec, en la calle Rubén Darío, la más exclusiva de Polanco, Efraín se quedó con el ojo cuadrado cuando nos dio la bienvenida un portero de librea. Ahora te toca a ti sentirte un intruso, pensé. Por fortuna, me había hecho la concesión de estrenar los zapatos y el saco a cuadros que le compré. Cuando llegamos ya había unas veinte personas en la sala, todos conocidos míos y algunos jóvenes amigos de Úrsula, la hija mayor de Tania, una guapa rubia de ojos verdes, alegre y desinhibida, que pinta, dirige teatro, toca muy bien el piano y juega torneos de ajedrez. Ella fue la primera en saludarnos, con una calidez que le agradecí, en especial por el detalle de llamar poeta a Efraín cuando lo besó en la mejilla. Tal vez haya intuido su temor al rechazo y se apresuró a disiparlo con una diplomacia instintiva. Era sorprendente que una pareja de burgueses anodinos y superficiales, con la imaginación atrofiada por el confort, hubieran engendrado una hija como ella, que seguramente se mofaba del estiramiento de sus padres. Algo en ella me recordó la gracia natural de Aurélie, su eufórica inteligencia de duende. Contemplé con arrobo sus piernas largas y bien torneadas. Seguro es un poco lesbiana, como todas las muchachas de ahora, pensé. Si tuviera treinta años menos no se me escapaba viva.

En la ronda de saludos no tuve empacho en presentar a Efraín como novio, instalada ya en mi papel de infractora profesional de tabús. Mis otras dos íntimas, Fabiola y Jessica, habían ido a la comida sin sus maridos, que prefirieron quedarse en casa viendo el futbol. Se comieron con los ojos a Efraín y me sentí reconfortada por su envidia. Un mesero de filipina nos ofreció bebidas y los dos elegimos gin tonics. Como suele ocurrir en todas las reuniones, los varones formaron un corrillo aparte en la terraza, donde podían fumar, y las damas nos quedamos charlando en la sala. Efraín se quedó conmigo como convidado de piedra, oyéndonos hablar de las crecientes dificultades para conseguir servidumbre, de los estragos en la salud que producen los alimentos con gluten, del exceso de bótox que le desfiguró la cara a Nicole Kidman, mientras devoraba los exquisitos canapés de langosta, cangrejo y jamón de jabugo.

Por fortuna, después del bufet, Úrsula y su novio, Norberto, un joven ingeniero de Monterrey con luengas barbas de hípster, alto y fuerte como un ropero, advirtieron el embarazoso aislamiento de Efraín, le hicieron conversación y se lo llevaron al corrillo de los jóvenes, un sector minoritario de la reunión. Enhorabuena, pensé, ojalá le quiten la fobia contra la gente fifí. Liberada de un peso, conversé de naderías con los mayores, sintiéndome aceptada y segura. Les anuncié con orgullo la próxima apertura de mi sucursal en San Ángel, que los decoradores ya tenían casi lista. Sus parabienes me reconciliaron un momento con la vida social y pensé que me había ahogado en un vaso de agua. Pero de pronto escuché una discusión exaltada que venía de la terraza y todos volteamos en esa dirección.

—El nuevo aeropuerto fue un pretexto para robar millonadas y López Obrador tenía que cancelarlo para dar un golpe de autoridad.

Reconocí la voz de Efraín y la sangre se me vino a los pies. Discutía con Norberto y ambos alzaban la voz como si creyeran que ganaría la discusión quien hablara más recio. Los mayores interrumpieron sus charlas, obligados a oírlos. Percibí un rictus de disgusto en la boca de Tania y me acerqué al balcón para tratar de calmar los ánimos.

—La cancelación del nuevo aeropuerto fue un capricho autoritario —dijo Norberto, con aires de analista político sagaz—. El pueblo sabio decidió pagar cien mil millones de dólares por un montón de cascajo, para que López Obrador pueda decirles a los empresarios: aquí mando yo.

—Estás mal informado —respondió Efraín—. Hasta los ecologistas de la derecha estaban en contra de ese proyecto. ¿A quién se le ocurre construir un aeropuerto en una zona lacustre? Se hubiera inundado en las temporadas de lluvias.

—Ese problema tenía solución —Norberto endureció la voz—, lo sé porque estudié los planos de la obra cuando concursamos por la concesión. El relleno de las pistas ya iba muy adelantado y eso era lo más difícil. Es una locura invertir tanto dinero en un proyecto y luego tirarlo a la basura. Los inversionistas le van a cobrar esa bofetada sacando sus capitales de México, vas a ver.

—Si están ardidos, peor para ellos. Les duele que el presidente haya consultado al pueblo para decidir la suerte del aeropuerto —reviró Efraín—, porque los pobres jamás tuvieron injerencia en esas decisiones. Ni ellos ni tú pueden tolerar que por fin se escuche su voz.

Debí callar a Efraín, pues era un abuso a la hospitalidad de mi amiga que armara tales camorras en su casa, echando a perder una deliciosa reunión. Pero no me atreví a intervenir y a los ojos de Tania debo haber parecido su cómplice.

—¿A poco te creíste lo del plebiscito? —Norberto soltó una risilla—. Esa decisión ya se había tomado y la consulta fue pura faramalla. Pero si se trata de consultar a la gente debieron de haberle preguntado a la que usa el aeropuerto, ¿no crees?

—Ellos no representan a la mayoría de la población, y ese aeropuerto se hubiera pagado con el dinero de todos —Efraín se mantuvo firme en su alegato—. Andrés Manuel no quiso invertir el dinero de los pobres en un proyecto faraónico que sólo hubiera beneficiado a unos cuantos magnates.

—No sólo a ellos, también a los viajeros. ¿Sabes en qué condiciones está el viejo aeropuerto? —Norberto se mesó las barbas, impaciente—. ¿Has visto las colas que hace la gente para cagar? Eso ya no es un aeropuerto, es una central camionera.

—Me alegra mucho que los viajeros compartan los sufrimientos del pueblo, pa' que vean lo que se siente.

Norberto soltó una risilla mordaz.

—Tienes la cabeza retacada de ideología, pero la lucha de clases no explica todo lo que pasa en México, ni en el resto del mundo. Y a fin de cuentas, este asunto ni te va ni te viene. ¿O qué? ¿Alguna vez has tomado un avión?

Efraín tragó saliva, inerme y vejado, pidiéndome auxilio con la mirada. Aunque yo compartía su vergüenza no lo pude sacar del aprieto. Fue Úrsula quien entró al quite, asustada quizá por la ponzoña de su novio.

—Párenle, por favor, se están poniendo muy agresivos. Por si no lo saben, las elecciones ya terminaron. ¿Van a estar seis años en ese plan?

Volví con Efraín a la chorcha de los adultos, donde nadie se molestó en comentar el desaguisado mientras estuvimos presentes. Sólo nos quedamos una hora más y Tania, como buena anfitriona, lamentó que nos fuéramos tan temprano, pero podría jurar que, al despedirnos, ella y sus amigos desollaron vivo a Efraín y de paso a mí, por juntarme con semejante energúmeno. Al volante de la camioneta, Efraín se dio vuelo maldiciendo a su adversario. Como iba manejando no le quise picar la cresta, pero llegados a casa, cuando se sirvió un tequila y subió las patotas a la mesa de centro muy quitado de la pena, me dio tanta rabia que lo increpé con dureza:

—Te pido que no discutas de política y es lo primero que haces.

—Fue ese mamón el que sacó el tema del aeropuerto, no yo.

—¿Y eso qué? Lo hubieras ignorado.

—Ah, vaya, él sí puede hablar de política, pero no un prángana que jamás ha viajado en avión.

Tenía quebrada la voz y un rictus de víctima en los labios fruncidos. Me dolía su dolor, y sobre todo, la injusticia de la que brotaba, pero no quise compadecerlo, pues necesitaba un severo escarmiento.

—Nadie te obligaba a padecer esa humillación. La hubieras evitado si no vienes a la comida.

Mi reproche lo estremeció como un fuetazo en la cara.

—Eso quieres, ¿verdad? Tener un amante a escondidas de tu círculo social. Pero a mí no me vas a tratar como si fuera tu gato. A mí no me vas a sacar de tu vida cuando te convenga.

—Ya entiendo. ¡Te emperraste en venir a la comida porque no te quería llevar! —exploté de ira—. ¡El machito dominante quiere separarme de mis amigos para tener más poder sobre mí!

—Sólo quiero acabar con tus prejuicios burgueses —me tomó de los hombros—. Nunca has sido verdaderamente libre, Delfina, nunca has hecho tu santa voluntad. Si a tus amigos les molestó mi alegato, mándalos a la verga. ¿O vas a regir tu vida por lo que piense de ti un grupito de imbéciles?

—No andaría contigo si me importara tanto su opinión.

—Te importa, y mucho, desde niña le tienes pánico al repudio social. Lloriqueas porque tu mamá no te dejó ser lesbiana —adoptó un tono burlón—. Pobrecita de ti, una bruja malvada te cortó las alas. Pero explícame: ¿por qué no tuviste huevos para mandarla al diablo?

—Estás ardido por lo que te dijo Norberto y ahora te desquitas conmigo.

—No me cambies el tema —insistió—. ¿Quién ha tomado todas las decisiones importantes de tu vida? Tu madre, tu difunto esposo, tus hijos, tus amistades. ¿Por qué no pediste una beca en la Sorbona y te separaste de tu familia? ¿Por qué aceptaste un destino tan pinche?

—El que hizo el ridículo en la comida fuiste tú. No me quieras voltear la tortilla.

—Te traicionó el inconsciente: la tortilla sigue rondando por tu cabeza, pero yo no te la quité, la perdiste tú por agachada —se burló con una perversidad de alacrán—. Según Blake, el que desea, pero no actúa, engendra pestilencia, y eso es mil veces peor que cargar un estigma. Desde el trauma de París has hecho lo que otros te ordenan. Y encima tienes un negocio de marcos, ¿no te parece irónico? Los límites, las barreras, los perímetros infranqueables te han perseguido siempre.

—¡Cállate ya, cretino! Si me desprecias tanto, ¿por qué andas conmigo? Llevas ocho meses fingiendo que me quieres, maldito hipócrita. ¡Empaca tus cosas y lárgate para siempre!

—Claro que me largo, y a mucha honra. Yo sí tengo voluntad y no me dejo mangonear por nadie.

Caminó muy decidido a su cuarto y yo me encerré en el mío, con el pestillo echado por miedo a una agresión física. Tendida bocabajo en la cama, me tapé los oídos con la almohada para no escuchar sus pasos mientras empacaba. Temía que incluso esos ruidos pudieran hacerme daño. No podía creer que a pesar de su ponzoña adoptara el papel de víctima y encima se lo creyera. O era un cínico irredento o tenía una formidable capacidad de autoengaño. Aparentaba ser un amante leal, pero en el fondo me condenaba, se reía de mis confidencias, y lo peor de todo, acumulaba hiel esperando el momento propicio para inyectarla. Yo misma le había cargado la jeringa por contarle mis intimidades. Maldito arrebato de franqueza, maldita necesidad de confiar en el ser amado. Mi gozo en la cama era infalsificable y él lo sabía. Pero necesitaba arrastrar en el chapopote nuestra felicidad erótica, lo mejor que teníamos, con tal de cobrarme una humillación ajena a mi voluntad. Y ahora el traidor divulgaría mis intimidades en los bares mugrientos que frecuentaba, para regocijo de otros resentidos profesionales. La dejé porque no soportaba vivir con una tortillera frustrada. Todos en bola contra la enemiga del pueblo que sedujo con malas artes a un chairo aguerrido y lo quiso amordazar en sus fiestas de gente fifí.

Aunque me tomé un lexotán, esa noche tuve un sueño entrecortado, con flashazos de pánico, donde aparecía desnuda ante una multitud. Me levanté más cansada que al cerrar los ojos, con ganas de enterrarme viva. Revisar en esas condiciones el papeleo burocrático requerido para abrir la sucursal en San Ángel fue una tarea superior a mis fuerzas, y apenas si pude hojear la carpeta que me preparó Marisol, llena de oficios y formularios abominables. En el desayuno de los martes, más repuesta ya del colapso nervioso, referí a mis amigas el tremendo agarrón del domingo, sin escatimar ningún detalle escabroso. Como todas acababan de ver a Efraín en acción, me felicitaron en coro por haberlo mandado al diablo.

—Me imaginé que se iba a desquitar contigo —dijo Fabiola, chasqueando la lengua—. Un tipo tan rabioso es una bomba de tiempo, menos mal que saliste ilesa de la explosión.

—Antes di que te fue bien —coincidió Tania—. Yo le vi antier cara de psicópata. Hasta pensé que podía empujar a mi yerno cuando lo acorraló en el balcón.

—Será un ogro, pero a fin de cuentas no te fue tan mal —me trató de animar Jessica—. Nadie te puede quitar lo bailado y ahora, fresca como una lechuga, recuperas la libertad para buscarte un nuevo galán.

—Pero consíguete uno más presentable, que por lo menos haya tomado un vuelo a Monterrey —bromeó Fabiola y las demás festejaron su chiste con risotadas.

Mis amigas no sólo me sirvieron como paño de lágrimas. Busqué su apoyo moral con una segunda intención que, ahora lo entiendo, era quizá más importante que la primera: comprometerme a no volver con Efraín por ningún motivo. En caso de hacerlo me ganaría su desprecio y les dejaría entrever una patética pérdida de autoestima. Quise exponerme a un castigo social severo si recaía en sus brazos, para fortalecer una voluntad en la que no confiaba del todo. Creí entonces, ávida de comprensión y afecto, que al concederles injerencia en mi vida amorosa conjuraría el peligro de volver a estrellarme contra los riscos, pero el riesgo de convertir la intimidad en teatro es no poder complacer al público si el drama da un vuelco inesperado que le disgusta. Cuando el mío se puso truculento ya era demasiado tarde para bajarme del escenario.

Con el firme propósito de sanear mi vida hice un viaje a Guadalajara, donde el candor de mis nietos me ayudó a sobrellevar la separación. Allá celebré mi cumpleaños y las dos criaturas apagaron las velitas conmigo.

—Cincuenta y ocho años —exclamó Frida, dando un silbido—. ¿Cuando naciste ya había coches o andaban a caballo, abuelita?

Toña, mi nuera, la regañó por burlona, pero yo le agradecí su franqueza y al cortar las rebanadas del pastel me propuse renunciar a los amoríos, librarme para siempre de borrascas emocionales, asumir la vejez como un remanso de serenidad. De vuelta en México dirigí mis negocios con una sangre fría que no tardó en darme frutos. En marzo inauguramos la tienda de San Ángel, más bonita y amplia que la casa matriz, con un pequeño salón para impartir clases de pintura y cerámica. En el coctel inaugural pronuncié un breve discurso después de cortar el listón. La presencia de mi madre y de mis hermanos, que no podían ocultar su regocijo por mi ruptura con Efraín, confirió al evento un carácter de reencuentro familiar. Las secciones de sociales de *Reforma* y *El Universal* divulgaron la inauguración a cambio de una pequeña iguala que me comenzó a redituar de inmediato. Los aficionados a la pintura caían en racimos, vendí como pan caliente una remesa de *gouaches* y acuarelas importados de Italia que nadie más ofrecía en el mercado, recibíamos a diario veinte o treinta cuadros para enmarcar y Marisol tuvo la idea providencial de abrir los jueves un taller de pintura impartido por José Luis Alcubierre, un joven maestro de La Esmeralda, guapo y coqueto, al que asistieron treinta personas, la mayoría señoras de billete atraídas por la galanura del profesor. Sólo había un hombre en el grupo: Norberto, el novio de Úrsula, que trabajaba cerca de ahí, en avenida Revolución, y se inscribió sin saber que yo era dueña del changarro.

Con tanto ajetreo, la separación me resultó fácil de sobrellevar, por lo menos durante el día, cuando el trabajo me absorbía por completo. De noche, en cambio, mi conciencia del tiempo se agudizaba, con oleadas de angustia que intentaba aplacar en vano viendo teleseries hasta las dos o tres de la mañana. Temía entonces que la guadaña me estuviera esperando a la vuelta de la esquina, tan cerca ya que dedicar tiempo a los negocios quizá fuera una miserable pérdida de tiempo. Volaba rumbo a los sesenta, la orilla de un precipicio al que no me quería asomar. Pero hacia allá me arrastraba la vida y tampoco tenía el valor de abreviarla. Iba en camino a la decrepitud, sin más razón para vivir que el sentido del deber. ¿Sería una vieja cascarrabias, inconforme con mi destino y entrometida en las vidas ajenas? No, por Dios, primero muerta que seguir los pasos de mi madre. Un lunes por la noche, cuando libraba uno de esos duelos con la melancolía, oí con sobresalto el timbre de mi casa. No acostumbro recibir visitas de improviso y descolgué de mala gana el interfón.

—Soy yo, Efraín. Quisiera hablar contigo…

Colgué la bocina, pero Efraín se quedó pegado al timbre y tuve que responderle:

—Si no te vas llamo a la patrulla.

—Por favor, Delfina, no seas mala. Vine a pedirte perdón…

El embrujo de su voz aterciopelada derribó mis defensas. Peor aún: descubrí que anhelaba secretamente verlo a mis pies, a pesar de mis propósitos de enmienda. Ya había comenzado a perdonarlo cuando le abrí la puerta del edificio. Y al tenerlo delante, apuesto, vigoroso, con su porte de jaguar y el pelo mojado por la llovizna, las hormonas que había tenido en cuarentena me reclamaron a gritos su largo ayuno. Lo invité a sentarse con frialdad, sin ofrecerle nada de beber.

—Me porté como un imbécil contigo porque el ataque de Norberto me dejó muy ardido y tú no hiciste nada por defenderme.

—Guárdate los reproches, ya estás grandecito para defenderte solo. Y si vienes en plan de bronca, mejor lárgate.

—No vengo a eso, estoy muy apenado por lo que te dije. No tengo derecho a juzgar tus amores de juventud, ni creo que seas una cobarde. Comprendo tu enojo, pero me duele que te lleves un mal recuerdo de mí. Sólo te pido que olvides mis ofensas y quedemos como amigos.

No respondí con palabras, pero le quité de la frente un mechón de cabello, un gesto maternal que en esas circunstancias equivalía a exonerarlo. Me tomó la mano derecha y la besó con suavidad, respetuoso y cohibido como el súbdito de una reina. El peligro de reanudar esa relación peligrosa se desvaneció de mi conciencia en un parpadeo y cedí al impulso de plantarle un beso en la boca. Minutos después ya estábamos en la cama, él más tierno que nunca, yo voraz y revanchista, ajustando cuentas con un rigor punitivo, como si quisiera guillotinarlo con la vagina. Al día siguiente, en el desayuno, me asaltó el temor de haber cometido un error fatal. ¿Se repetiría la historia? ¿No era una ingenuidad creer que Efraín había madurado? Una vez rota, la confianza entre los amantes no se recupera fácilmente, y como me temía una nueva tarascada, antes de readmitirlo en casa le cambié las reglas del juego:

—Me encantaría que regreses aquí, para seguir despertando juntos, pero ya sabemos que ninguno de los dos traga a los amigos del otro. Así que, en el futuro, cada quien sale por su lado. Si no te gusta, mejor ahí muere.

Hizo un leve mohín de disgusto, imperceptible para alguien que no lo conociera tan bien como yo, pero aceptó mi condición y chocamos nuestras palmas abiertas. A pesar de mi carácter posesivo, esa noche sudé frío al verlo acomodar sus cosas en el clóset. Pero la suerte estaba echada y ahora no podía echarme para atrás. Haría lo imposible por preservar ese amor testarudo que todo el mundo, menos nosotros, condenaba al fracaso. Al principio creí que nuestro convenio tendría éxito. Con un mayor margen de libertad, pues ahora sólo íbamos juntos al cine o al teatro, sin andar pegados como siameses, disfrutábamos más nuestra convivencia, y lo que hacíamos por separado nos daba temas de conversación. Efraín quería retomar una de sus principales aficiones, el teatro infantil. Un sábado asistió a un casting para la comedia musical *Los árboles lloran* y regresó a casa un poco afligido.

—Adivina quién es la directora de la obra: Úrsula, la hija de tu amiga Tania. Después del pleito con su galán, ya estuvo que no me va a dar el papel.

—¿Cómo lo sabes? Úrsula es un encanto de persona. Si le gusta tu trabajo, seguro que te contrata.

Mi profecía se cumplió y Efraín comenzó a ensayar por las tardes, con algunas dificultades logísticas para llegar a tiempo al Teatro Orientación, porque a veces se quedaba atascado más de una hora en los embotellamientos del Periférico. Los demás actores lo recibían con caras largas, y temía que Úrsula lo sacara del reparto. Como su trabajo de actor le daba seguridad en sí mismo, y hasta cierto punto, lo consolaba por sus descalabros literarios, intervine para quitarle piedras del camino, y al mismo tiempo, resolver un problema operativo de mis negocios. Por dedicarle demasiado tiempo a la nueva sucursal, que apenas iba despegando, había descuidado un poco la casa matriz. Alarmada por un leve descenso en las ventas, Marisol me propuso que buscáramos a una persona de confianza que atendiera el mostrador por las mañanas, cuando ella andaba en la calle gestionando permisos en oficinas públicas. Como Efraín tenía nociones de pintura y a mi lado había aprendido más, le propuse que dejara su chamba de profesor y se viniera a trabajar en la tienda, con un mejor salario. Así mataríamos dos pájaros de una pedrada, pues él no tendría problemas para llegar a tiempo a los ensayos. Con cierta reserva, pues temía devaluar su currículum de profesor, Efraín aceptó mi propuesta y comenzó a trabajar bajo la supervisión de Marisol. Batalló un poco para aprender los secretos del oficio, pero al mes de tomar pedidos para marcos, ya se movía como pez en el agua y daba buenas sugerencias a la clientela.

—No te imaginas qué libre me siento —me dijo una noche, alegre y relajado después de hacer el amor—. Hasta puedo leer en las horas muertas de la tienda, qué agasajo. Si seguía dando clases, uno de estos días hubiera estrangulado a un alumno, te lo juro, ya veía mi retrato en la nota roja, con el número de serie en el pecho.

Estábamos funcionando como un buen equipo y creí que por ese camino llegaríamos a ser una pareja estable, si tal cosa era posible. Mi error fue confiar demasiado en nuestro blindaje contra las fuerzas hostiles del exterior, que afilaban sus cuchillos para hacernos daño. Por obvias razones, en los desayunos con mis íntimas no me había atrevido a confesarles mi reconciliación con Efraín. Tal vez cometí una falta de valor civil por no querer enfrentarme a un estricto jurado que sin duda fallaría en mi contra. ¿Para qué padecer ese oprobio, pensaba, si nunca volverían a verme con él? Eso esperaba yo, con una buena dosis de ingenuidad, pero a principios de octubre me topé de frente con Tania en la entrada del restaurante Matisse, cuando iba saliendo con mi galán. Disimuló hábilmente la sorpresa de vernos juntos y felicitó a Efraín por el papel que había obtenido en el montaje teatral de su hija Úrsula. Pero yo no me tragué su efusividad y temí que esa misma tarde llamaría a Jessica y a Fabiola, para darles la noticia bomba: la arrastrada de Delfina ya regresó con su padrote, ¿ustedes creen?

El siguiente martes llegué al desayuno en El Péndulo dispuesta a dar explicaciones, pero extrañamente nadie me las pidió. El silencio de mis íntimas, por lo general tan chismosas, me dolió más que una reprimenda, pues quería decir que ya me consideraban un caso perdido. Haberles ocultado mi recaída amorosa me desautorizaba para defenderla, pues quien se avergüenza de una pasión concede a los demás un poderoso argumento de autoridad en su contra. En el resbaladizo código de los valores entendidos, me dieron a entender que una masoquista incurable como yo, tan proclive a lamer las botas de su verdugo, no se merecía la confianza de tres amigas tan leales. Adelante, manita, si quieres hacer el ridículo nadie te lo impide, pero a partir de ahora ya no somos tus confidentes. Las bofetadas con guante blanco dejan indefenso a quien las recibe, porque en apariencia no existe agresión alguna. ¿Tan mal me verían para tratarme como si hubiera pescado una gonorrea?

Tras la bofetada virtual vino el golpe directo: por primera vez desde el inicio de nuestra larga amistad, Jessica no me invitó a su cumpleaños. Yo era una presencia institucional en sus fiestas. De hecho, solíamos elegir juntas el menú del bufet y muchas veces le ayudé a decorar su casa de Las Lomas con arreglos florales. Y ahora, de pronto, me expulsaba de su círculo sin decir agua va. Temía, sin duda, que mi amante chairo montara un mitin en la pista de baile. No podía tolerar que sus visitas pagaran las consecuencias de mi deplorable capricho erótico, tan deplorable que yo misma lo maldecía. Con los jugos gástricos en hervor vi las fotos de la fiesta en su muro de Facebook. Ni siquiera esa humillación me ahorró la cabrona. Como ahora Efraín y yo hacíamos vida social aparte, si Jessica me hubiera invitado yo habría ido sola. Pero como ella no lo sabía, prefirió arrojar al basurero treinta y cinco años de amistad con tal de no tener en su casa a un sujeto indeseable. ¿Tanto le chocaban sus opiniones políticas? Me temo que le habría dado el mismo trato si fuera un decente pazguato neoliberal. Tampoco la escandalizaba nuestra diferencia de edades. Simplemente se negaba a recibir con manteles largos a un pinche naco explotador de mujeres.

Para no exponerme a insultos mayores cancelé mi asistencia a los desayunos de los martes, en un correo electrónico escueto donde alegaba exceso de trabajo. No podía departir con Jessica como si nada hubiera pasado y supongo que ella tampoco tendría ganas de verme. Ni Tania ni Fabiola me llamaron para limar asperezas. Me imaginé a las tres riéndose como brujas en un aquelarre de buenas conciencias. Y cuando apenas me estaba reponiendo del golpe, a finales de noviembre mi familia me dio la puntilla.

—Hola, Delfina, quería saber cómo estás de salud —me llamó una noche mi prima Elena.

—Muy bien, ¿por qué?

—Como no te vi en la graduación de tu sobrino Joaquín, pensé que te habías enfermado.

—¿A poco ya se graduó?

—Sí, ¿no lo sabías?

—Ni idea, creo que mi hermano David ya me dio por muerta.

Elena es una amiga muy noble y su llamada fue inocente, estoy segura, pero las balas perdidas matan igual que las dirigidas al blanco. No sólo soy tía sino madrina del graduado, pero en el ánimo de David, mis vínculos con su hijo pesaron menos que mis supuestas culpas. ¿Y cuál era mi crimen? ¿Tratar de ser feliz al margen de los cauces convencionales? ¿A quién le hacía daño con eso? Detrás del artero desaire advertí la mano negra de mi madre y la de Maritza, que llevaban un buen rato intrigando en mi contra. Entre cien o doscientas personas, la presencia de Efraín habría pasado inadvertida, si acaso lo hubiera llevado a la fiesta, pero David tenía pocas pulgas, y más allá de sus resquemores políticos, me propinó un severo escarmiento por haber infringido los valores del clan. ¿Nos declaras la guerra por una vil calentura? ¿Te atreves a exhibir tus anacrónicos apetitos sexuales y a saciarlos, para colmo, con un miembro de la casta inferior? Pues atente a las consecuencias: fuera de la familia.

Apenada por ser la portadora de esa mala noticia, mi prima Elena me invitó a comer a su lindo departamento en la Nápoles. A diferencia de casi toda la gente que trato o, mejor dicho, que trataba antes de caer en el ostracismo, ella jamás codició los signos de estatus, pero en su peregrinaje por distintos lugares del mundo ha reunido bibelots, iconos rusos, figurillas de la India y piezas de cerámica china que le dan un encanto acogedor a su sala, donde me apoltroné en un diván forrado de terciopelo. Como ella me oía desde una mecedora vienesa, parecía una doctora Freud escuchando a su paciente. La terapia no fue del todo espontánea, porque una botella de mezcal contribuyó a soltarme la lengua. Después de contarle los pormenores de mi romance con Efraín, el motivo de nuestro pleito y la repulsa que había suscitado en mi círculo más cercano, Elena me hizo una cirugía a corazón abierto:

—Mira, Delfina, a mí no me sorprende ni me escandaliza que tengas un amante joven, porque eres un espíritu libre, y a las mujeres como tú, la juventud les dura hasta la muerte. Pero al mismo tiempo, y para serte franca, no entiendo por qué te tomas tan a pecho el previsible rechazo de tus seres queridos, que no pueden tolerar ningún chispazo de locura, ni en sí mismos ni en los demás. Ahora te sientes víctima de tu entorno social, pero ¿quién te mandaba encerrarte en él? Cuando las dos íbamos en la prepa, eras tan rebelde y alivianada que yo pensaba: ésta no tarda en mandar al diablo a la familia. Lo que te hizo tu mamá en París estuvo muy gacho y tal vez sea el origen de todos tus males. Comprendo que entonces no pudieras independizarte, pero luego fuiste cayendo en el conformismo, te casaste con un hombre bueno, pero anodino, y te resignaste a un destino mediocre, como toda la gente que no gobierna su vida. La moral de las apariencias acaba destruyendo lo mejor de cualquier persona. Me alegra que por fin hayas despertado, pero en vez de lamentar el repudio social, deberías agradecerlo. Si te cuelgan estigmas, póntelos en el pecho como medallas. Tu error ha sido buscar el aplauso de una caterva de policías que no perdonan ningún desacato a su autoridad. A ese gremio pertenecen también tus falsas amigas. ¿Te sientes traicionada por todos? Pues mándalos al carajo y verás cómo te quitas un lastre del cuello.

Confieso que el duro diagnóstico de Elena me dejó un sabor agridulce. No había dejado títere con cabeza, ni siquiera yo, y me dolió que una mujer tan inteligente tuviera esa pobre opinión de mí. Estaba enamorada de Braulio cuando me casé con él y no me arrepentía de nuestro matrimonio, a pesar de lo mal que terminó, pues me dio dos hijos preciosos que son mi mayor tesoro. Pero en lo demás no sólo acertaba: se había quedado corta. La necesidad de pertenecer al grupo donde me sentía cobijada había sido, en mi caso, una pequeña claudicación que se agrandó con el tiempo. Después, cuando mi palomilla juvenil y yo sentamos cabeza, descubrí con alarma que el tedio existencial había llegado a nuestras vidas para quedarse. Todos lo advertíamos, creo, pero aceptábamos ese malestar como una fatalidad. Qué le íbamos a hacer si así era la vida y siempre estaba a nuestro alcance una salvadora botella para quien necesitara el alivio de una catarsis.

Pero con el tiempo, nuestras catarsis se volvieron tan repetitivas como un sonsonete de reguetón. Los mismos chistes prefabricados, las mismas evocaciones nostálgicas, los mismos odios vociferados con altavoces, la misma convicción compartida, pero encerrada bajo siete llaves, de estar criando moho sin sacarle jugo a la existencia. En la juventud nos creíamos inteligentes y liberales, una ilusión que se desvaneció cuando salieron a relucir nuestras pequeñas y grandes miserias: los ideales pisoteados en la competencia por adquirir signos de estatus, el enriquecimiento inexplicable de Ulises, el marido de Fabiola, cuando desfalcó a la Comisión Federal de Electricidad para comprarse una mansión en Jardines del Pedregal, el apetito de lujos idiotas para satisfacer necesidades ficticias, la resaca de los placeres, el eclipse de los amores, la religión del confort amenazada por la psicosis de inseguridad. No me eximía de culpas, también yo caí en ese marasmo, y mi alma se fue encogiendo al parejo con las suyas. Cuando recobré el espíritu crítico ya era demasiado tarde para violar el pacto de infelicidad compartida. Eso me estaban cobrando ahora: mi tentativa por escapar de la amargura decente y edulcorada que enarbolaban como estilo de vida, o como estilo de muerte.

El consejo de Elena me ponía en un brete, porque no tenía agallas para renunciar de golpe a mi núcleo social, ni suficiente simpatía para forjar a mi edad otras amistades. Conozco, por supuesto, a cientos de amigos ocasionales y muchos acababan de asistir al coctel inaugural de mi tienda, pero con ninguno de ellos me atrevería a intercambiar confidencias. Tal vez Elena me sobrevaloraba y mis ansias de libertad no fueran tan fuertes como ella creía. Varias veces estuve tentada de llamar a mis amigas y pedirles que hiciéramos las paces, pero el orgullo me contuvo a tiempo. Traté de volverme individualista, aunque eso significara una mayor cuota de soledad. Leía más, abriendo la mente a nuevas ideas, vigilaba con esmero la marcha de mis negocios, charlaba con mis hijos una vez por semana, volcaba en Marisol todas mis inquietudes y me acostumbré a comer sola en los restaurantes cercanos a la sucursal del sur, al principio parapetada detrás de un periódico, luego mirando de frente a los demás comensales. Llegué incluso a desarrollar una técnica para incomodarlos con la fijeza de mis miradas.

El efecto inmediato de ese cambio de vida fue una estrecha codependencia con Efraín. Odio ese terminajo porque en todo amor hay un componente neurótico, y en mi humilde opinión, la psicología se equivoca al satanizarlo. Sólo entre los ángeles puede haber una perfecta armonía y el conflicto es quizá la materia prima del amor. Pero ninguna palabra define mejor nuestra hostilidad fraternal y tengo que usarla muy a mi pesar. Por más que evitara atosigar a Efraín, no siempre podía ocultarle mi desesperada necesidad de afecto, que a veces, me temo, lo empalagaba, sobre todo si me ponía mimosa cuando él estaba viendo el futbol. Yo sólo quería hacerlo feliz y con esa ilusión pedí a mi agente de viajes un presupuesto para llevármelo a conocer París en abril del año siguiente, cuando concluyera la temporada de su puesta en escena. Aunque el viaje me costara un ojo de la cara, quería darle ese gusto, y de paso, abofetear a sus enemigos de clase. De mi cuenta corría que a partir de ahora acumulara cientos de millas aéreas.

Pensaba darle la sorpresa en Navidad, pero cuando ya tenía hechas las reservaciones, su actitud de niño malcriado me disuadió de comprar los boletos. Efraín ahora me veía como esposa y en su código genético de machín arrabalero eso quería decir que tenía asegurada mi pleitesía sin hacer nada por merecerla. Ya no era su amante sino su "vieja", un término derogatorio que por desgracia me venía como anillo al dedo. En mi calidad de "vieja" debía concederle sin chistar todas las libertades que decidiera tomarse, aunque algunas me reventaran el hígado. Sin un plan preconcebido, con la inconsciente cachaza de un nacido para mandar, quiso imponerme la pésima educación sentimental que había mamado desde la cuna y ganar a fuerza de ultrajes la lucha por el poder dentro de la pareja.

Nuestro convenio de hacer vida social por separado se había revertido en mi contra, pues los actores de su comedia solían rematar los ensayos en algún antro, de modo que yo me quedaba en casa mientras el señor se iba de juerga, sabría Dios con qué mujerzuelas. Cuando llegaba de madrugada me hacía la dormida, a pesar de haber pasado la noche en vela, y en la mañana, mientras él se duchaba, esculcaba su ropa en busca de pruebas inculpatorias. Un perfume de mujer en el cuello de su camisa o algún papelillo arrugado con un número telefónico me ponían las sospechas de punta. ¿Con quién me engañaba? ¿Con alguna actriz nalgasprontas de la obra infantil? Reprimí las ganas de interrogarlo para no hacer un ridículo papelón de ruca celosa. Era imposible montarle un pleito con pruebas de infidelidad tan endebles, pero ¿cómo no sentirme vejada después de todo lo que había sacrificado por él? Culparlo de mi repudio social hubiera sido una vileza. Esperaba, sin embargo, que a cambio de mi silencio me tuviera un mínimo de consideración y respeto. Esperé en vano: el cabrón se comportaba como un hijo golfo sublevado contra la tutela materna. Una situación capaz de enloquecer a cualquiera, y sin embargo yo mantuve la calma, confiada en la nobleza de sentimientos que había mostrado al pedirme perdón.

Fui liberal y tolerante hasta la ridiculez, pero mi paciencia se agotó cuando el hijo desobediente comenzó a descuidar su trabajo. Un viernes por la mañana, Marisol me reportó que Efraín había dejado su puesto en el mostrador de la tienda, para salir a comprarse una cerveza en el Oxxo de la esquina. Le urgía sin duda curarse la cruda, deduje yo, pues la víspera se había corrido una parranda larga. Intentó camuflar la cerveza con una bolsa de papel de estraza, pero si Marisol alcanzó a oler su tufo desde lejos, con más razón los clientes que lo tuvieron a un metro.

—A nadie le gusta que lo atienda un borracho, y si se corre la voz, vamos a perder un montón de clientes —me advirtió muy seria mi asistente—. Ya le llamé la atención, pero a mí no me hace caso. Sólo tú lo puedes enderezar, Delfina.

Esa misma tarde, cuando vino a comer, procuré asumir con rigor el papel de jefa.

—No puedes rendir en la tienda si te emborrachas tres veces por semana, Efraín. Cuando dabas clases no hacías esto. ¿Por qué respetabas tu colegio y en cambio no respetas mi tienda? Elige: tu chamba o las parrandas, las dos cosas no se pueden.

—¿Me estás corriendo?

—No es para tanto, pero si eliges las borracheras, a lo mejor tengo que darte las gracias.

—Marisol está exagerando, nadie pudo olerme el aliento. Esa pinche tilica me tiene mala voluntad.

—Esa tilica es mi brazo derecho, trátala con más respeto.

—Yo creí que confiabas en mí —se rascó los brazos, dolido—. Pero ya veo cuál es tu escala de valores. Primero el billete y después el amor.

—En todo caso, la falta de amor es tuya, Efraín. Los dos vivimos de mis negocios y no puedo permitir que les hagas daño.

—Ya entendí tu lógica empresarial —se engalló—, pero yo no soy un empleado cualquiera. Elige tú también: o eres mi jefa o eres mi amante. Las dos cosas está cabrón.

Salió dando un portazo sin tocar el plato de sopa que humeaba en la mesa del comedor. Su orgullo enfermizo no admitía reprimendas, sobre todo si venían de mí, la madre consentidora obligada a tolerarle cualquier travesura. Horas después llegó muy tierno a besarme en el cuello, lo desnudé con ansiedad y zanjamos el pleito en la cama. Fue una imperdonable flaqueza, pero no caí en la cuenta de mi error hasta varias horas después, cuando intentaba conciliar el sueño. Mezclar una relación amorosa con una relación de trabajo era la fórmula ideal para fracasar en ambas. Por lo pronto había sufrido una merma de autoridad: a cualquier otro empleado que me hubiera respondido como Efraín, lo habría corrido en dos patadas. Y cuando Marisol me preguntó al día siguiente si le había leído la cartilla, no me atreví a confesar que le había perdonado el berrinche montada en su verga, sin obtener siquiera una promesa de enmienda.

El viernes por la tarde, cuando terminé de actualizar el inventario en la sucursal de San Ángel, coincidí en la banqueta con Norberto, que venía saliendo de su clase de pintura con una mochila al hombro. También él iba a la colonia Roma y me ofreció aventón en su Audi. El colapso del tráfico en la hora pico, más atroz que de costumbre, nos dio tiempo de sobra para charlar. Tenía entendido que Úrsula y él iban a casarse, pues Tania me lo dijo en el último desayuno con mi grupito de arpías, y le pregunté cómo iban los preparativos para la boda.

—Tronamos hace un mes o, mejor dicho, ella me cortó a mí —murmuró con una sonrisa de buen perdedor.

—Caramba —me sorprendí—. Yo pensé que se llevaban de maravilla.

—Úrsula tiene muchas virtudes: inteligencia, belleza, talento —Norberto se mesó la barba—, pero es una mujer rara, que piensa como un hombre y no soporta las ataduras. Le gusta juntarse con gente loca: actores, músicos, directores de cine, bufoncillos jotos, y en ese ambiente no encaja un aburrido ingeniero civil como yo. Creo que llegó a quererme, pero éramos el agua y el aceite. Cuando vi que me daba largas para casarnos, le puse un ultimátum que no aceptó y luego ya ni siquiera me quiso tomar las llamadas.

Aunque Norberto era un buen partido, que haría feliz a cualquier muchacha, comprendí a Úrsula y la envidié por haber elegido la libertad. Si hubiera sido tan independiente como ella a su edad, quizá no me habría casado con Braulio, un guapote desangelado muy parecido a Norberto.

—Lo lamento porque hacían una linda pareja —dije, compungida—, pero ya verás que pronto la olvidas. Los jóvenes apasionados creen que perder un amor es el fin del mundo, pero la vida sigue y a ti las chicas te deben sobrar.

—Para tener aventuras sí, pero dudo mucho que pueda enamorarme pronto de otra mujer. Todavía llevo dentro a Úrsula, lo malo es que a ella le valgo sombrilla.

Como ninguno de los dos quería intimar demasiado, retrocedimos de común acuerdo al terreno seguro de la charla inocua: el clima, la carestía, la oleada de robos en restaurantes, las teleseries de moda. Al pasar el embudo del Eje 6, librada ya la peor parte del tráfico, Norberto me dijo muy compungido que se arrepentía de haber ofendido a Efraín.

—Me sacó de quicio y le quise pegar donde más le doliera, pero luego Úrsula me puso como camote y le di la razón. Menospreciar a la gente por su pobreza es un golpe muy bajo. Por favor, pídele disculpas de mi parte.

Prometí pasarle el recado sin la menor intención de hacerlo. ¿Para qué reabrir esa herida? Su *mea culpa* sonaba hueco, forzado por las circunstancias, y si tanto se arrepentía de haber humillado a Efraín, ¿por qué no le pedía excusas directamente en vez de usarme como recadera? No le quise contar que su ofensa por poco provoca nuestra ruptura, porque después de recibir tantas bofetadas por ventilar mis intimidades, ahora me las callaba en defensa propia. Norberto tuvo la gentileza de llevarme a la entrada de mi edificio. Hasta se bajó del coche para abrirme la puerta, como un caballero chapado a la antigua, y cuando buscaba la llave del zaguán se quedó un momento embobado mirándome el trasero. Fue halagador comprobar que mi retaguardia aún podía dejar bizco a un galán de su edad. Efraín estaba en casa con el pijama puesto, pues al día siguiente era el estreno de su obra y esa noche tenía que portarse bien. Cuando lo quise besar me volteó la cara con una mueca de enojo.

—Me asomé al balcón cuando venías llegando —dijo en son de pelea—. Qué bien te llevas con ese puerco neoliberal.

—Norberto está tomando un curso de pintura en la sucursal de San Ángel. Tuvo la gentileza de ofrecerme aventón y no lo podía desairar.

—Sí, claro, ustedes los fifís son muy amables y modositos. Sólo sacan las uñas para joder al de abajo.

Su agresividad me obligó a intentar una conciliación diplomática.

—Por favor, Efraín. No resucites un pleito que ya está muerto y enterrado. Norberto está muy apenado por lo que pasó y quiere firmar la pipa de la paz contigo.

—¿Ah, sí? Pues que se meta su pipa por donde le quepa y si está encendida, mejor.

Opté por guardar un hosco silencio, pues sabía cuál era el verdadero motivo de su rabieta. Tenía clavada una espina porque traté de imponerle mi autoridad de patrona y quería sacársela con una contraofensiva. Me indignó que invocara la justicia social para defender sus privilegios de macho, en este caso, el de portarse como un barbaján en la tienda, conquistado, según él, por los orgasmos que me arrancaba. Hubiera querido desenmascararlo, pero si nos poníamos a gritar al unísono, él tenía mejores pulmones que yo y seguramente me vencería por agotamiento.

El sábado por la mañana lo acompañé al estreno de *Los árboles lloran*, en un teatro atiborrado de mocosos gritones. En mi butaca de la tercera fila, rodeada de mamás, recordé los festivales de fin de cursos en que mis hijos bailaban o recitaban y yo, enternecida, me desgañitaba celebrando sus gracias. Ahora iba al teatro con la ternura curtida en vinagre, obsesionada por descubrir a la rival que me estaba robando al hijo más descarriado y mandón de mi prole. Porque la insolencia de Efraín no era un mero cambio de humor: el éxito donjuanesco le había inflado el ego, no se necesitaba la sagacidad de Sherlock Holmes para deducirlo. Efraín hacía un papel de leñador, y al verlo entrar en escena con el torso desnudo, sus recios pectorales me arrancaron un suspiro agónico. Perro maldito, a pesar de todo lo deseaba con adicción. Al dar el primer hachazo, el leñador oía un ay lastimero. Se detenía un momento, extrañado, y decía: "Qué raro cantan los pájaros en este lugar". Cuando tomaba vuelo para dar el segundo golpe, los animalitos del bosque aparecían por distintas partes del escenario, formaban un cerco alrededor del árbol y le rogaban que no los despojara de su sombra, ni de las ramas donde los pájaros hacían sus nidos, ni de las hojas secas, el alimento de las hormigas y los gusanos. Los mensajes ecológicos a cargo de cada animal se alternaban con números musicales cantados a coro por toda la compañía, y el leñador, convertido en alegre defensor de la biósfera, incitaba a los espectadores a seguir con aplausos el compás de las canciones. Eufóricos, los niños del teatro bailaban en sus butacas y algunos forcejeaban con sus mamás, obstinados en treparse al escenario.

A partir de la tercera coreografía examiné a las actrices con lupa. ¿Cuál sería mi rival? ¿La ardilla, que a pesar de su flacura tal vez se le hubiera antojado a Efraín al calor de las copas? ¿La golondrina tetona con quien bailaba un tango? ¿La gata elástica y turgente que se le colgaba del cuello? No pude resolver el enigma hasta el final de la obra, cuando Úrsula salió en minifalda por detrás de los bastidores para agradecer los aplausos y tomó de la cintura a Efraín. Un dolor agudo en la pleura me abrió los ojos: con razón se puso de su lado en la discusión con Norberto, pensé: desde entonces ya le había echado el ojo. Harta de los insípidos niños bien, su búsqueda de sabores fuertes la había arrastrado hacia el populacho, como una gourmet tentada por un taco de suadero. Efraín no se dejó pisotear por su novio y ese arranque de valor sin duda le había gustado. Primero le dio el papel protagónico de la obra y luego cortó a Norberto para sacudirse su vigilancia. Pobre tonto, ni siquiera sabía la verdadera causa del truene. Sudé frío, la cabeza me daba vueltas y con las manos engarrotadas no pude aplaudir. Maldije a Efraín por su doble traición: a la mujer que lo amaba y a sus principios igualitarios. De dientes para afuera odiaba a la burguesía, pero me había usado como trampolín para cogerse a una niña bien. ¡Y encima me invitaba al estreno de la obra, para que viera cómo se reían de mí!

No quise ir a la comida en que toda la compañía celebró el estreno. Hubiera sido un tormento fiscalizar los cruces de miradas entre el leñador y su puta. En casa me tomé dos tequilas al hilo para aflojar la tensión nerviosa, pero sólo conseguí arreciar mi caótico borbollón de emociones. Ambos me gustaban y eso redoblaba mi sufrimiento, pues intuía la ferocidad de sus goces y hasta imaginé un trío con ellos, en el que ambos me colmaban de obscenas delicias. Atacada por sus dos flancos, mi vanidad de bisexual clamaba venganza, pues también le dolía que Úrsula hubiera preferido a Efraín en vez de acostarse conmigo. Los odiaba por excluirme de su orgía, por declarar caducos mis apetitos de abuela en brama. Fuera de esta cama, vejestorio, a tejer chambritas y a jugar con tus nietos. Si de joven te dio miedo ser libre, no te inmiscuyas ahora en los placeres de los millennials.

Al día siguiente, más serena, sopesé la situación con sentido práctico. Desde luego, Úrsula podía quitarme a Efraín con sólo tronar los dedos, pero una princesa criada en pañales de seda nunca pierde de vista el ángulo económico de un romance. Quería a mi novio para divertirse un rato, no para que fuera el padre de sus hijos, si acaso pensaba casarse, y le convenía que yo lo mantuviera, pues una joven guapa, orgullosa y rica jamás se rebajaría a tener un amante que le sacara lana. En teoría, eso hubiera debido tranquilizarme, pues Efraín a pesar de todo seguiría conmigo. Pero su compañía no me bastaba: necesitaba creer que me quería y me deseaba. El descubrimiento de su engaño (ya lo daba por confirmado, aunque apenas fuera una sospecha) daba al traste con esa ilusión, pues ahora temía que Efraín se estuviera prostituyendo conmigo: yo era su balón de oxígeno, la mecenas que le daba bienestar a cambio de sexo, y por si fuera poco, lo dejaba en libertad para emprender nuevas conquistas. En resumen, era yo la perfecta imbécil que todo vivales desea encontrar y merecía que me escupieran en la calle si toleraba ese infame papel. Pero además pendía sobre mi cabeza otra amenaza letal: en cualquier momento, Tania podía enterarse del idilio de su hija y si eso ocurría, era perfectamente capaz de venir a informarme muy compungida que la loca de Úrsula se estaba cogiendo a mi novio. Sería el gol de la victoria para toda la camarilla inquisitorial que me había puesto en su lista negra y seguramente pronosticaba, con la malévola rectitud de los justos, la inminente traición de mi gigoló mercenario.

Las alternativas de investigar a Efraín por medio de un detective o de acompañarlo a partir de ahora a todos los antros, cambiando nuestras reglas de convivencia, me chocaban por indignas. Cualquier escena lesiva para mi amor propio me causaría más dolor que placer, por lo tanto, debía andarme con pies de plomo. Si le declaraba abiertamente mis sospechas tampoco saldría bien parada: una patética exhibición de celos sería el último clavo de mi ataúd. Pero no podía quedarme cruzada de brazos, y en vista de que su interés por mí era crudamente económico, decidí pagarle con la misma moneda. Burlada como amante, llevaba sin embargo las de ganar en ese terreno, el único donde podía joderlo. Una tarde llegó muy contento a decirme que habían invitado a su compañía de teatro a dar una función en Mazatlán y me enseñó muy orondo su boleto de avión. Saldrían un jueves para regresar el lunes siguiente, ¿no me importaba que faltara a la tienda tres días?

—Me importa, y mucho —respondí con voz de sargento—. Marisol no puede atender el mostrador, y si tú te vas voy a tener que buscar un suplente.

—¿Por qué no me suples tú? Es por muy poco tiempo.

—¿Y quién se queda en San Ángel? Allá me ayuda pura gente novata y la tengo que dirigir.

—Yo mismo te puedo buscar al suplente, si eso es lo que te preocupa —se mesó los bigotes con impaciencia.

—No seas irresponsable, Efraín. Tú no vives del teatro, vives de tu chamba, aunque la odies. ¿Por qué no pides mejor que alguien te supla en las funciones de Mazatlán?

—Sabes de sobra que mi prioridad es el teatro —bufó de coraje—. Si te vas a poner en ese plan, mejor descuéntame los dos días.

Se encerró en su cuarto dando un portazo y esta vez no hubo reconciliación erótica. Ni yo me hubiera podido entregar en esas condiciones, ni él habría tenido la menor gana de complacerme. Nuestra guerra fría duró una semana sin que nadie cejara en su posición. Cuando Efraín se largó muy contento a su viaje, llamé por teléfono a Marisol:

—Efraín va a faltar tres días por sus pistolas, en contra de mi voluntad. Por favor, recórtaselos de su sueldo.

La jugada sucia de Úrsula había surtido efecto: me derrotaba de nuevo en la disputa por Efraín al cumplirle el sueño de viajar en avión. Ese vuelo tendría sin duda un significado muy importante para los dos, pues se habían conocido justamente cuando Norberto escarneció a Efraín por su inexperiencia en viajes aéreos. Aunque una institución cultural pagara los boletos de toda la compañía, Úrsula saludaba con sombrero ajeno. Ella era el hada madrina que limpiaba el mancillado honor de Efraín, un papel que yo habría desempeñado, con más merecimientos, si él no me hubiera obligado a cancelar el viaje a París con sus ínfulas de zángano parrandero y déspota.

Volvió de su breve gira rebosante de júbilo, elogiando la calidez del público mazatleco y la espléndida acústica del Teatro Ángela Peralta, donde actuaron sin micrófono. Lo dejé explayarse sin musitar una sílaba. Intentó hacerme el amor en son de paz, pero yo me negué pretextando una jaqueca. No quería una reconciliación, pues sabía que su actitud cambiaría cuando recogiera el sobre con su salario. Y en efecto, ese día no llegó a comer, luego se corrió una parranda larga y volvió como a las tres de la mañana sin su habitual sigilo, pues ahora venía a cobrarse una afrenta. Entró a mi cuarto a trompicones y encendió la luz con ánimo vengador.

—Qué poca madre tienes, Delfina —hizo un puchero de niño desconsolado—. Yo creía que me apoyabas en mi carrera de actor.

—Fuera de aquí, borracho —fingí salir de un profundo sueño—, ¿cómo te atreves a despertarme a estas horas?

En plan retador, Efraín se sentó en una esquina de la cama. Yo enderecé la espalda y me apoyé en la cabecera, mirándolo con frialdad.

—No te hagas la occisa, me estás tratando como a un vil gato.

—¿Por qué? Tú mismo me propusiste que te descontara esos días, ¿o no?

—Pero no creí que me tomaras la palabra. ¿Te duele tanto perder mil doscientos mugrosos pesos? ¿Tienes alma o caja registradora?

—Sólo te di una lección: si te vale madres tu trabajo, atente a las consecuencias.

—Tú me guardas rencor por algo, quién sabe qué mosco te habrá picado.

—Contigo no puedo aflojarme, Efraín, porque te dan la mano y te tomas el pie. Desde que te dio por parrandear tres o cuatro veces a la semana, empecé a conocer tu verdadero carácter. Y la mera verdad, no me gusta nada.

—Ah, ya entendí, estás celosa y por eso me traes de encargo en la chamba.

—Eres tú el que mezcla los asuntos de trabajo con nuestra relación de pareja. Pero estás loco si crees que te voy a conceder privilegios por ser mi amante.

—Ya que te pones en plan de patrona, me voy a poner en el de trabajador explotado —Efraín chasqueó la lengua con suficiencia—. Creí que había entre los dos un acuerdo tácito o un valor entendido, como lo prefieras llamar. Porque tu ayuda económica no es un regalo: me la he ganado aquí, en esta cama.

—Bravo, por fin te quitas la careta y me hablas como lo que eres: un vulgar padrote.

—Si te parezco tan vulgar, ¿por qué no te buscas un chavo fifí? Con él no tendrías que gastar un centavo. Pero claro, como ellos no te pelan, tuviste que buscarte un naco de Ecatepec.

Le di un bofetadón, pero ni así pude callarlo.

—No te enojes, las cosas como son —se sobó la mejilla con una mueca sardónica—. Tú querías un joven para coger y yo acepté el trato, pero a tu edad esos caprichos cuestan, mamita.

—¡Vete a la chingada, cerdo! ¡Mañana mismo te quiero fuera de aquí, y si no te largas llamo a la policía!

Lo saqué a empellones de mi cuarto y si hubiera tenido a la mano un revólver, por Dios que le pego un tiro.

Al día siguiente, muy temprano, se largó con todos sus tiliches, pero mi ajuste de cuentas no había terminado. Llamé a mi amigo Tomás Palazuelos, el gerente de las librerías Gandhi, un antiguo subalterno de mi difunto esposo. Le dije que había publicado la ópera prima de un joven poeta muy talentoso y quería distribuirla en su cadena, con la mejor exhibición posible. Tomás no podía negarme nada, porque Braulio lo sacó de un apuro económico cuando su padre estaba enfermo de diabetes. Diligente y solícito, me ofreció colocar el libro en el mejor lugar de todas las mesas de novedades.

—Si quieres podemos hacer una presentación en la librería de Miguel Ángel de Quevedo, que tiene un pequeño auditorio.

—No hace falta, gracias. Es un poeta muy tímido que odia los reflectores.

Duro y a la cabeza: en todos los corrillos literarios se sabría que Efraín era un poetastro sin pedigrí. Para evitarme problemas legales pedí a Marisol que lo liquidara conforme a la ley, sin escatimarle un centavo. Pero mi orgullo pisoteado no quedó satisfecho. Tres días después de la ruptura, cuando mi humillación todavía estaba fresca, me hice la encontradiza con Norberto cuando venía saliendo de su clase. Llevaba una falda entallada con godetes, botas de tacón alto y un top de encaje negro, las prendas más sexys de mi guardarropa.

—Qué guapa te has puesto —me piropeó.

Quizá era sólo un elogio cortés, pero me dio ánimos para pedirle otro aventón. En las inmediaciones de la colonia Roma, le propuse que nos fuéramos a tomar una copa, para aliviar las tensiones de la jornada. Norberto era un chico fácil y me llevó al bar Musak, en la calle Tonalá. Cuando llegamos estaba desierto y en su rincón más escondido nos acogió una penumbra alcahueta. En vez de contarle mi separación de Efraín, preferí ofrecerle el incentivo canalla de conquistar a una mujer con dueño. Al cuarto jaibol ya me estaba metiendo la lengua en la epiglotis. Había interpretado bien su obscena mirada a mi trasero, la mirada del macho que agarra parejo. En mi casa todavía bebimos dos tragos más y antes de que el whisky lo noqueara me lo llevé a la cama. Ausente en espíritu, con la sensualidad embotada por el odio, lo cabalgué con falsa lujuria, como una actriz veterana de cine porno. Tras el orgasmo se quedó dormido como un bebé. Prendí la lámpara del buró, instalé mi celular en la cómoda, lo programé para tomar una foto en diez segundos, volví corriendo a la cama y me acurruqué en su pecho peludo. La foto era buena y nuestras caras inconfundibles. Trémula de perfidia, se la mandé por Instagram a Efraín con un recadito: *¿No que no, pendejo?*

Norberto se despertó a las cinco de la mañana, frotándose los ojos con estupor, sin reconocer la escenografía del cuarto. A pesar de su tierna despedida lo noté desencajado y serio, con ojos de pecador arrepentido. No me hice ilusiones: ni él ni yo queríamos que esa aventura se repitiera. Una vez cobrados mis agravios, acudí a Elena, mi psicóloga de cabecera, pues ahora venía lo más difícil de todo: el duelo posterior a la separación. Aplaudió mi valor para recobrar la independencia, pero reprobó mis dos venganzas, que a su juicio me rebajaban a la categoría de una villana de melodrama. Reconocí mi falta de madurez, pero le hice notar que prefería esas revanchas a cultivar odios eternos.

—¿Entonces ya no lo odias?

—Ya cerré ese capítulo de mi vida. Para mí está muerto y enterrado.

No sólo estaba harta de Efraín, sino de los hombres en general. La idea de envejecer sola, como las mujeres que en tiempos de mi abuela se recluían en conventos tras una fuerte decepción amorosa, ya no me parecía un destino trágico, sino una ley natural. No deseaba enterrarme viva, sólo pagar la cuota de tristeza que me correspondía por haber gozado y sufrido en exceso, recoger los pedazos chamuscados de mi alma y recuperar un modesto equilibrio. En busca de serenidad me inscribí a un curso de meditación zen, pero al salir de la primera clase, cuando acababa de encender la camioneta y aún repetía mentalmente el mantra salmodiado por la instructora, una noticia escuchada en la radio aniquiló mis buenos propósitos:

—Se confirma la ruptura del galán Héctor Santillán con su esposa, la *influencer* y modelo de lencería Fanny González. Ayer Santillán hizo una sorpresiva aparición en público, en el estreno de la comedia musical *Sugar*, acompañado de su nuevo amor, la joven directora de teatro Úrsula del Villar…

Perdí un momento el control del volante y por poco atropello a un motociclista en la avenida Alfonso Reyes. Entre vahídos de náusea, mi estúpido error me saltó a los ojos como un chisguete de aceite hirviendo. Ni Úrsula se acostaba con Efraín ni él estaba ensoberbecido por ese ligue, todo eran figuraciones mías. Ella se cotizaba muy alto y sólo había querido ayudar a mi novio de buena fe. El temor de no poder retenerlo por mucho tiempo me había arrastrado a la paranoia y ahora la razón perdida volvía por sus fueros, desvaneciendo una pesadilla para hundirme en otra: la del amor que apuñalé a mansalva. Efraín me quería a su modo, un modo defectuoso, como el de todos los mortales. Lo había juzgado y condenado sin verificar siquiera mis sospechas, con una mala fe que le sacó del alma la personalidad de pandillero lumpen que había intentado sepultar bajo sus lecturas.

Deploré mis viles represalias en su contra y el odio lúcido que me animó a perpetrarlas. Pero no debía engañarme, mi afán vengativo era en realidad un autoflagelo. Una parte de mí, la que me juzgaba con más rigor, había querido castigar a la vieja ridícula y cursi, en guerra contra la madre naturaleza, que oficiaba cada noche el ritual humillante de ocultar la nueva arruga descubierta en el espejo, las bolsas oculares, la cana traicionera que reaparecía en el mechón de la frente, la decrepitud mal disimulada por sus trucos de ilusionismo. Era yo quien me había dado esa bofetada, tal vez por eso me dolía tanto.

No sé cómo pude manejar hasta mi casa, que ahora me pareció un templo abandonado, a merced de los murciélagos y las malas hierbas. Me serví un tequila para fraguar un plan de reconquista. Quería creer sin demasiada fe que no todo estaba perdido, que tarde o temprano sanarían las llagas abiertas por las injurias mutuas. Abracé el cojín del sofá donde Efraín se recostaba a leer, impregnado por el olor a infancia y a bosque de su cabello. Si lo invocaba con suficiente fervor, quizá lograría traerlo de vuelta. ¿No había venido ya a pedirme perdón una vez? Pero me había ensañado tanto con él que no podía esperar otro gesto de nobleza. Era yo quien debía buscarlo, explicarle cómo me extravié en un laberinto de pistas falsas y apelar a su generoso corazón de poeta. Lo llamé varias veces entre las ocho y las once de la noche, hasta odiar el mensaje grabado que me mandaba al buzón. Era evidente que me había bloqueado, pero no me di por vencida y le dejé varios mensajes de voz en el WhatsApp: "Necesito hablar contigo, estoy muy arrepentida por lo que pasó". "Me equivoqué y quiero pedirte disculpas. Por favor, háblame, no seas gacho". "Si me sigues queriendo, aunque sea un poquito, dame una segunda oportunidad".

A partir del quinto tequila, con la sintaxis contrahecha, pasé del tono implorante al imperativo, un tono de mamá regañona que exigía obediencia y respeto a su autoridad. "Última llamada, cabrón, o aceptas mis disculpas o te vas al carajo". No me importaban ya las consecuencias de mis rabietas, a esas alturas la lógica me tenía sin cuidado. Intenté aliviar mi pena con una tanda de canciones rancheras: José Alfredo, Cuco, Aceves Mejía, Lola la Grande, la Tariácuri, Javier Solís. Aullaba las letras hasta perder el resuello, con las cuerdas vocales tensas como alambres. Engolosinada en el dolor, mi orgullo se crecía de pronto al rechazo y a la siguiente canción, postrado de rodillas, bendecía los azotes que le dio su domador. Llegué a desear que Efraín viniera a vomitarme su desprecio con más crueldad que la última vez, pues cualquier insulto era preferible a su mutismo. A las dos de la mañana, perdida la fe en los milagros, tuve que aceptar los hechos consumados: había matado lo que amaba, era inútil esperar indulgencia de un muchacho tan lastimado, y si corría a buscarlo al camerino del teatro, quizá me humillara delante de toda la compañía.

Al llegar a esa conclusión, caminé a mi recámara con pasos vacilantes, apoyándome en las paredes como una ciega, y saqué del buró la cajita de lexotán, que tomaba muy de vez en cuando, en casos de insomnio crónico. Quedaban doce en la cajita y me los tomé uno por uno entre buches de tequila. Total, el futuro no me deparaba grandes alegrías ni el sentido del deber era un verdadero aliciente para seguir viva. Qué lástima, ese acto de egoísmo supremo sería un golpe tremendo para mis hijos y nietos. Pero la dulce irresponsabilidad que me invadió cuando el lexotán comenzó a mezclarse con el alcohol minimizó por completo ese vago remordimiento. En el momento álgido de la intoxicación, exangüe ya y con la vista brumosa, el fantasma de mi madre, sentada en el sillón orejero, su lugar predilecto en la sala, me miró con burlona condescendencia. Meneó la cabeza en señal de condena, y me dijo en voz queda: "Ten un poco de vergüenza, por Dios, ya no salpiques a tu familia de lodo". Quise levantarme para abofetearla, pero no pude mantener la vertical y me fui de bruces en el intento. Luego vino el apagón total, el gran silencio con su manto de hielo.

A las nueve de la mañana Eulalia me encontró tirada en la sala. Intentó despertarme con pellizcos y bofetadas leves, me arrojó un vaso de agua en la cara, y como no reaccionaba, llamó a los paramédicos. Cuando abrí los ojos, cuarenta y ocho horas después, Marisol y mi hijo Fabricio estaban al pie de mi cama en la Clínica Londres. Besos, apapachos, palabras de aliento. Les agradecí su amor con una sonrisa, pero la mera verdad, no estaba muy contenta de haber despertado en este mundo. Fabricio tuvo la delicadeza de no pedirme explicaciones hasta que me dieron de alta. Sin entrar en detalles, le dije que la ruptura con Efraín me había provocado una fuerte crisis nerviosa.

—Sabía que ese hijo de la chingada te iba a hacer daño. Donde me lo encuentre le rompo la madre.

—La que le hice daño fui yo. Si tienes que pegarle a alguien, pégame a mí —y un borbotón de llanto me cortó el habla.

El doctor Beltrán, el psiquiatra que me atendió en la clínica cuando recuperé la conciencia, se alegró de mi llanto y le dijo a Fabricio que era un buen síntoma. Eso significaba que mi vida emocional se estaba restableciendo. Pero para evitar una recaída en la depresión, que en mi caso podía ser fatal, le recomendaba que me internara en una clínica donde estuviera vigilada mientras duraba el periodo más difícil de mi duelo. Como Fabricio es un alto ejecutivo de una empresa de plásticos y tenía que regresar pronto a Guadalajara, me propuso, o más bien, me ordenó que me fuera a vivir con él una temporada. Acepté su invitación y creo que hice bien, pues ningún antidepresivo pudo reconfortarme tanto como las caricias y los besos de mis nietos.

Internada en el Centro del Bosque, una clínica pequeña y exclusiva, atendida por los mejores especialistas de la ciudad, poco a poco recobré el apetito y el interés por la vida. Los jardines, el espejo de agua y la vegetación que veía desde mi cama me levantaban el ánimo, y mi psiquiatra, el doctor Simansky, un argentino pelirrojo y barbado, con cara de hurón, era tan afable y cálido que en ningún momento me sentí loca. Le conté con pelos y señales mi turbulento romance con Efraín, y sus preguntas sobre asuntos específicos me obligaron a explorar las motivaciones profundas de mi conducta. Cuando terminé de narrarle nuestra historia de amor, al cabo de cinco sesiones, Simansky se aclaró la garganta y me miró fijamente a los ojos:

—Me ha contado usted que al sentir el repudio de su familia y de sus amigas comenzó a tener más problemas con Efraín, ¿no es cierto?

Asentí con la cabeza y me concentré en sus manos, que jugaban con un lápiz del escritorio.

—Dice usted que sus parrandas fueron el principal motivo de ese distanciamiento, pero el golpe moral de quedarse sin amigas y sin familia pudo haberla predispuesto en su contra. El miedo al ostracismo es una de las pulsiones psíquicas más fuertes. Si estaba pagando un precio tan alto por ese amor, ¿no cree que usted misma lo haya saboteado para salvar su vida social?

—No lo creo, doctor —tartamudeé un poco al responder—. Yo me sentía y me siento injustamente maltratada por la gente que de pronto me volvió la espalda, y no creía que los alegatos políticos de Efraín ameritaran ese castigo. La prueba es que no intenté reanudar esas relaciones al terminar con él.

—Pero, de cualquier manera, el repudio surtió efecto, pues acabó haciendo lo que su círculo de parientes y amigas esperaba de usted.

Simansky me había abierto un tragaluz en la conciencia y guardé un silencio atribulado, el silencio de una impostora desnuda frente al espejo. ¿De veras me había pesado tanto la condena social? Sospechar que había obedecido a mis enemigos me hundió en el desasosiego, pues no creía compartir su fobia clasista. Por querer ayudar a Efraín me convertí en su patrona, pero yo nunca le troné el látigo, ¿o sí? Advirtiendo mi perturbación, Simansky me dijo que no me sintiera mal por descubrir algunos móviles secretos de mi conducta, pues en eso consistía justamente la salud mental.

—Estuvo al borde del suicidio por no conocerse a sí misma, y aunque estas revelaciones puedan dolerle un poco, le conviene proteger sus flancos débiles. Seguiremos hablando del tema en nuestra próxima sesión.

Esa tarde salí a pasear por los jardines de la clínica y me senté a la sombra de un ahuehuete. Nada ganaba con mortificarme, ya era tarde para enmendar mis yerros, pero hubiera sido cobarde o hipócrita negarme a ver la verdad, ahora que la tenía delante. Odio a la gente que se miente a sí misma, y como por desgracia millones de mexicanos practican ese deporte, algunas veces me había sentido extranjera en mi tierra. Pero no lo era en absoluto, pues yo también había caído en el autoengaño. Aunque el diagnóstico de Simansky sólo fuera cierto en parte, de cualquier modo, la economía, la política y la historia de México se habían inmiscuido entre Efraín y yo, destruyendo mi sueño de construir un reducto ajeno a los odios de clase. O mis márgenes de libertad eran ilusorios o los perdí por bajar la guardia en algún momento. La intimidad que creía invulnerable tenía agujeros y grietas por donde se me coló el orgullo de propietaria, el acto reflejo de reafirmar jerarquías cuando un igualado se quiere salir del huacal.

Una semana después me dieron de alta. Regresé a México serena y confiada en recobrar la estabilidad. Necesitaba una terapia laboral intensa, nada de lloriqueos por mi amor perdido. Por fortuna, Marisol se fajó las enaguas y en mi ausencia capoteó la tormenta con mano firme: tengo que darle un bono a fin de año para recompensarla por su lealtad. Como

Fabricio había corrido la voz de mis quebrantos emocionales, me encontré en la contestadora recados de mi madre, de mis hermanos y de mis amigas, invitándome a visitarlos con palabras de aliento, como si no hubiera pasado nada. Claro, como ya me había librado de mi leproso galán, ahora me levantaban el veto. A buena hora, imbéciles. Que se fueran al carajo, ya no los quería ni los necesitaba. Elaboré una lista negra con todos sus nombres y le dije a Eulalia: "No estoy para ninguna de estas personas, ¿entendido?". Durante la terapia me prohibieron el acceso a internet y en mi correo electrónico se me habían acumulado más de cien mensajes. Uno de ellos, fechado quince días antes, era de Efraín.

Hola, Delfina:

Ignoré tus mensajes de voz la noche en que me buscaste porque estaba muy enojado por tus represalias. Tienes la mano pesada, pero yo no me quedo atrás. Mis ofensas fueron del mismo calibre, o quizá peores que las tuyas. He intentado hablar contigo un montón de veces y ahora eres tú la que no responde mis llamadas. Te comprendo y acepto que me hayas mandado al diablo. Ninguna pareja puede sobrevivir a la humillación mutua, en eso tienes razón. La mera verdad, yo no soportaba depender de ti, aunque me conviniera, y quizá por eso me iba de parranda tan seguido. Estaba perdiendo mi libertad y quería defenderla con estúpidas patadas de ahogado. En el fondo buscaba que me mandaras a la chingada y finalmente lo conseguí. Pero no es cierto que anduviera contigo sólo por interés: fueron palabras de ardido. Te quise de verdad, y la neta, voy a recordarte siempre con cariño, aunque hayamos terminado tan mal.

P. D.: Me hiciste un favor involuntario con la distribución de mi libro. Tenías razón: resultó un arma eficaz contra el ninguneo. El poeta Hilario Narváez, un

247

tipo a toda madre, se lo compró en la Gandhi de avenida Juárez, atraído por el título, y me publicó una reseña elogiosa en el "Laberinto" de *Milenio*, con algunos jaloncitos de orejas. Luego mandé mi libro a la Fundación para las Letras Mexicanas y me gané una beca de un año para escribir poesía. Con suerte, Narváez, que ya es mi compa, pueda conectarme también para colaborar en revistas y suplementos. Pero nada de esto hubiera pasado sin tu regalo de cumpleaños. Muchas gracias y que Dios te bendiga.

Reprimí la tentación de responderle en términos afectuosos, pues una de las principales lecciones de mi terapia fue que las relaciones tóxicas nunca mejoran. "Usted es muy apasionada, Delfina, no sabe querer a medias", me advirtió Simansky. En caso de volver con Efraín caería en un círculo vicioso que en la siguiente ruptura podía costarme la vida. No le respondí, pero yo también lo bendije con el pensamiento.

Para cambiar de aires y no recaer en el aislamiento estreché amistades con gente liberal que antes había tratado superficialmente y me uní a distintos grupos, uno de lectura, otro de cinéfilos y una ONG de apoyo a comunidades pobres de Chiapas. Volví a padecer, sin embargo, la angustia crepuscular que según mi psiquiatra es típica de las mujeres en el umbral de la tercera edad, sobre todo por la noche, cuando se recrudecía mi sensación de vacío. Por más que recordaba los exhortos de Simansky a disfrutar la soledad y a protegerla de los intrusos, la tristeza amenazaba con ahogarme, como la resaca de una playa con bandera roja. Era una tristeza contaminada por el deseo, que no se resignaba a morir, pese a los estragos de mi amor loco. Sometida a una dieta rigurosa en la clínica de Guadalajara, había perdido algunos kilitos y en las calles cosechaba piropos, silbidos, miradas obscenas. Brincos diera yo por llegar a tus años con ese garbo arrebatador, me dijo Luis Alberto, mi amigo gay, con quien ahora soy uña y mugre. Era demasiado pronto para enfrascarme en otro romance, pero ¿quién me impedía tener aventuras? Ya no necesitaba el whisky para perder el pudor. Con mi nuevo neglillé azul eléctrico, tendida en la cama en una pose felina, los labios entreabiertos y la mirada réproba, me tomé una foto que subí a mi página de Facebook. Hagan su juego, criaturas, Giselle Bloom renace de sus cenizas con las uñas de asaltacunas más afiladas que nunca.

Lealtad al fantasma

A Gabriela Lira

Jean-Marie despertó a oscuras, molido de cansancio, con un sabor a flores muertas en el paladar. No recordaba desde cuándo arrastraba esa fatiga invencible, porque su memoria, un páramo lunar lleno de cráteres, ya no atinaba a distinguir las capas geológicas del pasado. Los recuerdos y las sensaciones del presente formaban ahí adentro un solo mazacote de estiércol seco. Buscó a tientas el pastillero del buró y deglutió una anfetamina con un sorbo de vino blanco en el que flotaban grumos de ceniza. Palpó el otro lado de la cama con más temor que esperanza de encontrar un cuerpo. Estaba solo, gracias a Dios.

Odiaba despertar con extraños, a veces con grupos enteros de gente astrosa, sin saber ni siquiera sus nombres, ya no digamos cómo habían llegado ahí. Algunos eran inmigrantes sin techo que luego le pedían asilo. No volvería a cometer el error de acogerlos. Recordó a Babou, aquel senegalés taciturno y parsimonioso que le hizo compañía más de tres meses. Daba poca lata, ciertamente. Se tumbaba tardes enteras en el sofá, oyendo con audífonos su añorada música tribal, salía del baño con el miembro erguido para darse a desear, como un orangután ufano de su buena tranca, y una vez por semana, cuando se prostituía en el bosque de Boloña, volvía a casa con bolsas llenas de comestibles. Pero le dio por ponerse tierno y tuvo que mandarlo al carajo. Quería cariño el muy estúpido. No entendía que un buscador de placer, un adicto a las experiencias límite, puede flaquear en todo, menos en el cultivo de un egoísmo robusto. Aprovechando una de sus ausencias, Jean-Marie cambió la chapa de la puerta y pidió al conserje que no lo dejara entrar. Para caricias dulzonas, mejor se compraba un gato.

De camino al baño pateó sin darse cuenta una jeringuilla tirada que no tuvo ganas de recoger. La tarea de agacharse era superior a sus fuerzas. Más aún la de hacer una limpieza general. Sobre la vieja alfombra parda y raída se acumulaban los efectos de su indolencia: latas de cerveza, condones usados, colillas, revistas viejas, triángulos de pizza enmohecidos. Como un ejército de ocupación, las cucarachas se paseaban victoriosas en medio del tiradero. Veía con ojo crítico esa atmósfera de abandono y sin embargo la parte más sincera de su alma se refocilaba en ella. ¿No era, acaso, la mejor escenografía para enmarcar su majestuoso dolor de existir? Que los cretinos rindieran pleitesía a la higiene, ese retoño bastardo de la moral puritana: él iba en contra de todas las reglas, de todas las instituciones veneradas.

Se asomó por el balcón a la rue du Faubourg Saint-Denis, en plena efervescencia nocturna, con el arco triunfal erigido por Luis XIV al fondo. Por el bullicio callejero calculó que serían las nueve de la noche. Miró con desdén aristocrático a la gente que cenaba en las terrazas de los cafés, a los ruidosos corrillos de negros que piropeaban a las muchachas, a los ciclistas ebrios de oxígeno, a los señores bien vestidos que sacaban a pasear al perro. Pobres diablos. Todos tenían un proyecto de vida vertebrador y la ilusión de realizarlo tarde o temprano. Escupió los tulipanes de su vecino, en un gesto de repudio a esa humanidad flácida y crédula que todavía buscaba el sentido de la existencia, o peor aún, que pretendía haberlo encontrado. Cuánto valor le daban a su ridícula fuerza de voluntad. ¿Creían que los gusanos respetaban a los muertos ejemplares? Ningún placer superior estaba destinado a esos tozudos cultivadores del autoengaño. Jamás entenderían la poesía del naufragio, la negra belleza de un alma desmoronada.

Aborrecía el agua tanto como los gatos, pero después de cuatro días sin bañarse ya tenía un molesto escozor en el pelo y prefirió meterse a la ducha. Al frotarse con el champú se le cayó un mechón de cabello. Iba que volaba para la calvicie. El médico se lo había advertido: usted sufre de anemia aguda por falta de una alimentación sana. Las drogas lo debilitan y para vencer la fatiga crónica tiene que drogarse de nuevo, en busca de una euforia cada vez más efímera. Sólo una terapia de rehabilitación puede salvarle la vida. Pero ningún galeno lo haría claudicar jamás, ni lo intimidaba en absoluto su prematuro envejecimiento. A los veintiocho años parecía de cuarenta, ¿y qué? ¿Iba a transigir con los valores del rebaño? Al diablo con la vida ordenada: él había nacido para cabalgar relámpagos.

En el espejo del lavabo contempló su pálido rostro de alucinado, con la piocha rojiza, la sinuosa nariz varias veces rota, el maxilar agudo como la punta de un sable y esa mirada de perplejidad inocente que parecía asomarse a la realidad desde un mundo remoto. La argolla incrustada en el tabique nasal, que tanto le fastidiaba cuando tenía que sonarse los mocos, le confería sin embargo un perverso encanto de chamán posmoderno. No era guapo ya, desde luego. Sin embargo, las huellas de su prolongado coqueteo con la muerte lo colmaban de orgullo. Eran sus títulos de nobleza, sus entrañables heridas de guerra. Cuando buscaba unos calzoncillos sonó su teléfono celular: lo llamaba Hubert, para invitarlo a un *rave* de disfraces en una bodega abandonada de Sarcelles, un suburbio pobre de París.

—Te va a fascinar, estará lleno de adolescentes lumpen, canallas y calientes como te gustan, y toca un dj argelino que pone a la gente loquísima.

La invitación era en realidad el motivo secundario de su llamada. Enseguida Hubert le pasó la factura:

—Ando muy escaso de cristal. Por favor, cómprame un par de bolsitas. El que vende tu *dealer* es una bomba. Yo te lo pago cuando reciba mi pensión, ¿de acuerdo?

—Está bien, pero con esto ya me debes 200 euros.

Pobre Hubert, siempre pidiendo limosna. En materia de adicciones vivía a expensas de Jean-Marie, pero él lo toleraba porque a trueque de su parasitismo, Hubert lo había introducido al bajo mundo de los pandilleros magrebíes, a quienes adoraba servir como esclavo sexual. Financiaba sus vicios porque sin ese idiota útil, sin ese contacto con el mundo exterior, hubiera caído en el encierro autista y no le convenía distanciarse tanto del género humano. Sacó del clóset un caftán verde con vivos dorados, herencia de Babou, y lo complementó con un vistoso gorro senegalés. En la calle, la primera ráfaga de viento le produjo un fuerte mareo. Cuidado, llevaba muchas horas sin probar bocado y podía desmayarse de inanición. En la crepería de la esquina se compró una crepa de jamón y queso, pero al cuarto mordisco sintió náuseas y tuvo que arrojar el resto a la basura. Su cuerpo rechazaba el alimento, o más bien la vulgar obligación de engullirlo.

En la entrada de la estación Château d'Eau abordó a Dimitri, su proveedor de droga, un corpulento rumano con el rostro picado de viruelas. Le entregó con disimulo un billete de 50 euros y a cambio recibió una bolsa de papel de estraza con cuatro bolsitas de escarcha azul. En el andén, una madre joven que llevaba de la mano a sus dos hijos se cambió de banca al verlo venir hacia ella. Dentro del vagón sintió que la gente lo miraba con recelo, seguramente por su palidez de alma en pena, incompatible con ese atuendo africano. Le tenían miedo, bravo. Había logrado ser un indeseable compañero de viaje, una amenaza para cualquier persona civilizada y decente. Fuera de mi camino, ábranle paso al ogro. No quiero ver las fotos de mis nietos en la mecedora. Elegí consumirme de prisa, pasar por este mundo como una llamarada, y aunque les parezca un aborto de Satanás, no me cambiaría por ninguno de ustedes, ¿entendido?

Después de un largo trayecto con dos transbordos, se apeó del tren suburbano en la estación de Sarcelles, donde ya lo esperaba Hubert, vestido con un poncho peruano y una ridícula gorra de la Legión Extranjera. Era un alfeñique rubio, con ojos amarillentos, nariz bulbosa y mejillas hundidas. La caída de los dientes frontales inferiores, consecuencia de su adicción al cristal, lo había convertido en un adefesio. Tenía los pantalones húmedos de orina, y a juzgar por su hedor, había comenzado a pudrirse en vida. Estaba tan urgido de un pinchazo que se ocultó a dárselo detrás de un contenedor de basura, mientras Jean-Marie montaba guardia en la banqueta. Calentar el veneno en una cuchara, ponerse la ligadura en el antebrazo y aplicarse la inyección le llevó un santiamén. El flamazo en las neuronas le devolvió los colores del rostro y de camino a la fiesta daba saltitos de júbilo, como un niño a la hora del recreo. Pobre bestia, pensó Jean-Marie, mirándolo con lástima, desde su elevado estatus de drogadicto sofisticado y rico. Heredero de una fortuna que no alcanzaría a derrochar en toda una vida de excesos, él sólo consumía drogas finas inasequibles para la masa, que jamás le convidaba a ese paria. Lo quería como se puede querer a un perro, pero los perros comían croquetas, no los platillos suculentos de sus amos.

En la entrada de la bodega transformada en salón de fiestas, Hubert pronunció la contraseña exigida por los organizadores: *Va te faire foutre*, y Jean-Marie pagó las entradas con su tarjeta de crédito. Después de pasar por un detector de metales, se abrieron camino a empellones entre una turbamulta de jóvenes convulsos que bailaban en estado de trance, los ojos entornados y el cuerpo erizado de voltios. Había de todo: bailarinas de ballet, gendarmes, ayatolas, rabinos, odaliscas, geishas en kimono, jugadores de rugby. A espaldas de Hubert, que ya saltaba como un simio, Jean-Marie deglutió una pastilla de éxtasis holandés, el mejor que se podía encontrar en Europa. Integrado a la euforia colectiva, bailó una interminable tanda de piezas electrónicas, hasta perder el resuello y la noción de la realidad. Los latidos de su corazón retumbaban como batacazos, siguiendo el compás de la machacona pista de sonido, que en cada repetición hipnótica desataba más y más las amarras de su conciencia. Ser una máquina inconsciente, un imantado cable de alta tensión, compenetrado con la sístole y diástole del universo. Oh, gloria del sinsentido. ¿Acaso existía una ambición más alta? Sediento y rendido se acercó a la barra de *smart drinks*, atendida por un transexual robusto con peluca verde y minifalda de lentejuela. Se bebió el brebaje a pico de botella, sin pausas para respirar. Recobrado el aliento, deambuló un rato entre la tentadora muchedumbre de cuerpos sudorosos. El éxtasis lo había puesto caliente. Más le valía buscar pronto una aventura sexual, antes de que otras aves rapaces le dejaran las sobras del banquete.

Exploró la zona menos congestionada de la fiesta para alejarse lo más posible de Hubert, pues detestaba llevarlo pegado como estampilla y sobre todo tener que aspirar su hedor. Donde terminaba la nave principal de la bodega comenzaba una sección de viejos depósitos de grano, separados por delgadas paredes. Caminó despacio por el pasillo central, husmeando a izquierda y derecha. En el umbral de cada celda encendía la pantalla del celular para ver qué había adentro: una lesbiana sádica azotando a otra sumisa, vestidas ambas de cuero negro; un adicto en plena crisis de ansiedad que se daba topes contra la pared, mientras su novia sonreía en estado catatónico; una muchacha vomitando, rodeada de patanes que le aplaudían; un racimo de futbolistas noqueados por la sobredosis.

En el penúltimo cuartucho encontró a un punk de cabello color violeta, larguirucho y pálido, que fumaba piedra con un trozo de antena improvisado como pipa. Tenía pintadas las uñas del mismo color de su pelo, un gesto de coquetería que le hizo dudar de su virilidad. Junto a él, su aparente pareja, una rubia gorda con la cara llena de granos, se masturbaba echada en un jergón, con la falda enrollada en la cintura. Abismado en el crack, el punk ni la miraba. A pesar de su marcada predilección por los varones, de vez en cuando Jean-Marie condescendía a las aventuras con mujeres, y excitado por la procacidad de la escena, le ofreció su verga firme a la gorda menesterosa. Ella la empuñó con gula, pero antes de mamarla dirigió una mirada al punk aletargado, que le dio su permiso con una displicente inclinación de cabeza.

Jean-Marie no se dio por satisfecho con sus habilidades bucales, y mientras acariciaba el pelo de la gorda, que mamaba con devoción, lanzaba insistentes miradas bragueteras al punk esmirriado, que lo desairaba con aires de proxeneta castigador. Pero cuando la gorda se puso en decúbito prono y Jean-Marie tuvo la cortesía de penetrarla, el punk respondió por fin a sus provocaciones. Como si tuviera un repentino ataque de celos, escupió la cara de su insolente rival, le propinó cuatro nalgadas recias y lo penetró con lujo de rudeza. Al parecer la pareja tenía un largo fogueo en materia de tríos, pues en ese momento la gorda aceleró los movimientos pélvicos, en perfecta sincronía con los vigorosos embates de su compañero. Jean-Marie disfrutó hasta el delirio la verga punitiva de su violador. La gorda, en quien volcaba la dinamita que recibía por el ano, gemía y jadeaba como puerca en el rastro. Cuando el punk le jaló con crueldad las argollas de las tetillas, Jean-Marie por poco se viene de gozo.

—¡Más fuerte, así, arráncame la piel!

Entonces oyó unos pasos sigilosos. Era un mirón disfrazado de fraile, con hábito negro y capucha, que tal vez deseaba unirse a la orgía y se detuvo en el umbral del cuarto. Sin dejar de cumplir su faena pasiva y activa en el sándwich, Jean-Marie trató de verle la cara, iluminada a medias por las luces estroboscópicas. Fue como verse al espejo: el fraile curioso era su vivo retrato, un hermano gemelo con huraño gesto de inquisidor. Cruzaron una mirada de perplejidad. A juzgar por su rígida palidez, el doble parecía horrorizado. Antes de que la gorda y el punk notaran su presencia, hizo un discreto mutis y huyó despavorido. Al terminar el trío, que ya no pudo gozar como antes, Jean-Marie lo buscó por toda la fiesta con una extraña sensación de orfandad. Presentía que ese fraile había querido decirle algo, que su aparición era una advertencia. Vio a otros dos jóvenes con sotana, sin el menor parecido con él. Su pesquisa entre la concurrencia no surtió efecto: se había esfumado y nadie había visto a un monje con hábito negro.

De vuelta en casa, con los nervios en llamas, necesitó una buena dosis de heroína inyectada para serenarse. ¿Las drogas habían distorsionado sin remedio su percepción de la realidad? No podía descartar que las oficinas más intoxicadas de su cerebro hubieran provocado esa alucinación. Peores cosas veían los alcohólicos bajo el influjo del *delirium tremens*. Pero su doble tenía un obvio propósito de condena moral, por algo iba vestido de fraile. Reprobaba su vida pecadora y buscaba, sin duda, infundirle remordimientos. ¿Con quién creía el estúpido que estaba tratando? La moral judeocristiana le daba risa. No era uno de esos católicos renegados, que después de reprimir sus instintos por largo tiempo, blasfeman o cometen sacrilegios con un frenesí proporcional a su fe de antaño: él no creía en nada y se cagaba en los diez mandamientos. Desde luego, los psiquiatras podrían explicar la aparición con argumentos científicos, pero le pareció más refinado y poético asumir que tenía un fantasma. No se trataba, por suerte, de un fantasma vengativo y torturador como los típicos exponentes del género. En vez de asustarlo, el fraile había huido muerto de miedo. Era un fantasma cobarde, con una debilidad impropia de su estirpe. Quizá fuera un antepasado suyo que venía del otro mundo a exigirle que se enmendara. Pero si quería redimirlo, ¿por qué había salido corriendo?

Un pesado sopor lo mantuvo dormido todo el día y despertó, como de costumbre, a las nueve de la noche, los músculos triturados por su fatiga crónica. En la ducha se le cayó otro mechón de cabello, aún más tupido que el anterior. Con ayuda de un espejo de mano logró verse la coronilla: el mechón caído le había dejado una especie de tonsura. ¿Otro mensaje de su *alter ego? In nomine patris et filii et spiritus sancti*, se santiguó en broma. Ironías de la vida: su aspecto iba cobrando un aire monacal, acentuado por los pinchazos repartidos con equidad en su agujereado pellejo de yonqui. La aguja hipodérmica era un instrumento de penitencia más eficaz que los viejos cilicios. Con tantas llagas y cicatrices nada tenía que envidiar a los estigmas de Cristo. Y como se estaba quedando en los huesos, su delgadez denotaba un desprecio igualmente frailuno por los festines del paladar. Tal vez hubiera un puente secreto entre la mortificación de la carne y el hedonismo salvaje, entre la virtud militante y el vicio escabroso, entre la concupiscencia del libertino y la ataraxia del santo. Descubrirlo sería su mayor victoria personal, el galardón que se merecía por haberse alejado tanto del conformismo domesticado y mediocre. Estaba en mitad de ese puente, pero no alcanzaba a ver dónde terminaba. Y quizá se drogaba tanto, quizá se columpiaba entre la lujuria y el sufrimiento para ver qué había más allá, en la otra orilla de sí mismo. La providencial aparición del fantasma le ofrecía en bandeja la oportunidad de conocerse a fondo. No debía, entonces, temerle a sus reproches directos o indirectos, sino aceptar su desafío con ánimo retador. Tenía por fin un aliciente para cometer pecados de alto calibre.

Cerca de su edificio, en un puente del canal Saint-Martin, solía tumbarse un borrachín andrajoso que en la cruda pedía limosna y en la borrachera sostenía discusiones acaloradas consigo mismo. Cualquiera podía advertir que esa piltrafa humana estaba pidiendo a gritos una eutanasia. Y si no la pedía, alguien debía vacunarlo contra la falta de dignidad. A las cuatro de la mañana, envalentonado por dos rayas de coca, salió armado con un tubo que ocultó debajo de un grueso abrigo de lana. El frío calaba los huesos, el canal estaba desierto, ni un alma transitaba por las calles. Con una excitación casi sexual se acercó al lastimoso guiñapo, que tiritaba de frío. El infeliz ni siquiera pudo meter las manos. Hecho un ovillo aguantó la andanada de tubazos en el cráneo, en las costillas, en las piernas, soltando chillidos de rata, hasta quedar convertido en una empanada de carne tártara. Cuando exhalaba el último aliento, el fraile apareció de rodillas en las aguas del canal, con el gesto contrito de un mesías ultrajado. Alzó el crucifijo que pendía de su cuello y se lo mostró a Jean-Marie, como si quisiera practicarle un exorcismo. ¿Qué diablos quieres?, gritó, procurando disimular su miedo. A lo lejos clamaba justicia una sirena de policía. Salió corriendo para ponerse a salvo, la cara oculta entre las solapas del abrigo. ¿Lo habrían visto desde alguna ventana o su doble había llamado a la patrulla? Al día siguiente, al leer las noticias en internet, descubrió con alivio que ningún testigo de este mundo había presenciado el crimen.

Desde entonces tuvo la certeza de que el fantasma lo observaba en todo tiempo y lugar. Sus pecados lo mortificaban, pero no perdía la oportunidad de contemplarlos. ¿Masoquismo o tenacidad redentora? ¿Quería salvarlo a fuerza de apariciones? Resuelto a ganar el juego de vencidas, en las semanas siguientes lo obligó a presenciar la violación de una niña de seis años, la decapitación de un perro drogado, el incendio de un asilo de ancianos, el artero homicidio de un minusválido a quien derribó de su silla de ruedas y arrojó al Sena. El fantasma lloraba, se daba golpes de pecho, rasgaba su hábito, lo rociaba con agua bendita que se evaporaba antes de mojarlo. Parecía atormentado por su impotencia, pero Jean-Marie no podía sentirse vencedor, pues tampoco salía ileso de esas confrontaciones. La mirada del doble, acusadora y compasiva a la vez, encerraba un enigma perturbador sobre su propia naturaleza. Nadie lo conocía tanto como él, y su aparente inferioridad encerraba una amenaza indefinible. Tal vez sepa algo de mí que yo ignoro, pensaba, o espera un momento de flaqueza para robarme la voluntad. A solas en su guarida, cuando silbaba el radiador de gas o el viento azotaba las ventanas abiertas, encendía la luz tratando de pillarlo y gritaba con furia: ¡Respóndeme de una vez! ¿Quién eres y a qué has venido?

Por esos días, un viejo compañero del liceo, Serge Mornard, lo invitó al coctel anual de la Sociedad de Arquitectos en el viejo convento de Les Récollets, remodelado desde hacía tiempo para albergar una residencia de escritores y artistas. No había visto a Serge en los últimos 12 años, ni tenía nada que hacer en ese coctel. Dedujo que su nombre figuraba en una lista de amigos no actualizada. Lo habían invitado por error, pero no se necesitaba ser un adivino para ver en esa casualidad otra señal del fantasma. Vivía muy cerca del exconvento y cada vez que pasaba por el portón con herrajes de su antigua iglesia, de camino a la Gare de l'Est, lo invadía un vago desasosiego, que había atribuido a su temperamento mórbido y depresivo. Ahora veía claro: de ese edificio adusto emanaban, sin duda, vibraciones magnéticas imperceptibles para el resto de los mortales. Buscó datos en Wikipedia para documentar su corazonada. Los agustinos recoletos, una orden ascética y contemplativa fundada en España en el siglo XVI, vestían un hábito negro idéntico al de su doble. Me quiere llevar a su territorio, es una celada, pensó. Y si no caigo en ella creerá que le tuve miedo.

Se puso el único atuendo de persona respetable que guardaba en el clóset, un traje gris perla de Giorgio Armani. Para pasar inadvertido llegó una hora tarde al coctel, cuando el antiguo refectorio del convento ya estaba abarrotado de *socialités*. Dentro del antiguo templo, comunicado con el refectorio por una puerta ancha, tocaba un conjunto cubano, y a su alrededor, los invitados jóvenes bailaban con más entusiasmo que ritmo. Saludó a Serge Mornard, que ni siquiera se acordaba de su nombre, pero como buen agente de relaciones públicas, le agradeció efusivamente su asistencia. El bullicio de la gente guapa y distinguida, risueña hasta la falsedad, exacerbó su misantropía. Si pudiera, mandaría al paredón a esos consumados maestros en el arte de prostituir la amistad. Los odiaba por hipócritas y frívolos, pero sobre todo, por su falta de valor para asumir el sentido trágico de la vida. Los meseros de smoking pasaban ofreciendo canapés y copas de champaña. Cuidado, su aislamiento no tardaría en hacerse notar y en las lides sociales, la soledad era una especie de roña.

Tomó el pasillo que desembocaba en los baños y abrió la puerta del fondo. Era el cuarto de trebejos del personal de limpieza. Se acurrucó entre las escobas y las cubetas, con la puerta cerrada por dentro. Sacó dos bolsitas de plástico, una con heroína y otra con cocaína, las mezcló en una cuchara y con el fuego del encendedor se preparó una inyección de *speedball*. El coctel de drogas le provocó una ráfaga de euforia paradójicamente sedante. Se sintió un coloso invulnerable con el universo en el puño. A lo lejos, los murmullos de la gente bonita y los acordes del son cubano le recordaban su exclusión de un mundo al que no sentía ningún deseo de pertenecer, pues había convertido esa oscura covacha en el ombligo del cosmos.

Cuando despertó, a las cuatro de la mañana, los asistentes al coctel ya se habían largado. Aún bajo los efectos de la droga, con una dulce modorra equidistante de la lucidez y la ebriedad, salió del escondrijo procurando que la puerta no rechinara, pues temía toparse con un mozo de limpieza. Ni un alma, tal vez no harían el aseo hasta el día siguiente. Se deslizó entre las mesas atiborradas de botellas y copas, en dirección a la antigua iglesia. Al abrir el pesado portón, el escenario se transfiguró. Estaba en un templo barroco del siglo XVII, con un retablo de hoja de oro que refulgía a la luz de los cirios. Las rústicas bancas de pino denotaban el desapego de la orden recoleta a los deleites mundanos. El lujo era para Dios; para ellos, las penurias y las privaciones. Los óleos con escenas de la vida de san Agustín y los bajorrelieves con las estaciones del viacrucis creaban una atmósfera opresiva de solemnidad y recogimiento.

Escuchó un bisbiseo que provenía de los confesionarios, ubicados en la nave izquierda, junto a la imagen de la Inmaculada Concepción. Debe de ser él, pensó, me está llamando a su encuentro. Un superior de la orden, del que sólo pudo ver los faldones de la sotana por debajo de una cortina negra, escuchaba en confesión a un fraile encapuchado. Como el fantasma se había esfumado tantas veces, ahuyentado por su presencia, Jean-Marie se ocultó detrás de una columna para escucharlo a hurtadillas:

—Me acuso, padre, de alojar pensamientos inmundos en la hedionda sentina de mi alma. Justo ahora, cuando creía haber vencido los apegos sensitivos que provienen del cuerpo, el demonio se ha enseñoreado de mis sueños y cada noche me tienta con espantables visiones.

—¿Qué visiones? —preguntó el confesor.

—Son tan repugnantes que me avergüenza referirlas.

—No podré darte la absolución si me ocultas tus pecados. Por más negros que sean, debes confiar en la infinita misericordia de Dios.

—Lo haré, padre. Pero temo que no sea digno ya de servir a Cristo, por haber imaginado tales bajezas. Le juro que he luchado por santificar el dolor, como lo manda nuestra regla monástica, pero cuando creía haberlo conseguido, cuando avanzaba con paso firme por la vía purgativa, que limpia el alma de todo aquello que la inficiona, empecé a soñar con pecados horrendos, cometidos por mí en un mundo futuro, tan vil y depravado como la Roma de Domiciano o la pérfida Babilonia. En mis visiones gozo con el dolor, pero no a la manera prescrita en los capítulos definitorios de nuestra orden. Me clavo agujas en todo el cuerpo, pero en vez de purificarme el espíritu, introduzco en mis venas un diabólico filtro narcótico, una especie de beleño que me aletarga y predispone a los placeres carnales. Y esto es, padre, lo que más me alarma. En mis visiones, desdoblado como un monstruo bifronte, con el alma repartida en dos cuerpos, soy un libertino sodomita, peor todavía, un demonio engreído y soberbio que se cree superior al prójimo, como si la vileza fuera un timbre de orgullo. Visito las ergástulas infernales, pobladas por pecadores tan abominables como los vestiglos pintados en los lienzos del Bosco. Danzan con lascivia en oscuros galerones, oyendo chirridos y retumbos, como los que según las escrituras anunciarán el apocalipsis, y en medio de la batahola se ayuntan bestialmente sin recatarse de los demás, ya sea hombre con mujer o en infames actos contra natura. La primera vez que vi a mi fantasma gozaba a la vez como hembra y varón, ensartado entre un brujo y una mujerzuela. Dios me perdone por tener una imaginación tan sucia. Iba vestido con una extraña túnica, y cuando cruzamos una mirada desperté bañado en sudor, avergonzado y contrito, pero debo admitirlo, con el miembro duro como un leño. Desde entonces procuro combatir el sopor rezando novenarios de rodillas, pero la fatiga me vence y en la madrugada, antes del toque de maitines, vuelvo a ese mundo abyecto, lleno de pecadores contumaces y máquinas pavorosas, en el que Satanás ha sentado sus reales.

—¿Llevas mucho tiempo teniendo sueños impuros?

—No puedo precisarlo, pero me ha parecido una eternidad.

—Debiste confesarte de inmediato. ¿Cómo te has atrevido a guardar tanta ponzoña en el alma?

—Perdone, padre. Creí que con la ayuda del Señor podía vencer al enemigo malo, o vencerme yo mismo, para ser más justo. Hago todo lo posible por ahuyentarlo, pero con él no valen rezos ni penitencias. Tal parece que se solaza torturándome con sus desmanes. De la depravación ha pasado al crimen, de la lujuria a la sevicia. Mata, viola, humilla a los débiles con la saña de un verdugo engreído. Su infinita soberbia nunca se sacia y temo que sus bajezas me debilitan. De algún modo soy su cómplice, tal vez por eso Cristo no viene en mi auxilio. Si comparto aunque sea un adarme de su egoísmo, no merezco el perdón de Dios. Sé que Lucifer pone a prueba el temple de los santos varones con visiones malignas, pero ellos lo derrotan con su fe inquebrantable y he procurado seguir su ejemplo, sabiendo que el rencor de Satanás nada puede frente a la omnipotencia divina, pero tengo muy flaca la voluntad, si acaso la voluntad gobierna los sueños. Podría jurar que me acecha ahora mismo, mientras le desnudo las postemas de mi alma, y escarnece con risas tabernarias mi sincero arrepentimiento.

Jean-Marie había escuchado la confesión con una mezcla de estupor y humildad trágica. Toda una vida consagrada a cumplir los caprichos perversos del cuerpo, y ahora resultaba que su cuerpo era un vil espectro. Comprendió el misterio encerrado en sus despertares nocturnos, en la pérdida del cabello, en el sueño sin reposo, en el hoyo negro de su memoria. El recoleto atormentado, su amo y señor, apenas le había concedido una brumosa ilusión de vida. Todo era un embeleco, hasta esa confesión. Sin duda, el monje la estaba soñando, como soñó la orgía en la fiesta, los piquetes de heroína, los crímenes sin castigo. A la luz de los cirios descubrió que su mano se había vuelto traslúcida. Podía ver a través de ella el altar de la iglesia. Pese a la decepción de constatar su insignificancia, trató de aferrarse a la última brizna de orgullo que le quedaba y se acercó lo suficiente para susurrarle al oído:

—Está bien, tú ganas, el fantasma soy yo. De día me maldices, por las noches pecamos juntos. Cuanto más porfíes en alcanzar la pureza, más atizarás el fuego de tu perdición. Acudiré con diligencia a tus invocaciones, como un ángel custodio de tu naturaleza más honda, la que intentas domar con cilicios, novenarios y fervorines. Me odias tanto como yo te desprecio, pero sé que en el fondo me guardas lealtad. Y tal vez yo sobreviva como el hilacho de un viejo sueño cuando tu cuerpo se pudra bajo la tierra.

Índice

El anillo maléfico 9

La fe perdida 61

El paso de la muerte 87

Paternidad responsable 121

El blanco advenimiento 143

Abuela en brama 173

Lealtad al fantasma 251

Lealtad al fantasma de Enrique Serna
se terminó de imprimir en julio de 2022
en los talleres de
Impresora Tauro, S.A. de C.V.
Av. Año de Juárez 343, col. Granjas San Antonio,
Ciudad de México